四十说惑

致我们的时代系列

周湘华 著

中国广播电视出版社
CHINA RADIO & TELEVISION PUBLISHING HOUSE

目 Contents 录

第二辑　喧哗时代的世相

第四辑　时代的怀念与致敬

总　序

杂文难写，更难工。

我读杂文，主要看这样三点：一构思，二语言，三“干货”。构思，关系着杂文的新意，而避开陈陈相因；语言，看作者的基本功力，因为一切文体创作的手段和材料，都必须依靠语言；所谓“干货”，指文章内涵盖的内容，显示作者的学养，而不是观点和现象的雨过地皮湿。也就是说，第一点代表着思，第二点代表着力，第三点代表着识。第一点关乎角度，第二点关乎力度，第三点关乎厚度。

当然，杂文本身的价值和魅力，在于批判精神和问题意识所具有的锋芒。但我以为，这样的精神和意识，应该如鱼得水，血肉相融一般，丰满而生动地体现在文章当中，而不只是货卖一张皮，只剩下观点，或者仅仅靠批判而闪光。在这样理想境界的杂文创作中，鲁迅先生确实是我们的榜样，我们确实离鲁迅先生还有距离。

这样的距离，主要体现在我们对于杂文文体意识缺乏自觉。杂文既然属于文学创作的一种样式，就必须遵循文学创作规律所属的路线和原则，让杂文成为文学，而不是社论、时评，或网络上一般泛泛的“拍砖”。杂文的创作，应该和小说、散文等其他门类的文学创作一样，经历从思想到感情，从构思到语言，从路径到结构，从经验到体验的锤炼过程，从而完成杂文这一特殊文体的形式的创造，让杂文这一别致文体，能够成为克莱夫·贝尔早就提出过的一种“有意味的形式”。因此，尽管当前杂文创作表面乱花迷眼，报刊和选刊杂花生树，却一直觉得离杂文创作的理想境界依旧很远，总有一种不满足之感。

现在，摆在我面前的这一套《致我们的时代》杂文随笔丛书，包括魏剑美的《非常魏道》、周湘华的《四十说惑》、刘诚龙的《非常弱音》三本，读后让我的眼前一亮，多少可以一解眼下我读杂文之渴，让我欣慰和感佩。毕竟还有年轻者不满足于现状，在做着努力，期冀杂文这一传统文体老树新花，更上层楼。

三位作者，都是湖南人，号称“湘辣三人帮”。“无湘不成军”，湘人组团的杂文阵营，联袂起舞，自有其独特的风采与力量。

三人帮中魏剑美最年轻，却最早涉足杂文江湖。早在1997年就于《杂文报》开辟“智者乐水”专栏，当时只是一个26岁的研究生。后又有《下跪的舌头》出版，激扬文字，挥斥方遒。眼前这本《非常魏道》，刻意只选不同于“正常杂文”的另类文字，显其不满足同质化的刁钻异趣。

周湘华文学起步颇早，读中学时就是全国校园文坛的佼佼者，29岁成为天津第一张都市报的主要创办者之一。她的文字率真、犀利，敏感并加以切肤的痛感，契合着时代的病与痛。她的这本《四十说惑》，着眼于当下喧哗热闹的大众文化，冷眼观潮，热心点化。常能从司空见惯的庸常琐事之中入题，显得举重若轻，却条分缕析，鞭辟入里。

刘诚龙是杂文界一员骁将。他善于拾掇历史的边角残料点染成趣，又善于书写《官场现形记》中种种的光怪陆离。曾经出版的《暗权力》、《暗权术》、《暗风流》系列，颇为读者会心会意。身在官场的他，此次推出的《非常弱音》，依然更多着眼官场，波及社会万象，描摹世态人心。这是他的强项，写来笔转由心，驾轻就熟，嬉笑怒骂，自成一局。

以我读杂文的三点要求来看三位，剑走偏锋的魏剑美，我更看重他构思角度的与众不同。《对屁股同志的评价问题》，由屁股入题，卷轴画一般，娓娓展来，入情入境，皆因角度而不同凡响。先罗列民间俗语，再旁涉世态万象，然后，才曲径通幽，由民俗学到社会学，直陈屁股与官场的位置的关系，言道："归根结底屁股才是真正的老大，是领导我们事业的核心力量。"接着，进一步一口井深挖："在谋求位子的艰难创业时期，无一例外地总见到'撅着屁股'卖劲，或者'屁颠屁颠'效劳，上司训斥起来，'屁都不敢放一个'。屁股忍辱负重，有时候还不得不付出被打、被踢的代价，中国古代的'打屁股'制度更是让不少劳苦功高的屁股代脑袋、嘴巴、手脚甚至隐私部位受过。吃喝玩乐享受的时候从来没有屁股什么事，倒是挨打的时候让它来充当急先锋。"写得真是妙趣横生。最后，还嫌不过瘾，拉上一个刚刚进入仕途的年轻人，让他替作者感叹："怪不得将最低级别的官位称为股长啊，大概是屁股刚刚找到一个位置的意思吧？"

单刀直入的周湘华，语言最有特点。在《天才的工具与武器》中，她特意引乔布斯语："我愿意用我所有的科技去换取和苏格拉底相处的一个下午。"便可以看出她对语言的重视和偏好。乔布斯的这句话便是很出色的语言，出色在于平易中所蕴含的智慧。这正是她自己所追求的。还是在这篇文章中，她写道："在所有关于天才的话题中，我最想'现挂'的两个是：20世纪的三大科学理论发现，混沌论、量子力学与相对论，为什么没有中国人的贡献?""现挂"一词，将相声的俗语与科学理论衔接，漫不经心中透着聪明。在《保姆葵花》中，她写保姆，"在她的努力下，到处都显现出从未有过的干净明媚。屋里屋外，包括我的心她的心，仿佛一下子全亮堂起来了。"在《永远不和你说再见》中，她写母亲，"火车开出很远了，泪眼朦胧中我依然能搜寻到她那只高高扬起的手。"无论屋里屋外亮堂的简单景物，还是泪眼中望到母亲的手，她依然追求的是这样朴素平易的语言，不仅见聪明，更见情感。

招式多变的刘诚龙，是三位中行文狡猾的一位。他善于春秋笔墨，举古说今。试看《痴畜生补》一文，是为古人冯梦龙曾写过的《痴畜生》做补书。冯写"吏呼一何怒"的鹅、喷墨以自蔽的乌贼，和好色的半翅鸟三种。他写家乡常见的舍命王、蚂蝗、猪、田鸡和泥鳅五种，却皆有比附，和现实关联，和官场关联，寥寥数笔，为各色贪官勾勒了画像。舍命王比作欲壑难填的贪官；蚂蟥比作犯错或犯罪异地为官的吏员；猪比作最肥的油水部门肥差，田鸡比作贪在安乐窝不愿意调走的庸官；泥鳅比作政府换届时情不自禁跳将而出的贪官。刘诚龙顺手牵羊，借冯梦龙钟馗打鬼，由此生发嫁接，古今互动，凸显现实与历史意义的相关性，颇见功力。

三位作者信任于我，嘱我作序，谨将读后感写之于上。想起放翁诗句“梅花自避新桃李，不为高楼一笛风”，这一套《致我们的时代》丛书，自觉不为世风所惑，努力独辟蹊径，尽管并非尽善尽美，还是值得一读并品味。

肖复兴

2013年8月8日于布鲁明顿

自　序

艺术陌生化在当下

谈到师承渊源，或许很多作者愿意说自己无门无派，表达形式、语言风格、思想观点均为实践中摸索得来。我却不得不承认，在杂文创作的道路上，我深受鲁迅与什克洛夫斯基两位大师影响。在内容及选材上，我十分敬仰现代杂文开山鼻祖鲁迅先生敢于直面现实的战斗精神，以及敢于对当时的传统文化、现实社会、政治、思想、人生、人性、国民性落后、负性的一面进行全面批判、反思、探索的心灵勇气。作为首开一代新风的杂文大家，鲁迅先生的确是一座不可逾越的高山。

可能是中文系文学专业科班出身的缘故，我对俄罗斯文学及俄罗斯文艺理论情有独钟，虽然卡尔维诺、菲兹杰拉德、尤瑟纳尔、福克纳、马尔克斯等杰出作家的代表作我亦爱不释手，但在自己的文学实践中，尤其是对文体的自觉追求中，俄国形式主义学派创始人、文学批评家什克洛夫斯基提出的艺术“陌生化”理论对我颇有影响。

什克洛夫斯基认为，文学绝对不是对生活的模仿，而是生活的变形。“一件事物被感受若干次后感觉过程便开始进入无意识的‘自动化’领域，这时候事物就会‘枯萎’，也就是说引不起人们足够的注意力。”什克洛夫斯基指出：只有不断地追求“陌生化”，不断地更新我们对人生和世界的陈旧感觉，才能把人们从狭隘的日常关系的束缚下解放出来，采用“被人们创造性地扭曲并使之面目全非的独特方式”来感受这个世界。人们平日熟视无睹的对象被作者强化、扭曲、颠倒、变形之后，熟悉的对象变得疏远了，人们重新获得新奇的感受与强烈的刺激，因而产生极大的阅读快感。

艺术的陌生化大抵是通过语言的陌生化与情节的陌生化来实现的。语言陌生化是艺术陌生化的前提与重要条件。日常语言经作者扭曲、变形或陌生化处理后，产生了新的语义或歧义，既新颖别致又耐人寻味，从而冲击着读者的惯性思维，使人们对习以为常的东西有了新的认识与发现，最终得以延长审美过程。例如，我在《小心钱花了你的命》一文中写道：“那些宁愿被银子的白光刺瞎眼也不愿闭眼歇会儿，恨不能一天24小时都睁眼挣钱的人；那些只要金钱转移至他手中，便会被其守财奴似的死死抓住，一个子儿也舍不得花，一个铜板也不甘心再投入到流通中去……对于他们而言，难道不是挣钱、存钱、再挣钱、再存钱，一辈子就过去了吗？他们挣了一辈子的钱，存了一辈子的钱，最后被谁花掉了呢？是不是钱把他这一辈子给花掉了呢？”文章打破日常“人花钱”的语言逻辑及思维定式，巧妙而幽默地揭示“钱花人”的深刻本质，通过对语言“陌生化”策略的运用，增加了表达的有趣性，使人们在心灵震撼之余，有耳目一新之感。在这里，文学语言不再是一种“文以载道”的工具，而成为一种颠覆常人思维的独特的话语方式。

诚然，语言的陌生化与情节的陌生化是相辅相成的，有趣而新奇的言说方式如果再加上另辟蹊径的视角切入，方能最大限度地拓展文章的艺术表现力。而要娴熟地运用艺术的陌生化策略，我以为深厚的知识积累与天马行空的想象力是必不可缺的基础。在这方面，鲁迅、柏杨、龙应台、王小波等人都是自觉或不自觉运用“陌生化”策略的高手，而我，只是学得一些皮毛而已。比如，我在《剩女与空置房》一文中写道：“现在的女子吧，口口声声都说没有爱情的婚姻是不道德的，婚姻必建立在爱情之上才高尚，才有真正的幸福。可若对方无房无钱无权无势呢，她是断不会献上自己的爱情的。”“而现在所谓最成功的男人，大概都在争着盖房子，每人都梦想着自己的财富能在经年累月间作几何级增长。在电视镜头前接受访谈，亦是开口社会责任闭口关注民生之类的，你若将之理解为商品房降价的信号，那绝对是太傻太天真。”“试想一下，这般现实的女人与恁般缺乏担当与责任感的所谓成功男人，若不幸生活在同一时代同一个国度中，其结果会怎样呢？”文章一层一层抽丝剥茧地列举出合情合理的推想，引领读者一点一点地在笑声中深入思考，这样求新求变的个性化话语方式与独特的视角切入，能帮助读者摆脱审美疲劳，获得一种新奇有趣的艺术感受。

事实上，艺术的陌生化在当下已变成了一种自觉的追求方式。例如，周星驰主演的《大话西游》里面有许多经典台词，既犀利，又充满着智性的幽默，痛快淋漓地对传统进行颠覆，对现代进行解构，是艺术陌生化的典范之作。“什么不好像，像个臭猴子!”“我走先”、“服了 YOU”等台词，前两句故意破坏了正常语序，看似不符合语法规范，实则通过语言这种变形强化了艺术表现力。后一句通过“中英文的混搭”，增强了趣味性，这种戏谑而幽默的“陌生化”言说方式，引人入胜。日常生活中，例如当下盛行的周末夫妻，刻意制造“小别胜新婚”的疏远感，以重新唤起对熟悉到麻木之彼此的兴趣与美感，亦是“陌生化”理论在社会生活中的另一种扩展表现。

周湘华

2013 年 8 月天津

第一辑

喧哗时代的情感

1. 剩女与空置房

一直以来，中国人仿佛都是不太明了自己的为人的。

比如说现在的女子吧，口口声声都说没有爱情的婚姻是不道德的，婚姻必建立在爱情之上才高尚，才有真正的幸福。可若对方无房无钱无权无势呢，她是断不会献上自己的爱情的。在房子、金钱、社会地位等硬件标准上，她均有具体而细微的心理预期。谁若好心劝她降低标准，送你一个白眼算是客气：本女子宁愿剩下，绝不降价！而现在所谓最成功的男人，大概都在争着盖房子，每人都梦想着自己的财富能在经年累月间作几何级增长。在电视镜头前接受访谈，亦是开口社会责任闭口关注民生之类的，你若将之理解为商品房降价的信号，那绝对是太傻太天真。他还只后悔自己的房子标价不够高呢，有一两家可是卖得比他还高了，连夜把价调上去的话，这些日子便损失不少利润呢。国家政策持续不断地打压，传媒亦集体隔空喊话劝其降价，根本无人加以理会：本人的房子宁愿空着，降价免谈！试想一下，这般现实的女人与恁般缺乏担当与责任感的所谓成功男人，若不幸生活在同一时代同一个国度中，其结果会怎样呢？——纯爱成了封存于20世纪琥珀中最后的一滴泪。周围皆是剩女与空置房。没有爱没有痛。人人都在与爱无关的欲望中患得患失，压抑焦灼。无名的愤懑与满腹的牢骚伴随人们麻木而疲惫的身心，度过晦暗无光的每一天。

这些天生适合经商的男女精英，大多出身寒微，却凭着出众的才智，骄人的容貌，从这种命运里挣脱了出来。在当下利益多元化的社会中，在基于利益之上的社会分层中，靠自己的努力与运气混成了一个上等人，并掌握了发迹于上流社会中的各种手段与技能。因而择偶时，会时刻绷紧算计得失这根神经，人选范围必划定在与自己同阶层或高于自己阶层的精英当中。“我开本田呢，他不能开捷达吧?”“我家两套房闲着呢，总不能嫁个无房的主吧?”“我名校毕业呢，总不能找个大专生吧?千万级以上富翁可以考虑例外。”剩女们会随时启动自我保护机制，迅速从一段条件不对称的情感关系中抽身。虽然她亦沉迷于观看纯爱偶像剧，一集不落，夜深时甚至会陪剧中主人公落泪。但现实与荧屏，如果都无法撇清，那不是很幼稚么?“华屋千间，只卧一床”、“稻菽万担，仅食一碗”的大道理谁不懂得?可大道理能当饭吃，能当衣穿吗?但凡有些资本的姑娘谁不愿意嫁个非富即贵的郎君?难道要找个穷小子来拖累自己，请他来分享自己辛辛苦苦打拼来的财富与社会地位么?你看那些明星演员，谁嫁的不是豪富权贵，年过半百了还显得那样年轻貌美，人家没有任何生存压力呀，整天这儿看看风景，那儿挑挑衣服，生活光剩下开心享受了，能不一辈子都显得年轻好看么?

只是，谁都懂得，攀豪门绝不会如登太平山那么简单容易:真正的阔佬豪门在全球都是稀缺资源。于是，年轻貌美的姑娘们拥挤在那些有和珅之财的男子身边，拿出各自的看家本领展开了激烈竞争。这可真便宜了那些无良的多金男，他们美中择美，少中选少，今天跟这个同居两天，明天与那个快活一月，无非是损失些碎银子么？做个皇帝风流快活亦不过如此么？于是，他决定做个永远的钻石王老五，陪她们剩下来。他剩下来又有何关系呢？只要银行里有大把的钞票，一个七十岁的老头搂着一个十七的姑娘跳舞睡觉，不是很稀松平常的事么？

因此，有时候，我真的想狠狠地掴这个趋炎附势的世界、这个拜金拜权的社会一个响亮的耳光，回到从前那个非常爱非常痛，回到那个有童话有纯爱的年代：在那个年代里，不掺杂任何条件的爱情有如醉酒的感觉，头脑明明很清醒，行为却是不受控制的。她爱，不管他的贫富，更无关他的贵贱。他和她走在春天里，仿佛暖风中都有安抚的力量，让人一下子联想到诸如天长地久之类的美好誓言。若一方家长反对，面对无形的压力，她和他都会骄傲地承受，忠诚地坚持。幸福地痛并幸福地爱。那时很少有剩女，全国甚至找不出空置房。家家都蜗居，人人都很傻很天真，但每个人都在纯爱中拥有很多很多的幸福。现在，每个人都在说：如果没有爱，那我就要有很多很多钱。然而，她们却又认定唯多金男才配拥有她们的爱。世上又哪来那么多有钱又有情的男子呢？于是，全中国的男男女女都在寻找都在慨叹：幸福到底在哪里……

“你以为我贫穷，卑微、矮小而且不漂亮，我就没有灵魂，没有心了吗？”某日深夜，躺在沙发上重读《简·爱》，竟很杞人忧天地为简·爱姑娘没有活在当下的中国而深感庆幸。否则，提出那样“幼稚”的问题，依她的自身条件，不是要遭众人围观嘲笑且被人冠以“英伦凤姐”了么？而且，一准会被中国的“罗切斯特”抛弃，成为剩女。

2. 王小贱 爱情的乌托邦

知道世上什么事最痛苦吗？不是遭人背叛，不是永失至爱，而是把你的自尊撕下来给别人擦屁股。

知道世上什么事最幸福吗？不是爱从天降，不是名利双收，而是命运赐予你一个时刻心甘情愿把自尊撕下来替你擦屁股善后的王小贱。

这是眼下最火的小成本电影《失恋 33 天》给我的全部启示。

走出影院，便有惨遭“红包影评”忽悠之感。剧情与现实背离严重，片商的初衷，不过是定投光棍剩女市场，一款唤作爱情乌托邦的虚拟产品而已。或许，称为“85 后”幻灯片，更为确切。

作为冷眼旁观的一名“70 后”，我难以理解内心既温柔又强大的毒舌帅哥王小贱，对极为自我无比矫情的女主角黄小仙产生暗恋的现实合理性。一个 27 岁的大龄剩女，不漂亮，不温柔，无家境，无恒性，喜怒无常，唯一拿得出手的就是一口辛辣刻薄的说辞。王小贱到底爱她什么？不修边幅满嘴吐槽十分欠扁的文愤范儿？或许，小贱哥要的就是这个味儿？总之，他始终在距她一米之内的地方，关注她呵护她，时刻准备挺身而出替暴躁乖戾惹是生非的小仙姑遮风挡雨，甚至不惜撕下自尊为她的不知深浅不懂轻重而横生出来的枝蔓全力善后。

外表帅气用情专一的王小贱，无疑大家都想要，如果现实中有的话。

只是，国产精英男对于女人性格与内涵这一套从来不感兴趣。

进化了几千年，中国男人仍一如既往地原始着只遵从于审美带来的视觉冲动。一个女性，甭管你多个性鲜明、贤良温婉、事业有成、家境显赫、地位尊崇，如果没有出众的容貌作为基础，你所拥有的一切基本归零。

中国成功男的爱情从来都不会光顾一个女人的内在世界。

悲催的是，众多国产黄小仙们仍不顾现实地理想着、浪漫着。

于是大把大把地剩下了。于是一个收入稳定职业尚可才失去老伴儿不久的秃顶半老头子，亦会成为白骨精剩女争抢的猎物，纡尊降贵地任其挑三拣四。

这便是银幕下生冷的现实。

更为惨烈的是，国产精英男原本严重短缺，洋姐妹却还在各种相亲节目的忽悠下，纷纷抢滩华夏，肉搏中国精英剩女。最近，一位来自日本的“黄小仙”成了《非诚勿扰》的热门人物。这位33岁的单亲妈妈佐藤爱，离异，有孩，既不漂亮，亦不苗条，最大的特点是操持家务一流，兼有自己的事业，她再三强调自己愿意接纳男人的一切，愿意为男人做一切。

这位日本白金版“胖仙姑”，坦诚率真，在《非诚勿扰》节目亮相后人气大涨。令人不解的是“胖仙姑”人气涨行情却不见涨，至今，还没有与被她看上的任何一个男人牵手。

我跟女友说：有什么奇怪的呢？在中国，但凡有点能耐的男人，必然审美第一。进化了几千年，中国男人的择偶标准却依然未能从外表美长进到品性美活力美等形而上的境界。

一心寻觅真爱的佐藤爱无疑来错了地方。假若她是天仙似的真优美，情况自然会有天壤之别。只可惜她是姿色平平的佐藤爱，虽然中国女人都不约而同夸她率性可爱，却丝毫影响不了精英男们的择偶国标。所以我很想大嘴一句，佐藤爱应及时调整相亲目的地，若去法国碰碰运气，牵手的概率或许会大大增加。

关于这一点，我甚至相当自信。例证一，因电影《失恋33天》中的一句台词“世上最肮脏的莫过于自尊心”，而受到中国读者广泛关注的法国女作家尤瑟纳尔，一生著述颇丰，虽然我只拜读过《哈德良回忆录》、《苦炼》、《牢狱环游》、《王佛脱险记》等少数几部尤氏作品，可是，作家在其中展现出的超强文字调排能力以及宏伟瑰奇的想象力，足以令我将其惊为火星女客。后来，我得知作家背后还隐身一个美式“王小贱”。在近一个世纪的人生中，尤氏之所以能成功摆脱一切精神藩篱，始终保持独立的人格与追求，很大程度上得益于那个爱她胜过爱自己的生命与尊严的美国“王小贱”，他一生不厌其烦地为她的各种麻烦处理善后。作家与她的“王小贱”在一个人烟渺渺的荒岛上生活了40年，由于生活困顿，尤氏一日胖过一日，最后成了一个剃光头发的女胖子，而美国“王小贱”对她的爱却始终如一。

例证二，因电影《情人》上映而闻名嘹亮的法国女作家杜拉斯，在文学创作上建树甚伟，令人难以望其项背；而我知道，那个以超越肉体超越美貌的圣洁之爱深恋着她的旷世情人，才真正是每个女人向往的爱情传奇：能遇到那样一个“王小贱”，命运得多宠爱这个才情绝世的女子才行啊！一般的庸脂俗粉恐怕难以望其脚脖罢？还记得杜拉斯笔下那个“史上最深情最文艺最哀伤”版的“王小贱”么？

她已经老了，有一天，在一处公共场所的大厅里，有一个男人向她走来。他主动介绍自己，他对她说：“那时，你是年轻女人，与你那时的面貌相比，我更爱你现在备受摧残的面容。”

真爱吧？那个朝杜拉斯走来的男子，疑似“真爱无关老丑（微博）”的“王小贱”吧？

所以，你，佐藤爱，请收拾行囊，重新出发。

邀上众“剩女”，大家一起去找“王小贱”！

甭管他来自巴黎抑或纽约，只要奉上真爱，“王小贱”不问来处！

顾城说他吃果子，只是为了跟花有点联系。

我们满世界寻找王小贱在这个爱情败落的年代，只是为了跟爱有点联系。

3. “活跃跃”的离婚率

不是吃不着葡萄就说葡萄酸。看着张柏芝谢霆锋婚变一事被各类媒体翻过来调过去地炒作、暴晒、众评热议，无端揣测猜想，我便暗自庆幸自己只是一介布衣小民。要说根本没有成名成家的想法，那便近乎矫情了，我还未淡泊到与一切名利绝缘的地步。只是，自己还算有些自知之明，抛开机遇、专业技能不说，单论心理承受力抗压力，我便知道自己这一辈子无缘“名人”二字了。仪态万方地踩红地毯我也好喜欢的，可是我能忍受万千粉丝对自己的家庭、婚姻等一切个人隐私进行“强制性”消费吗？我能无视“八卦至死”的媒体对自己生活中的点点滴滴、一言一行进行庖丁解牛似的层层解构吗？我知道我不能。不仅不能，我甚至难以理解为何有那么多乖戾的围观者，齐刷刷放着正事不干，可以一天到晚猫在网上，围绕两个名人的离婚问题，展开一场狂欢。仿佛他们的全部乐趣就在于与媒体合谋不停地制造一些热闹，然后添柴旺火地守住这些热闹，千方百计地阻止这些热闹迅速消停下去。

看着张柏芝谢霆锋婚变的事一日比一日热闹起来，连我这个不爱操闲心的人都替王功权王琴两位史上最著名的“公奔”情侣大大松了口气，他们身边里三层外三层的围观大部队均已“急行军”撤至“锋芝婚变”主阵地，漂浮在世人眼睛里与口水里的金主爱侣终于可以消停一阵了。还记得当时“公奔”事件网友的评论，大抵分为两类：一类着眼于王功权的第二任现妻能分得多少家产，如果能分得那么巨额的财富，不知哪个小子有那福分，能被这个幸运到被抛弃的女人看上。第二类则属于爱情励志型：“千古只贵一片情！世上竟然还有为爱情甘愿放弃亿万家产的男人。呵呵，我又相信爱情了！”“锋芝离婚”事件出来后，刚转移至此的围观大军，便迫不及待地抛砖发帖，争当意见领袖了。针对此事件的网友发言，亦主要归于两类：

一类是张柏芝已经转移了谢霆锋名下多少物业，多少家产。如果离婚，张柏芝能分得多少财产云云。第二类便是唇亡齿寒型："连锋芝这样曾经山盟海誓、至死不渝的爱情典范都离婚了，这世上还有真正的爱情吗？爱情？呵呵，谁还敢信啊?!"的确，我们身边有太多的人容易被潮流、趋势、传统等集体性事物所左右，使他或她每天在失败情绪与希望憧憬之间令人不安地来回"跑酷"，新生代尤其如此，我想闪婚、闪离、网恋、短信恋、婚外情等诸多提升离婚率的行为均发端于此。外界抽别人一鞭子，他这个陀螺就会大受影响，就会开始不由自主地跟着别的陀螺转。她之所以网恋，是因为别人都网恋。她之所以结婚，是因为别人都结婚。他之所以离婚，是因为如今大家都不拿离婚当回事了。当然，我更不能理解的是，如果爱，如果离，明明都是关乎感情的事，但却鲜有人谈论感情，当事人或外人谈论关注的都是一本账。例如，张柏芝谢霆锋离婚事件，几乎所有媒体报道、网友评论，文章的关键词都是"买楼"、"股权转让"、"5 亿家产"，仿佛爱情、家庭、婚姻、孩子，都能按港币与人民币的汇率，一分不差地折合成真金白银。去年，热闹到沸点的"李泽楷梁洛施"分手事件，铺天盖地的报道、评论亦很少论及感情，关注点都在金钱与财富上。人们用羡慕的口吻津津乐道的是：呵呵，梁洛施，一个奇女子啊！12 岁辍学，15 岁签英皇，18 岁获影后，20 岁怀孕，22 岁成为三个儿子的妈妈，23 岁与孩子爸李泽楷分手，得数以亿计的"分手费"。对于爱情、婚姻，不知从什么时候开始，人人都改用一种生意人的眼光进行投资重大项目似的审视、审批，争取最大可能地获利，底线是不能亏本。宁肯中途将本钱退出来也不能亏本。否则，宁肯不做这笔生意。所以，社会上才会有如此多“剩男剩女”，有居高不下的离婚率吧？我这么想。

日前，众多权威媒体报道说，中国离婚率连续七年往上递增，平均每天有五千个家庭解体。令人吃惊的离婚数据曝光后，各路情感专家纷纷发表高见进行解析，认为社会发展了，人们生活水平提高了，对婚姻感情的要求标准都提高了，一句话，没有爱，就不凑合不委屈自己了。我对此大不以为然。难道人们生活水平低时对婚姻感情的要求便低么？难道不是人们的责任感越来越差，越来越不喜欢约束自己了么？难道不是越来越多的人将感情、婚姻与金钱混为一谈？父辈们谈情说爱，大多谈人生、谈理想，时下人恋爱论婚，上来就是车子、房子，言不及情而及“钱”及“物”的不是大多数么？柏拉图曾经说：“爱，是一种严重的精神疾病。”柏老如果活到今天，我敢说，他一定会将自己的名言与时俱进地改为：“爱，是一种严重的物质疾病。”

爱情观一旦被严重异化、物化、功利化，如果竟突破了“情”的底线，婚姻捉襟见肘，那是必然的！

4. 邂逅“手雷”

有人说，人的一生，若没有一次终生难忘的美丽邂逅，非常悲催。我说，人的一生，若没有动人心魄的美妙邂逅，其实也只是少了一些精彩闪光值得回味的时刻而已，若是不幸邂逅到一枚爆破力十足的“手雷”，才真的十分“杯具”。

明星张柏芝与型男陈冠希邂逅于北京国际机场，2008年“艳照门”事件，张小姐是受害者，此次巧遇，两人应视对方为不存在才是，真不知张小姐是想表现自己“拳头上能立人，肩膀上可跑马”的豪气，还是当时哪根筋错了位，不仅在机场主动拍了拍陈公子的背部，更在机舱里主动调位与陈公子坐在一起，千不该万不该的是，她居然还拿出手机来拍合照，将此次邂逅凝固定格在数码中。

真是一个美丽的“脑残女”。按理说，张小姐经过“艳照门”事件的磨难与洗礼，应该对又帅又酷的陈公子为人处世的另类风格有更深入的了解，但是她竟然失去了应有的理性与警戒，如溺水者抓住浮木般，居然恣意忘情地享受起这次不期而遇的邂逅来，在公众场合无所顾忌地释放着自己的情绪与冲动。她哪会想到此次意外邂逅昔日男友竟会成为一枚引爆自己命运的“手雷”呢？也许，这个深受婚姻困惑头脑简单的女人只是将此次邂逅当作了一盏能发出余热的炉火而已，希望这盏炉火能微温自己因婚姻出现裂缝而沮丧的情绪与缥缈的心事。如此而已。

机舱邂逅之后，陈公子以文字发声道：“这世界会有麻烦了。”张小姐为挽救自己岌岌可危的婚姻，极力否认此次邂逅，但她拦不住陈公子在某个公共场合默认，更拦不住他们两人在飞机上的合照通过某种途径在媒体上公开刊出啊。此次邂逅，如一枚手雷引爆了她看似幸福的婚姻与全部生活。

因此在欲望膨胀心灵驳杂的世界里，“嘤其鸣矣，求其友声”这种纯美的灵魂邂逅已经十分难得了。如今的邂逅环境似乎充满了实用性与功利性，因而也就充满了危险系数。时下的小美女大多任性无知胆大，社交面广泛复杂而又直指目标，时刻准备邂逅大款权贵，渴盼通过邂逅来改变自己的命运。而所谓成功男，因为有钱有权有名成了众多异性眼里的万人迷，沾沾自喜之余，希冀通过邂逅不同款型的小美女来证明自己不同凡响的男性魅力。如今的邂逅只是心知肚明的一种各取所需罢了：小美女要的是财富与资源，成功男图的是对方的青春与美貌，因此这种邂逅称之为“艳遇”仿佛更加准确。

说到目前悬疑多多、迷雾重重，令全国网民没心思干其他事情的炫富女郭美美小姐，已经将与她有关联或间接有关联的所有人士与单位全牵连到了风暴中心来了。所有曾与其邂逅相识并有可能扯上关系的成功男皆被网民们“人肉”了出来，并成为舆论攻击的靶心。这个认证为“中国红十字会商业总经理”、微博日志中不断出现病句的小美女，芳龄二十，在微博开通不到一年的时间里，出生于普通家庭的她，乐此不疲地在上面展示她的豪宅、名车、名包、名马，肆无忌惮地招摇她的富有与奢华。也许是她不管不顾的显摆彻底激起了全国网民的斗志，舆论的矛头除齐齐指向被其牵连的中国红十字总会外，大家众口一词表决心，一定要揪出躲在小美女背后搞钱权交易的那只隐形手。谁都想搞个明白：短短一年时间里，美美小姐显摆的那些巨额财富，到底是如何得来的？

有时，我会没事找事地想象一下那个隐形人的心境与情绪：他会后悔邂逅这样一枚以自己的无知浅薄招摇最终引爆了舆情的“手雷”吗？他直接或间接送予她巨额财富时，满以为对方是一个货真价实的小美女，现在美美小姐竟被“人肉”出来是一个不折不扣的人造美女，他还会将她的无知任性炫耀高调当作单纯可爱来欣赏吗？他会抱怨她什么呢？

要论美妙的邂逅，在我的认知中，仿佛只有《警世通言》里描绘白娘子与许仙的那种邂逅，才真正够得上“生命中的美丽奇遇”这一说法。许仙从四圣观坐了张阿公的船，不到十数丈水面，只见岸上有着白绢衫儿的妇人叫道：“公公，搭船则个！”多么唯美的画面！

倘若将此邂逅桥段放到今天的环境中来会如何呢？首先，如今河中没有摇橹船了，“突突突”噪得人心烦的柴油船根本听不见河岸上的人说话，别说唤作公公，就是叫几声太爷爷我想船老大也是听不见的。现代白娘子若将搭便船改为搭便车，正经男人大概是不敢停车理会的，怕遇上里应外合打劫的啊?!你想想，清明的细雨中，一个穿抹胸吊带而不是白绢衫儿的惊艳女招呼着要搭便车，任凭她的声音如何清丽娇美似初啼乳燕：“亲，搭车则个。”神经正常的大概以为大白天撞上了女鬼，多半会一踩油门绝尘而去。个别不信邪胆大钱多的，将美女请上车后，寒暄片刻，双方都动了欲念，美女一开口：“亲，15 亩地的大别墅有吗？趁几辆玛莎拉蒂？”邂逅的浪漫纯情氛围马上一扫而光，当然接下来更不会有美丽的故事，只有，疑似买卖开始了……

5. 韩剧美剧为啥火

——再谈“邂逅”

紧随韩剧美剧之后，据说泰剧也火得一塌糊涂。要我说，这些为上述海外剧奉献收视率的男男女女都是“美丽邂逅”的向往者与中毒者。

毋庸置疑，在生命的旅途中，最大的惊喜与期待莫过于撞上一个别样的灵魂，遭遇一场最美妙的邂逅。邂逅的浪漫、纯美，便在于这种无根无由，完全靠缘分的不期而遇。因为你根本无法预测它会在哪个场合神出鬼没。你仿佛还未缓过神来，它却先以光的速度抵达。那一瞬间，你们同时觉得对方就是自己寻觅了千百年的那个灵魂，就是自己一生追逐的那帘幽梦，理性在那一刻摧枯拉朽，你们心甘情愿为对方沦陷。

多么唯美，多么浪漫，多么传奇，多么令人心驰神往。

电影《卡萨布兰卡》还是许多年前看过，可是我至今记得其中的一句唱词：“世界上有那么多的城镇，城镇中有那么多的酒馆，他却走进了我的。”不可思议的缘分，万般巧合的邂逅带来一段魂牵梦绕的恋情。韩剧美剧泰剧能在中国掀起一波又一波的收视高潮，赚得盆满钵满，我想无非是它的导演与编剧懂得制造一个又一个机缘巧合的“邂逅”美梦。他们是一批深谙观众心理学的心灵捕手：生命如同一块看似宏大、甜美的大大泡泡糖，嚼着嚼着就会越来越寡淡，最后竟味同嚼蜡，你却又不能随心所欲地将那些寡味到令舌头麻木的胶皮渣“噗”的一声给吐出去。日子还得继续，人的微渺感与生活的琐碎平庸感却无法改变！谁不愿意有个劲儿劲儿的精彩无比的人生呢？可谁又能超越这种平凡的生活？

而邂逅却能给你带来极大的意外与惊喜，能将你从平凡与庸常中暂时拯救出来。这种陌生的冒险与超越庸常的诱惑令你灰白无趣的人生上空顿时升腾起一轮彩虹，光芒四射地照亮你前方的日子。当然，邂逅一般都会发生在路上或者某个公共场合，它需要必要的经济成本或时间成本，还伴随着巨大的风险成本。对于那些付不起成本或不愿付出成本的人来说，沉浸在韩剧美剧泰剧中随“邂逅”中的男女主人公命运而心潮起伏，亦不失为喝一剂安全而无用的心灵鸡汤。

譬如我，津津有味地看完韩剧美剧，便会开始想入非非，将自己在有生之年最希望邂逅的人在心中翻来覆去作排序：如能穿越时空，首先我期待在墨西哥偶遇正在撰写《在路上》的克鲁亚克，之后在意大利邂逅优雅透骨的斯托伊科维奇，在荷兰巧遇那个豪气冲天的英雄伊拉斯摩，最后在德国撞上我最喜爱的诗人诺瓦里斯。总之，那些都是我看完海外剧后的一番胡思乱想而已。我已人到中年，日复一日地上学放学、上班下班，咖啡馆酒馆也都光顾过，只是没有一次邂逅过有趣的人物，更别提走出国门穿越时空去邂逅那些灵魂上心仪已久的人物了。要说邂逅，只是在下夜班的途中，在忐忑不安地穿越酣睡的解放南路与大沽南路时，曾分别遇到过两个想打劫的流氓，当时，我被这种理想与现实的巨大差异而产生的荒诞感震撼得无话可说了，甚至忘记了害怕，只是自顾自地摇头大笑，想打劫的以为遇到了精神不正常的，即刻作呆若木鸡状吓得魂飞魄散地落荒而逃了。这便是我平生的邂逅经历，不仅不美丽，相反充满恐怖色彩，至今回想起来仍令我手脚冰凉、汗毛直竖。

我当然不能因为自己有限的经历，便否认邂逅的美丽。我想说的是，科技的快速发展，物质的后来居上，人们对精神世界的漠视，使我们这个喧嚣焦躁实用的时代已经完全丧失了产生美妙邂逅的那种单纯的社会环境。因此，现实离剧情越来越远。比如说，美剧里的女主人公常在美丽的公园晨跑或者拎 N 个购物袋在街头狂奔，一不小心摔倒了，这时一定会有一个万人迷一样的帅哥走上前来帮扶。四目相对电光石火一刹那，美丽的故事便铺陈开了。

可是今天你当街摔倒了会怎样呢？有个好心大娘能上来扶你一把算是幸运，一般情况下是一部分无聊的人围观却绝不伸手，一部分怕惹事的会边躲避边提醒路人："碰瓷的吧？千万别惹祸上身啊！"倘若你在人满为患的公园晨跑摔倒了，估计遇到帅哥美女的概率亦几乎为零，为啥呢？自由职业者还在睡大觉，精英们都在大厦的一间间格子里卖命哩。晚上你若打扮得衣冠楚楚地出现在城镇中的某个酒馆里，你是走进了我的酒馆，可是你能在摩肩接踵的人流中找到我并且走进我的心么？就算走进了又怎样？假若这个酒馆恰好想借机炒作扩大影响，你与老板娘邂逅的一言一行很可能明天就会出现在网络上，那个莫名其妙被狂转无数次的视频会将你命名为"邂逅哥"，何时何地都会有人在你背后指指点点，令你无地自容。

因此，在这样一个人人只愿邂逅钞票财富与成功机遇的实用主义时代，你最好不要去梦想什么邂逅同质感灵魂的美事，绝对败兴而又得不偿失。在家看看韩剧美剧泰剧，过过眼瘾即可，然后洗洗睡吧。

6. 明星婚恋的“期货概念”

我不得不承认，20 世纪 40 年代与张爱玲同时步入上海文坛的都市女作家苏青是位高瞻远瞩、极善预见性的天才。那个时候，她便在《恋爱结婚养孩子的职业化》一文中对将来的男女婚恋作了大胆预判：以出卖情爱为职业的人，现在已经不少，也用不着再等到将来了。不过这职业似乎还不是很公开，而且从业人员又往往专限女性……不过我相信将来必会揭破这层假面具，而将爱情堂而皇之的标价出卖。也许采用拍卖行的方法，让一大批人来估价竞购。而且这种新兴事业也决计不会让女性永远专利下去……苏青的才情，并不输于张爱玲的，两人的名气虽不能说有云泥之隔，终究是差了一大截的。个中原因，我想是苏青的表达过于赤裸，她的洞察过于深刻睿智，“平生不解掩人过”，不懂得或是不喜欢指桑骂槐，含沙射影地批判，总是将社会的或情爱中的假面具毫不留情地撕扯下来，让世人难堪，所以，并不招读者待见，然而这一点却正是苏青的可爱与有价值之处。

似水流年，白驹过隙。七十多年过去，以眼下的现实观照苏青当年的惊人预判，你定会啧啧称奇：周围女性，没有大房子不结婚的比比皆是，傍大款不再是一个令人羞耻的词汇，反而成了有本事的潜在代名词，吃软饭、傍富婆亦成了社会一畸形景观，这些人，难道不是在以出卖情爱为职业吗？这种职业，早已不再是女性的专利，某些男子更是自我标榜“软饭硬吃”，吃出了硬邦邦名气的已不乏其人，小甜甜布兰妮的前夫凯文，更是全球有名的“软饭王”，不仅吃出了名气，更是吃出了大把的银子。至于苏青预测“也许采用了拍卖行的方法，让一大批人来估价竞购（情爱）”，拍卖毕竟太过公开透明，令人反感，操作起来亦绝难以作弊迂回的，苏青可能不会想到，更聪明的现代人摸索实践出了一个比拍卖更高明更与市场接轨的办法，那便是在情爱中引入股指期货概念。某些大红大紫的明星便是这个前沿概念自觉与不自觉的践行者。

之所以说某些大红大紫的明星是情爱婚恋期货概念的践行者，是因为期货的门槛较高，一般百姓玩不起，勉勉强强玩得起的，到头来亦输不起。说白了，你资本不够。只有那些容貌够靓、人气够旺、名气够盛、银子够足、心眼够多、眼光够毒、势头够猛的明星是恍若芸芸众生中的权重蓝筹股，在经纪公司的操纵与配合下，才有机会有资格有资本在自己的婚恋生活中大玩期货概念，在判断对方事业人气可能下跌时，率先与对方分手（卖出股票），或者做空股指期货（对外宣称已与对方分手、未与对方结婚，或者高调散布与财大气粗抑或事业如日中天的第三者的绯闻等）。用股指期货做空的手段来赚取眼球，赢得收益。股指期货使得明星们在婚恋对象行情上涨或下跌时，都可以通过正确的方向判断实现盈利，更实现身价与资产的双重暴涨。明星在婚恋中玩期货，如果想通过做空做多两头获利，最重要的是眼光要够毒，判断要够准，婚恋投资若看错了方向作出误判，那么之后不论对方行情如何演绎，投资者都有可能产生亏损。前期玩股指期货概念的明星，大多是利用婚恋对象将自己身价拉高后出货（结束婚恋），但不少人出货后又追悔莫及，因为权重蓝筹股毕竟是稀缺资源，并非遍地可觅的。现在进入婚恋期货市场的明星们经验日渐丰富，操作技术日趋成熟，寻觅到一只优质权重股后，不再轻易拉高出货，而是坚持长期持有，动态锁筹，以寻求配置权重股的最佳收益率。就拿香港明星 W 先生与 L 小姐二人的婚恋来说，男方在娱乐市场上显然是更有影响力的权重蓝筹股，L 小姐初入婚恋期货市场时，操作手法单一，常常做空对方，绯闻不断，先是和 H 先生玩失踪，继而又被媒体捕捉到与日本某球星的激吻一幕，后又与身价逾百亿的大富豪牵手亮相，大秀“明星富豪恋”，L 小姐曝光头条的机会增多了，不过亦面临丢失权重股的危险。所以，W 及 L 二人及其背后的经纪公司后期操作手法明显成熟老到，时而做多，时而做空，两头赚眼球，做多做空背后皆有盈利。当外界听到 W 先生亲口证实自己已与 L 小姐秘密结婚，而经纪公司又急不可耐地站出来辟谣时，两头新闻都占据了娱乐版面的头条，谁是最大的赢家呢？

如今的娱乐圈，玩婚恋期货的高手越来越多了，所以，你会看到不少明星离婚后身价节节暴涨，那些人不少都是善于做空的高手。绯闻男友众多，让人雾里看花的明星，这些人往往长于做多。既做空又做多，是高成本高难度的技术活，真正考验人的情商与智商，玩起来得心应手的刘嘉玲算一个，当然，强中更有强中手，要论大师级人物，还得数Z小姐。Z小姐事业起步后，先选择做空才华横溢的某导演，做多家财万贯的富二代，人气名气均赚得盆满钵满后，又毅然做空富少，做多某国际巨星，后又寻觅到一位金发碧眼的世界重量级男友，她大有将这个权重蓝筹股予以长期持有，动态锁定之势。因为前面的数段八卦绯闻，都是媒体热火朝天地爆炒，而Z小姐从未有过回应作答，令人真假难辨。觅到真正的权重大蓝筹后，Z小姐开始对爱情表态了，她说："他是我的男朋友，"又说，"爱情是要双方都负责任才行的。"看来，Z小姐这段爱情有望不被拉高出货了，而是可能被长期锁筹。且祝她一路持有，打死也不卖（某股歌歌词），以便将自己用智慧与汗水打造出来的人生牛市再延续五年乃至十年，再写娱乐圈的超级版传奇神话。当然，若发生意外，被强行平仓，又另当别论了。

7 活在缺乏经典爱情的年代

许多人都喜欢讴歌赞美时代的巨变。可是，在我看来，有些巨变，对于人类的心灵与精神而言，却未必是一种福分，未必不是一种遗憾。譬如在科技水平低下的年代，人们没有电话、电视、电脑这些东西，那时的男人不可能被"电脑游戏控"，那时的女人还远未变成"电视动物"，人们只能玩味大自然与内在的情感世界。那个时候，人们都有自己的三亩薄田，没有激烈竞争的压力，无需赶赴场面上必须而又无聊的应酬与饭局，不必考虑人际上的驳杂与纷争。心静，气静，春夏秋冬都慢悠悠的，时间缓缓流逝，将每一个日子从容而又漫不经心地拉得悠长。真正的“岁月静好”人人都能有充裕的时间，都能以单纯的心境恒久专注于一件事情。“慢工出细活”啊！怪不得古人能留下那么多经典的诗篇、经典的画作、经典的雕塑、经典的建筑，而最让现代人羡慕的，是能气定神闲、地老天荒地进行一场经典的爱情。

是啊，但凡经典的东西，都需要足够长的时间进行打磨，且能经受住足够久远时间的考验。因此，慢节奏是打造经典的必然条件。而眼下，国人最强烈的感受便是气喘吁吁的速度感。仿佛每个人都在追赶，都在奔跑，甚至来不及停下脚步进行一番理性冷静地思考。男人与女人能迅速亲密，迅速同居，迅速分手，或者神速结婚，神速厌倦，神速出轨。工作中人们更只注重成功与实效，生活中每个人身边晃动的似乎都是焦虑的踉跄奔跑的身影。我们每天必须步履匆匆地从一个钢筋水泥的厚盒子赶赴另一个钢筋水泥的厚盒子，为的是养家糊口，我们已完全没有心境与时间来进行一场经典的爱情了。我们只能眼睁睁地看着“经典爱情”在我们这个实现了“翻天覆地”巨变的效率年代里速朽，并且死去。

蔡康永说：“在古代，我们不短信，不网聊，不漂洋过海，不被堵在路上，如果我想你，就翻过两座山走五里路，去牵你的手。”如今，据说在北京、上海等堵车最为严重的大都市，男女之间谈情说爱，除门当户对外，距离远近也成了最为重要的一个条件。想想，生活节奏如此之快，谁还有耐心谈一场奔波的恋爱呢？当他或她穿过重重的交通阻力来到对方身边，心中残存的那点浪漫与爱意早已被公交车上的拥挤喧闹与私家车上因堵车时间过长而引发的不快与疲惫驱赶得无影无踪！因此，现在年轻人谈恋爱，首选居住同一小区的，市内居同一城区中的则为其次。谁都恨不能走两步就能见上面。翻两座山走五里路？现在已经没人愿意为谈一场恋爱而付出如此多的时间与精力了！更没人愿意在一棵树上吊死。只要条件差不多，跟你谈也行，跟他爱也未必不可，“专注”这个词已被扫进了历史的垃圾堆。总之，谈恋爱一定要省时省力，只选近的不选爱的。人人都一副身子骨虚弱经受不住两座山五里路折腾的模样。故此，我时常会反过来想，古代的男子都如盘古后代般剽悍、伟岸、有“力拔山兮”的盖世气魄，古代的女子好似《诗经》里采摘的村姑般勤劳健康、纯真朴实、快乐美丽，是否受益于牵一次手均需翻山越岭走五里路的日常“铁人三项”似的身体锻炼呢？而如今男人日益雌化女人日益酸化的趋势，是否受害于电话、电视、电脑、汽车等带来的时代巨变的重大科技发明呢？如果见不了面，我们就短信吧？如果你想我了，就网聊吧？如果你想牵我的手，就开私家车或坐公交车赶来吧？哪里还需要翻两座山走五里路呢？一切从速从快，灵活解决。或电话或网聊或视频，总之，不要我受累费劲就OK！谁还愿意为谈一场恋爱受苦受累呢?！走在人流滚滚的大街上，看到内敛的、隐忍的、山一样的汉子越来越少，而没有喉结、没有胡须、肤白面嫩的男人举目可见；《诗经》里健康纯真朴实的女子亦不见了踪影，到处是包装过度、拿腔作调、以这种“范”那种“范”风格示人的所谓时尚丽人，此时，我就会暗暗地恨恨地，缅怀那个“谈恋爱需要翻山越岭”的科技水平比较低下的慢时代。

“我不能等你一年零一个月了，我也不能等你到25岁了，但我会等你一辈子。”电影《山楂树之恋》中男女主人公进行的那场经典爱情打动了无数观众的心。的确，无论哪个年代的经典爱情都应该是纯粹的、坚定的、自然的，都应该是虽肌肤遥远却心灵偎依、恒久专注的一种深度情感，用一辈子时间与空间来守候并共同体验成长的苦乐。只可惜，在我们这个将“效率”与“速度”视作第一追求的年代里，在这个满是诱惑与欲望的社会中，世人已很难做到恒久地一心一用了，在一份爱情面前，大多失去了执著，没有耐性，更谈不上锲而不舍，持之以恒了。别说万千阻碍，就是让他翻两座山走五里路，都足以让这些情侣们在爱的路上、情的表层停滞不前，半途而废了。

8. 展览式生存与“公奔”事件

或许，真实的人生太单调、琐碎、沉闷了，每天都在机械地重复同样的内容。亦或许，有太多的人困在自己极为厌恶而又无可奈何的生活泥淖中，挣扎不出，逃脱不得。不知从何时起，便陆陆续续有“勇敢者”大胆蹦上舞台，表演“原生态”

的行为艺术，奉上自己惊天动的、惊世骇俗的隐私作为紧凑剧情，瞬间便成功聚集起数以千万计看热闹的普罗大众。发展成为热门事件的行为艺术再经新媒体、传统媒体的深度传播发酵，终于演变为全民关注的公共事件或公共“大片”。

眼下，全国最热公共“大片”的男女主角是王功权与王琴，他们表演的“行为艺术”是“千古只贵一片情”的“私奔”事件。这两位年龄相加逾八十，资产相加逾百亿的中老年男女，因为男主角亦即著名投资人王功权事先通过微博高调张扬、广而告之，一场本上不了台面的“私奔”在五十万“粉丝”的围观狂欢下，轰轰烈烈演变为一部日日有续集时时微博直播进展的“公奔”连续剧。因为男女主角相加上百亿身价带来的眩目光晕，更因为年过半百巨有钱的男主角还是半个文人，喜好舞文弄墨、吟诗填词，敢于通过“私奔体”的原创诗词将自己“不爱财富爱美人”的“爱情宣言”昭告天下，这种古典诗词叙事的强大夸张性，渲染性引来无数的掌声与喝彩声，因此，“公奔”连续剧男女主角大有奔着“偶像”剧主人公而去的气场与架势。

令我震惊的是，一个抛妻弃子的有妇之夫通过微博公开“直播”自己与另一位女子的“私奔”闹剧，居然支持者众多，居然大量名人也毫不吝啬地献上自己的溢美之词。不仅如此，竟然还有不少顶礼膜拜者将此场“公奔”闹剧最大限度地浪漫化、合理化、诗意化。完全不顾及王功权的已婚身份，完全忽视他妻子孩子正在遭受的无端伤害与面临的极度尴尬。尽管王富豪的朋友也透过微博替王的行为作了详细辩解：一个成功的男人，出轨，和“小三”有了私生子，后被结发妻子发现，坦白后离婚。这个从“小三”变“现妻”的女人，用王豪富自己的话来形容就是：“爱了我很多年，人也不错。深情，俭朴，教子有方。但在控制丈夫问题上义无反顾……做事出手狠。”于是，网友嘴里的“小四”——拯救王豪富于水深火热之中的神奇女侠出现了，十分性情的王豪富决定为眼前这份伟大的爱情撇家舍业、抛妻弃子，因此在某个深夜通过微博昭告天下，他选择放弃一切，与神奇女侠私奔了。我真不敢相信，竟有那么多围观者缺乏基本判断，是非不分，美丑混淆，只是一味跟风狂欢，甚至顶礼膜拜——只要男主角抛弃的不是自家亲姐姐或亲妹妹，我们便可以尽情调侃找乐恶俗幽默。就像皇帝什么也没穿，但大家都夸他的新衣服漂亮。如今，大家都在为这个有着已婚身份的男人鼓掌叫好，都夸他为爱情敢于放弃一切的勇气与精神，简直就是世间罕有的情痴情圣。其实，他还有第二任的现妻，他还是人家的合法丈夫，他根本没资格跟神奇女侠谈情说爱。

因而，一场喧嚣的闹剧，常会淹没、扭曲、遮蔽事实的诸多真相与本质，令狂欢者漠视最基本的社会共识、公理甚至常识。在一个缺乏理性的狂欢舞台上，只要你会摆 pose，只要你勇于作出一种叛逆者的姿态，同时大胆给自己贴上此类标签，便可以一俊遮百丑，并赢得众多粉丝的齐声喝彩与如雷掌声。没人会去扫兴质问当事人：在一个恋爱结婚无比自由的社会里，你完全可以正大光明地离了再结，结了再离，没人妨碍你，你俩奔的是哪门子“私”？既然打着“私奔”的噱头，为何又要利用微博昭告天下，史上有这样广而告之如此高调的私奔吗？一直都是你俩在发声，事件牵涉的另一女主角亦即王功权的现妻始终保持沉默。如果那不叫爱又该叫什么？难道她找不到媒体发声吗？要知道，有人私奔，就有人泪奔。即使王豪富不再爱他的现妻了，但她仍是他们两个孩子的母亲，为了给自己的“私奔”行径作辩解，他便可以在微博上堂而皇之“公示”现妻的不是吗？

在此场闹剧中，最闪亮的元素是“钱”。看在男女主角如此有钱的份上，万千以挖苦刻薄为己任的网友甚至连最基本的社会公理均忽略不计了！网友的心理是：我们在职场上拼命，在名利场上周旋争斗，在乎权势，在乎声名，更在乎钞票！说到底，世俗的一切荣华富贵金钱名誉我们全在乎，可在乎又怎样？拼争了几十年，荣华富贵依然只是个梦想而已。看看人家，赚了上百亿的钱，居然全不在乎，居然“最恨人间累功名”，居然为了一份劳什子爱情声称要放弃一切！这还不让人“羡慕嫉妒恨”的么？我们拖着疲惫不堪的身体顶着巨大的工作压力，拼命赚钱最终也赚不来几个小钱，我们也想带着“私奔”的心态“偷得浮生数日闲”，远离残酷的职场政治，远离如履薄冰的人际关系，我们也想为自己的心灵活着，我们做得到么？既然我们啥也做不到，难道还不允许我们隔三差五找个爆点围观狂欢一下么？我们找点乐子将自己从百无聊赖、平淡无味、情绪低落、疲惫不堪中抽离出来一小会儿，释放些内心的戾气与不安分因素，难道不可以么？

我记得小时候，最恨父母偷偷翻阅自己的日记。不过几十年的工夫，社会已快速发展到连最隐私的话、最隐私的事都要拿到博客、微博、视频上去展览，而且展览者乐此不疲，围观者津津有味。展览者都想过瘾演一把偶像剧，围观者因为审美疲劳口味越来越重，因此偶像剧剧情越来越惊世骇俗。这种极端展览式生存引发的围观与狂欢常令我惊惧不已，恐慌不已，忧虑不已。因为自己是个好静默较内向之人，便常常会生出强烈的危机感来：像我这种有隐私展览恐惧症的人，难道下一步便要面临严重的生存方式危机么？

9. 婚姻的“房本位”

眼下，你若问当代中国人的婚姻是由什么铸成的？烟火红尘中的男男女女一定都会用自己的实际行动告诉你：房子！这并不是我耸人听闻，故作惊人之语，而是《婚姻法》新解公布后，对于涉及“房子”的条款，男女两性无比现实的态度令我感慨万千、唏嘘不已：双方如同两个精明的商人，各自细致地计算己方的利益得失后，觉得自己赚了的男性一致喝彩强烈支持，觉得自己亏了的女性则大呼不公，方寸大乱言辞激烈地嚷嚷：自己很受伤。既然房子都靠不住了，女人为啥还要“昏”在男人面前？

在婚姻这场盛大的福喜宴中，男女双方似乎都忘了爱情这桌主菜，大家都在使出浑身解数争抢摆设福喜宴的这套房子。几十年前，我们的父母辈们都还在或租或借来的窄小陋室里，欢天喜地地备薄酒办喜事，热闹完了便一辈子甘苦与共，风雨同舟。没人计较婚房是租来的还是借来的，是十平方米的还是二十平方米的，是终年不见阳光的还是漏雨透风的。彼此在乎的是感情与责任，两性在以感情为根基的婚姻中，拧成一股绳经营着尘世的幸福。虽是租借来的陋室，每个角落却都散发出温馨幸福的气息。

是岁月不居，还是男女不古？什么时候起，现世中的婚姻竟“以房为本”了呢？无房不婚已天经地义了呢？拥有了自己装修华美的房子还不够，八九十平方米的空间仍装不下尘世男女的缘分，仿佛只有房本上的名字才能维系两性的婚姻，只有房子的产权归属才能决定一对男女的婚姻归属。婚姻这场人生喜宴，世世代代皆由爱情唱主角，啥时房子竟走到前台，击败原主角，自己反客为主成了主导力量呢？如果房子产权登记在我名下，咱俩就结婚生子成今生最亲密的人。如果不写我的名字，咱俩就分道扬镳各走各路从此是最寻常的陌生人。

仿佛，结婚结的是房子，而不是人，更不是爱情！

仿佛，我们已进入了一个“以房为本”的结婚时代！

于是，我豁然顿悟：难怪当我们走进许多装修豪华的家庭中时，在宽大洁净的房子里感受到的只是物的冷漠，却无处寻觅当年父辈们住租来的伙单时，一推门即扑面而来的那种贴心贴肺的温暖。难怪大家都在无聊无奈地编段子自嘲：没结婚的男女像结婚一样同居，结婚的男女像没结婚一样分居。情人像夫人一样招摇，夫人像情人一样简出。商品社会中，当人们的婚姻价值观完全被商品房等物件格式化时，婚姻又焉有不乱码、不破产之道理?!

长期以来，《婚姻法》的基本原则是倾向于保护在经济社会中处于弱势地位的女性，因此，婚姻被大部分女性视为获取财富、寻求安全感的一种有效途径。一旦婚姻破裂，女性皆能在离婚诉求中分到家庭全部房产的一半，不管该房产是男方父母倾家荡产购置的，还是男方婚前自己节衣缩食攒钱买下的，总之，婚者有份。然而，随着女性社会地位的不断提高，独生子女所占比重越来越大，女性在婚后得到父母财产的机会已与男性相差无几，尤其进入高房价时代后，许多年轻人的婚房实际倾尽了双方父母的终身积蓄，在高离婚率的现实语境下，假如离婚即可分走一半包含对方父母终身积蓄的房产，似乎有失公允。为保卫自己倾尽终生积蓄购置的最大一宗财产不被他人分割，离婚官司中的房产纠纷逐年增多。8月12日，最高人民法院公布《婚姻法》最新解释，将感情与个人房产进行彻底剥离："父母出资为子女购买的房产，应认定为个人财产，另一方无权分割。""离婚案件中，一方婚前贷款购买的不动产应归产权登记方所有。"这个法律新解公布后，在社会上引发轩然大波，男女两性站在各自的立场上说话，针锋相对，剑拔弩张，各方希望自己最合适的心态暴露无遗。

女性担心自己在婚姻中成为彻底失去保障的一方，不满之声四起。她们说："如果女人是男方屡屡出轨才提出离婚的，岂不白白在婚姻中走了一遭?"又说："姐嫁的就是房子！一个女人用最好的年华换房子有错吗?""女人带孩子做家务这些婚姻中的额外付出又怎么计算呢？彻底AA制了，何必还结婚?"

男人则如释重负，纷纷偷着乐：“新解有利于阻击物质婚姻。”“父母给自己买的婚房，凭啥离婚时老婆就得分割走一半？”“女方也可以买房呀。谁买房今后孩子跟谁姓，谁买房婚姻里谁坐庄！这很公平！”“如果不靠父母资助，哥根本买不起房，企图通过婚姻不劳而获发家致富的姑娘们，千万不要迷恋哥！”

我无比疑惑。

如今的男男女女还正常分泌爱情荷尔蒙吗？

是否已改为分泌物质荷尔蒙了，已与这个商品时代无缝接轨？

否则，为何在爱情与房子争夺婚姻主导权的大战中，居然房子完胜！

10. 跟着“狮子”有肉吃

出不了芳名，能爆得恶名亦可。有时，我真的怀疑那几个为争抢谢霆锋正牌“小三”身份而在网上几欲大打出手的美女，是东晋权臣桓温的后代。桓大人当时大权在握，妄图取代东晋而自立，密谋通过太和三年的第三次北伐，顺理成章夺取司马氏的皇位。结果败北。桓大人当时留下了一句千古“名言”：大丈夫不能流芳百世，亦当遗臭万年。

要说桓前辈，甭管英名臭名，人家想在历史上留名，一切皆靠自己。现在几位妹妹的所作所为，却让我想起非洲的秃鹫：自己不愿苦练捕食的本领，或者知道自己捕食的天赋很差，偏又想吃香的喝辣的，于是便对狮子采取跟随策略，时刻警惕地环伺两侧，一旦发现狮子捕杀了猎物，便争先恐后地冲上去，抢夺狮子无心留下的丰盛剩饭。

如今几位美貌的妹妹一定是将大明星谢霆锋当作了那头捕食的狮子。谢霆锋与张柏芝的婚变八卦就是那个不幸的猎物。看到狮子对八卦大餐无甚食欲，一干嫩模、富家女、淘宝红人等娱乐圈边缘人物便蜂拥而上，打破头地抢食八卦的剩余价值。纷纷在网上晒证据，以证明自己才是小谢传说中那个神秘的"小三"，脸红脖子粗地愤怒指责其他人都是借机炒作。真是拿着无耻当光荣，丢人现眼嫌不够。难以想象这些姑娘们的父母知道孩子们的言行后会作何感想。假若碰上像干露露那样的母亲，为了让从河南信阳一个小县城漂泊到北京来闯天下的漂亮女儿一夜成名，居然将闺女洗澡时一丝不挂的视频放到网上去吸引大众的眼球，我真是无话可说了。父母若是先疯了，孩子们有何匪夷所思的举动，我都不会感到奇怪的。

按常理，跟在谢霆锋这头狮子后面抢食八卦剩饭的天仙妹妹们，并不缺钱花，某些神仙妹妹甚至出生于大富之家，但妹妹们心气甚高，志向颇大，个个明白年轻貌美有钱固然令人羡慕，但在整容业流水线似的生产美女的今天，这样的女孩儿虽还未多到满大街皆是的地步，却也并非如何稀罕。唯有名气能让她们从美女与富家女当中脱颖而出，达到天下谁人不识君的地步。是呵，就拿谢霆锋来说，若没有响亮的名气如舞台上的追光灯般照着他，在他周身制造出夺目的光芒，凭他那样的个头与长相，是否酷毙我说不好，若说帅呆了我以为绝对是名气的光晕作用，咱滨江道上比小谢帅的小伙儿多去了，就因为籍籍无名，所以这些有古之潘岳容貌的帅哥们才泯然于众人矣。因此，天仙妹妹们跟在谢霆锋这头狮子身后抢食的正是名气这碗剩饭。

在美女如云、想出名的美女又如过江之鲫的年代，一夜走红的机会几欲等同于买彩票中头奖。但大家都幻想自己会是那个最幸运的姑娘，因此妹妹们绝不放过任何一个成名的机会，没有机会，创造机会也要往上扑腾。商家不是都知道傍名牌这条成功捷径么？难道姑娘们就不懂得傍名人的道理么？名人们法律意识奇强，不让咱傍，咱采取跟随对策还不行么？咱先在微博上发几张和小谢的合影，让大家误以为咱与小谢关系暧昧，然后咱再澄清小谢只是咱的偶像不行么？虽然咱只是跟小谢拍过一组护肤品广告，但咱把广告中两人深情款款对视的照片贴在网上不行么？咱还想围绕着照片抒发点诸如：“他的肩膀是那么有力，伏在上面的安全感让我舒服得想沉沉睡去。”“他现在好么？”等等让人浮想联翩的感受不行么？小谢他不高兴又能咋的？打官司吗？小妹我求之不得！与万众瞩目的大明星扯上绯闻已让我很拉风，若再与他扯上官司，岂不是助我一夜成名吗？感谢他还来不及呢。若论美貌，悉数娱乐圈里一线明星，谁倾国倾城了？真正倾国倾城的，如今还在二三线混着呢。一等美貌的明星，若没有一等一能兴风作浪的性格与之匹配，若没有一等一跟随狮子的策略不断给自己创造上位的机会，能有今日一等一的娱乐江湖地位么？人家小谢命好，自己的父母就是娱乐圈的狮子，根本用不着跟随攀附，狮子心甘情愿让他骑在上面，送了一程又一程，直至小谢自己也成为一头影响力无可匹敌、江湖地位不可撼动的狮子。人各有命，咱家没狮子让咱骑，咱跟在别人家的狮子后面抢点名气或者成功的吃吃剩饭还不行么？

因此，做狮子可能亦是一件十分悲哀的事。刚捕伏一头猎物，本想兴致勃勃痛痛快快美餐一顿，猛一抬头，只见周围全是伺机扑腾上来抢夺剩食的虎视眈眈的目光，刹那间食欲皆无。当然，狮子若要怪只能怪沙僧与八戒，谁让他俩开了个坏头呢？这两人，要智商没智商，要情商没情商，但人家跟对了人，人家跟的是实力无可匹敌的狮子——唐僧与孙悟空，于是依然成功了，得道了，成了世人眼里的高僧与英雄。否则，两人肯定在流沙河与高老庄平平淡淡终此一生了。他俩的成功模式，让世人明白了这样一个道理：虽然很多人并不具备成功的潜质，但他们依然可能成功，只要他们跟对了——跟着的是头真正的狮子。

只是——狮子的痛苦有谁知道呢！

11. 防火、防盗、防微博

如果孙悟空来到当今网络社会体验生活，大概也会感慨他的隐身绝技在这个高科技世界里，实施起来难度系数实在太大。在力量强大到令人恐怖的“人肉搜索”面前，量你如何七十二变，最后总会有人想出办法令你真形现身，让你逃无可逃，藏无可藏。在一个由摄像头、电脑、手机、微博交织起来的网络社会里，你千万谨言慎行，千万别做隐身违法乱纪的白日梦。记得不久前，笔者曾在一篇文章里“预言”道：如今已进入展览式生存年代，人人都生活在透明的金鱼缸里，千万别由着性子放纵自己的欲念。否则网络一曝光，后果很严重。

不知是不是我这乌鸦嘴念叨的功劳，最近，“网络出丑”事件频发，皆源起于想隐身纵欲撒欢，最后却成了由于缺乏基本网络知识而“自曝”丑行的混“博”者。混“博”者是我的生造词，意指那些在现实社会中不学无术、情趣爱好鄙俗不堪，但公关能力极强，路子野，后门精，干正事没啥本事，混事的本领却很大，在单位占据肥差要缺凡事吃得开的一类人，这类人对网络虚拟世界有较深误会，以为凡事也都是玩玩形式做做样子的，没两把刷子不会真的也能在这个世界混得如鱼得水的，于是，勇敢地肆无忌惮地在新生事物“微博”上开混，没想到“自曝”丑行于天下，“混”成了全社会的笑柄。

你我都知道，眼下网络上最热门的事件，都是没文化、缺乏网络基本知识的混“博”者，无意之中为吸引公众眼球、为提高网络点击率作出的无私“奉献”。先是江苏溧阳出了个误把微博当成电子邮箱、QQ 聊天等具有私密性通讯工具的卫生局长，这个将自己偷情腐败等一系列极不堪的事情堂而皇之放到微博上进行操作的男人，如今被网友称为“史上最缺心眼最没文化”的官员。

由于网络常识缺乏，却又“敢想敢做”，热衷于尝试新事物新科技，无意中将自己的丑行丑态“自曝”于全国网友面前的，还有广州白云区新市街道办事处主任刘某。该同志“裸聊”的照片，如今在多个网站的微博上“走红”。估计他现在被相关部门约谈了，还不清楚自己到底在操作网络的哪个环节上出了错。就像在网络上丑态毕现的卫生局长，当记者问到新浪微博是否为他本人所发时，他反而很诧异地问：你看得到我的文字吗？这个不可能吧？我们两个发微博你都能看得到啊？不可能吧？

很傻很天真吗？绝非如此。看看卫生局长的微博便知，无论与情人对话约会甚至公款腐败他都表现出了相当高的“智商”。看此人胖乎乎、和蔼可亲的模样，与广州“裸聊”者刘某当属同一款类型。记得有位作家说，社会上有一类“迎客松”型的混事者，此类人不仅见上级、见谁他都憨态可掬，把上下级关系均糊弄得很好，真本事没有，混事的本事却出众，喝酒、打牌、卡拉OK、说段子、耍腕子，路路通，只要于自己的功名利禄合适，一律摆出一副“迎客松”似的姿态与和蔼可亲的笑脸。因为没真才实学，不爱干也干不来正事，唯一热衷爱好的就是应酬交际。喝酒打牌只需交际手段，无需操作技术，卡拉OK虽需掌握简单操作技术，但因包间有服务人员，亦无需自己动手。便觉得一切事情都好混。

因此，这些“网络二丑”们的最大失误便在于将自己在现实世界的混事经验照搬到了一个截然不同的网络世界里，他们不懂得玩转这个不一样的世界需要懂得一些基本的常识与操作技术。这些在现实世界“混”得顺风顺水的人，全然根据以往的经验在这个虚拟世界里混，这些人由于平日极吃得开，就算穿着“皇帝的新装”，也不会有不识趣的人跑过来说出真相，因此有时会出奇地大胆、自信。现在跑到网络世界来混，由于无知，误以为到了一个隐身之所，所以愈发不拘礼法，放浪形骸，无所顾忌地放纵着自已的欲念，结果混得一夜之间“名满天下”，遗为天下笑柄。

应该会有“兔死狐悲”效应吧？我很有些怀疑，网友们这些天热烈议论的“微博”将成为当今社会反腐神器一事，颇有些一厢情愿。因为这些会混事的人都是人精呢，谁不会“吃一堑长一智”啊?!也许这些混事的人，最近很可能会互发短信彼此提醒转告一声：“神马地方都可以混，就是少到网络上去浮云。你以为可以在浮云下隐身干点什么呢，谁会想到竟能引发雷电直接劈了你。哥们，防火、防盗、防微博啊!”

12. 谁是你的命门?

曾有人做过总结，这个世上若有人伤了你，大概会是三种原因：你不够强大；你让对方不爽；你被人误伤，躺着中了弹。可是，依我看来，这些全都不是原因，唯一的原因只能是对方是你的命门：于你如此重要，重要到已成为你生命中最软弱的部分。即使受伤亦想不起计较，因为一丝一毫皆万般不舍，便只好心甘情愿地软弱虚弱到底。

其实，这话我是说给表姐听的。我一直闹不明白为何短短几十年时间，父母与孩子的传统关系已被彻底颠覆：以前是孩子怕父母，现在是父母怕孩子；以前是孩子孝敬父母，现在是父母孝敬孩子；以前是孩子觉得亏欠父母的，现在是父母觉得亏欠孩子的。表姐便是在这种急速颠覆的亲子关系中来回纠结，担心、疼爱、希望、失望、不甘、困惑、无奈，多种心态交织，感受可谓五味杂陈。

我不是个爱管闲事的人，可是由于这么些年，亲眼目睹表姐在女儿身上挥洒的无尽汗水与泪水，心里有些怜惜她，便忍不住开导劝说，表姐亦极不客气地将我当成了她那碗心灵鸡汤，热线电话时时骚扰："娜娜成天把对象领进家来，我真担心出事。对象网上认识的，像个IT民工，我极力反对，她哪听得进去。""我们两口子天天侍候她，她倒好，天天侍候那男的，生怕自己嫁不出去似的。我看着就来气。""一个网友骗她做水货生意，她对人家深信不疑呀，网上的人她谁都信，就不信家里人，你说是不是很幼稚？她把我放在抽屉里还没来得及存银行的一万多块钱给骗子汇过去了。"我有些心疼表姐的血汗钱，便插话道："是有些不像话，你该好好说说娜娜。"我的话却又勾起了表姐满腔的愤怒与无奈："现在的孩子能说吗？心理多脆弱啊！说重了，玩失踪玩离家出走算仁义的，假如情绪崩盘跳了楼，做父母的还能活吗？如今的独生子女都不怕、不屑、不吝、不顾的，哪个家长不害怕啊，都一个孩子！"

表姐20世纪60年代生人，工科大学毕业，如今在某著名外企工作，育有一名"90后"女儿。如同最普通的中国式父母，表姐两口子若蚍蜉般经年累月地辛勤劳作，只盼能帮女儿撼动命运这棵大树，摇下健康、智慧、名誉、财富、爱情、地位、权势等人生一切胜利果实，实现对庸众的超越。夫妇俩苦心孤诣地设计着女儿的人生路径，该上哪所幼儿园，要升哪个中学，考哪所高中，挤进哪个知名学府，乃至赴哪国留学，皆有明晰确定的选项。女儿则安之若素地在父母千辛万苦设置好的传送带上亦步亦趋地走着，仿佛生命的全部目标就是一纸名牌大学的录取通知书。表姐万万没有想到的是，盲从听话的女儿从工具化教育传送带下来后，却变成了一个半颓废半激进，毫无责任与担当，缺乏谦卑与敬畏，不懂回报与感恩，得过且过的生理发育早熟、人格发育滞后的孩子。跌跌撞撞从一所二本毕业后，她便闷在家里足不出户，表姐催她出去找工作，她就找各种理由推脱，表姐若不甘心再想劝说，她却已先行爆发了，言辞激烈得能让表姐背过气去。孩子的作息时间完全是混乱的，上午睡到自然醒，早饭午饭一起吃，冰箱里若没有现成的饭菜，便打电话叫外卖。吃完饭后，桌子亦不收拾，碗筷胡乱堆在水池里，便开始了一天的上网生活。

在现实生活中懒散懈怠的娜娜，在网络世界里却如鱼得水、神采飞扬，她痴迷地躲在一个不知所云的网名后面，时而灌水发帖，写些既肤浅又生猛的文字，时而与网友热喷寒暄交流些愤世嫉俗的感受。接下来，打游戏，玩牌，追着韩剧美剧一集不落地看，作为某明星的铁杆粉丝，她每天还花大量时间关心其行踪搜集其材料。待表姐累得浑身散架回家，只见眼前灰尘满地，处处狼藉，刚要对坐在电脑前一动不动的女儿发火，却又心疼其一天没吃热饭热菜了，甚至还莫名生出一种对孩子的亏欠来：娜娜恐怕有些自闭吧？是不是以前工作太忙了，自己对孩子的关心和照顾太不够呢？如此这般想着，便拖着极度疲倦的身子去厨房张罗饭菜。待灶热饭香，女儿才在千呼万唤中挪动屁股出来，刚执箸捧碗，却又像才想起什么似的，一阵大呼小叫地折回房间去拿手机，对着满桌饭菜一通狂拍。上猪排拍猪排，上莼菜汤拍莼菜汤……飞快摁键发完微博，一看果真招来了几拨粉丝的围观、羡慕，便破天荒夸母亲一句：妈，你真够强的，这么正宗的意式猪排都做得出来。表姐哪享受过这种亲情回报，当场激动得不知所措，猛然想起中午在单位附近小店里给女儿买的一件新衣，慌忙找出来讨好地披在女儿身上，想让她试试。谁知喜怒无常的女儿毫不领情，一把扯下来扔餐椅上，鄙夷不屑地嚷嚷：这样子都臭大街了，要我出去丢人啊?!

表姐说，当时她连想死的心都有了。而女儿却满不在乎地关起卧室的门专心打游戏去了。“那时我在流泪，娜娜她若无其事地在卧室里玩电脑，一声不吭，一动不动，跟死人一样，偶尔诈诈尸。”表姐在电话里恨恨地说。

我刚要顺着她的意思数落娜娜的忤逆与不孝，表姐却又在电话那头极不安地问了：“刚才我那样说话不会咒着孩子吧？你说应该不会吧？啊?!”

13. 他人的不幸，你会否泪流满面

随着年纪的增加，阅历的增长，对于社会的种种相、众生

的种种相，已经看得透透彻彻，在私人阅读抑或纷杂世事中，内心被撼动的体验似乎愈来愈难了。

然而，10 月的一个晚上，我静坐在书房里阅读英国作家莎伦·利昂·福勒的一篇短文，毫无预警地，我被文中那贯穿始终的浓浓的“人味”撼动了，那种建立在悲悯与大爱之上的浓郁味道，猝不及防地如误食芥末般，强烈地翻腾起我的鼻腔与泪腺，让我想要痛快地释放些什么……

令我潸然泪下的这篇短文，记录了利昂·福勒在泰国潘安岛上亲历的突发事件：作家的未婚夫肖恩在海里游泳时被水母蜇伤后当场死亡，性格矜持、独来独往惯了的利昂·福勒冷冷拒绝了海滩上所有伸出援手的人。可是不管她如何推辞，两名以色列女子就是不肯离去，当卡车将肖恩的遗体从海滩运往医院时，她们徒步跟在后面；当肖恩遗体火化时，她们陪在她身边；当医院让她签署相关文件时，她们坚持让院方先将文件翻译成英文，并及时发现了把肖恩的死因说成了酒后溺水……整整一个星期，那两个陌生女子寸步不离地守着她，给予她种种温暖与援助。后来她才知道，为了帮助面临不幸的她，她们悄悄改签了机票，改变了自己的行程。她的不幸原本与她们无关，但是她们却坚持认为不能丢下她独自面对不幸，因为她是他们的同类，人类只有相互依存、相互帮助，才能在这个世界上安全、幸福地生活下去。

读完此文，我已是泪眼婆娑。我想起 10 月 13 日的那个下午，广东佛山两岁女童小悦悦，在大马路上相继被两车碾压之后，光天化日之下，7 分钟之内，共有 18 位路人从倒在血泊中的小女童身边经过，却个个无动于衷、视而不见，无人停住脚步向那个奄奄一息的幼小生命伸出恻隐之援手。最终上前救助孩子、展现人间温情大爱的却是那位生活在社会最底层的拾荒阿姨。

小悦悦的悲惨遭遇经媒体披露后，举国上下为之震惊。大家都在不寒而栗地追问：为什么？人性何以至此？在国人与媒体悲愤的声讨与铺天盖地的反思中，我听到了一个理性自省的声音：我们愤怒声讨，我们咒骂这种令人发指的冷血惨案，但悲愤过后，我们有多少人愿意真正追随这种信念？如果你在现场会做何抉择？你会否成为18位路人中的一个？声讨怒潮中，有媒体将路人集体冷血归咎于“彭宇案”的负面效应：路人不愿救助倒在血泊中的小女童，是担心孩子的家长将来反咬一口。人与人之间的疏离、提防、互不信任，人人皆求自保的心态在此暴露无遗。

我想质疑的是，难道仅仅是人与人之间的不信任导致了这幕惨剧？难道不是伴随着社会的急速转型，一部分人的传统价值观、道德观正在急速丢失？倘若女童的车祸现场是某个运势正炽的府第，难道不会是车水马龙的另一番景象吗？争先恐后逢迎巴结的人流铁定络绎不绝的！然而，布景换成了一个两次被车子碾压的幼童，18位路人从倒在血泊中的孩子身边经过，便无人问津，纷纷漠视而去。人类情何以堪！

国人因世故太深，传统上皆以“各人自扫门前雪，莫管他家瓦上霜”作为自己的处世标准。当他人面临不幸或灾难，绝大多数人均不敢公然站出来替一个与己无关的人说话，生怕将自己沾上。虽然他们心里仍给予不幸者以同情，虽然他们心里仍有自己的正义，却也只是在心里而已。大家都盼着别人出来主持公道正义，可私下里，他们仍将那个公然出来替别人说话的人视作处世不成熟的毫无城府的天真汉；久而久之，天真汉愈来愈少；久而久之，大家都开始抱怨“社会冷漠”。而最令我感到不安的却是，社会在向市场经济转型的过程中，一部分人似乎活得更现实、更世故、更圆滑了，对别人遇到的不幸不公乃至身边的不义与邪恶，亦看得更习以为常了。他们绝不探究是与非，至于要有什么样的价值观道德观标准，就是对自己有利。

早已过了血气方刚的年龄，遇到别人的不幸，看到与己无关的人处于危困中，我却依然忍不住仗着老天爷赋予的那点犟劲仗义执言。家人常怪我心机不深，与那些百伶百俐的“宫心族”相比太不懂得保护自己，总是吃了亏亦不知吸取教训。朋友喟叹我骨头硬、心肠软，奈何社会上骨头软、心肠硬的人却是一天天多起来了。我只是一普通女子，常年以读书为乐，根本谈不上道德标杆，自以为仅算一及格的好人而已。不过这并不妨碍我全力捍卫自己身上浓浓的“人味”。因为，我深知，如果你觉得别人的不幸与你无关，那么有一天，当不幸发生在你身上时，亦无人在意。

我们习惯将别人的困境称作“闲事”，却理所当然将自己的事视为正事、大事，才不叫“管闲事”。可是谁能打包票呢？谁能保证今天倒在血泊中被路人集体漠视的那个悲惨至极的孩子，明天不会是你的孩子，后天不会是她的孩子呢？如果大多数人做人的底线失守，小悦悦的悲剧倘若某天重演，谁能保证18 位见死不救这支冷血路人的队伍不会进一步扩大呢？

14. 朋友的标准与境界

春秋战国时期，诸侯混战，社会动荡，铁器初用，物质粗简，在许多人眼里，大概算不得什么好年代，可是在我的心目中，却自有迷人之处。如果玩穿越游戏，不用说，我会首选回到那个食仅粗茶淡饭、居则鄙间陋室的久远年代。

因为，在漫漫的历史长河中，曾有过那样一段盛开最纯朴最高洁友谊之花的时期，在那几百年的历史长卷上，活跃着一个个不受尘垢、义薄云天的真朋挚友，他们以丰盈的精神世界为天下，以朋友间心心相印的挚交深交为至尊，他们才情互赏，风骨相传，生死与共，谱写了史上最感人肺腑的友情绝唱。

人们说，世上没有永远的朋友，只有永远的利益。可是，他们错了。

至少，在春秋战国时期，俞伯牙与钟子期的“知音之交”，管仲与鲍叔牙的“管鲍之交”，左伯桃与羊角哀的“舍命之交”，令我信了：世上真有不掺杂任何现实盘算的最纯粹无瑕的友谊，世上真有不关乎利益却肝胆相照生死相依的永远的朋友。的确，在那样一个视朋友间的情谊为无法替代与不可超越的年代，音乐家俞伯牙与樵夫钟子期可以无碍身份的云泥之别，在琴声中实现朋友间的心意相通，成为相见恨晚的结拜兄弟。

左伯桃亦可以在大雪途中，为保障同行的羊角哀衣食无忧地抵达目的地拜见楚庄王，自己则躲进空树中自杀，只为将衣服与粮食统统留给朋友独享。当齐国国王决定将鲍叔牙提升为宰相时，鲍叔牙却毅然决然将宰相之位让给比自己更有治国能力的好友管仲，自己甘愿当好朋友的下僚。

夜读春秋战国的历史，对比当下朋友间的利益纠葛，保养与维系的难度，时常唏嘘不已。毋庸置疑，俞伯牙与钟子期，管仲与鲍叔牙，左伯桃与羊角哀，已将朋友做到了一种今世无人可比的境界，岂止是根本无关乎现实的盘算，他们甚至到了完全忘我的地步。记得美国著名作家爱默生曾说：“朋友的交情就是把他的目的物当圣看待。要使他的朋友和他自己都变成神圣。”如此看来，以忘我的精神成全朋友，无论古今中外，均是做朋友的最高境界。掩卷沉思，有时我会毫无根据地玄想，一个物质匮乏的时代，反而最可能产生精神渴求吗？春秋战国时期那些怀瑾握瑜的读书人，可朝可野，能屈能伸，进则以社稷苍生为己任，退能以超然物外作皈依，他们那种淡定从容的人生底气，可来自将对方的目的物当圣看待的一帮铁杆真朋友？可是，为什么今天，置身喧闹沸腾的朋友圈中，不少人却会愈发清晰地感受到那种巨大的孤独更加无法排遣呢？

我不是研究朋友学的专业人士，拿不出确切的调查数据作依据，可是身为社会中的普通一员，却能深切感受到人们心目中朋友间交情的境界正在逐年降低，正在日趋庸俗化、功利化。对于春秋战国时期达到的交友臻境，当今的人们自然只能高山仰止、叹为观止，当作远古的文物置于历史书上供大众瞻仰凭吊了。只是，人们对朋友间的标准定义以及行为准则，这些年仿佛也发生了很大变化，从过往的将对方目的物当圣看待、注重精神世界的愉悦，走到了当下将自己的目的物当圣看待、注重现实利益的互惠互利为准则的另一端。于是，朋友的交情也就从挚交、深交、神交，变成了今日的虚交、攀交、谋稻粮交了。

《左传》记录了襄公十四年，师旷说过的一句经典名言：朋友之间的行为准则应是善则赏之，过则匡之，患则救之，失则革之。如果师旷照此执行，我很怀疑他能否交到朋友，水至清则无鱼，古今无异。至清代，互为朋友的标准已明显降低，完全没了师旷往昔的严苛。清桐城派著名作家方苞在《与翁止园书》中说："古人之有朋友，其患难而相急，通显而相致，皆末务也。察其本义，盖以劝善规过为先。"可见，到了清朝，人们已将朋友的标准删减定义为"能劝善规过的人"。也就是说，清朝人欢迎诤友，大家都能听得进朋友的批评意见。这自然也是将对方的目的物当圣看待的一种行为准则。

鸣乎……时过境迁，今非昔比矣！

是我们变得太挑剔抑或太谨慎了吗？

生活在"好人主义"盛行、利益汹涌的商品时代，欲交几个劝善规过说真话的朋友，何其难也！面对朋友暴露出来的问题与缺点，人们大多抱着多一事不如少一事的态度，三缄其口求和谐。大家唯恐诤言一出，只怕连朋友也没得做了，何必呢？前几天，与一同学讨论"朋友标准"的问题，她直笑我尽操些没用的闲心，有这工夫，还不如多赚点钱是正道。她振振有词地说：朋友，就是能给自己办事的人呀！所谓建立交情，不就是构筑人脉，编织关系，将来好办事吗？如今交朋友的最高境界，不在交，而在用，就是用朋友的资源将自己的目的物落到实处，这叫交以致用，你以前没听说过吗？

我很是恍惚。同学的声音开始似有似无，变得越来越缥缈。那时——我不知为何忽然走神儿了，一门心思在那儿幻想着穿越的事。

15. 微博上的怕与爱

石头很廉价，即使它是心形的，也从未到火的地步。但在娱乐圈，却有人把它玩成了火，结果那些疯狂的心形石把他烧得声名狼藉，焦头烂额。

如果你经常关注娱乐圈，便会知道那位深陷“石头们事件”的倒霉男子，如今被热爱八卦的网友们嘲讽为“送石男”。

虽然抠门不能算是一种美德，但中国人素来讲究礼轻情义重，将自己偶然从某个地方捡回来的天然心形石头当作礼物送给女友，本无可厚非，而在女文青眼里，此类别出心裁的礼物甚至更有深意与创意。只要有爱在，一切均不是问题。

但如果有人将石头当作“福利点心”四处派送呢？如果一干眼比天高的美女明星都收到了这样一颗据说是偶然捡来的石头呢？是不是就有问题了，而且问题会很严重呢？

对于李明星，说实话，我不是很关注。据说他是凭借在

《士兵突击》、《唐山大地震》、《北京青年》等影视剧中的出色表演，并以其淡定的笑容、沉稳的气质，定格了自己在观众心目中“好男儿”的形象，收获了圈内实力派的江湖地位。作为一位演艺事业如日中天的“高富帅”，在感情上花红柳绿，只要不伤及他人，不惹出成为娱乐热点的事端来，原本也是极私人的事。只可惜，凭派送一堆石头在美女圈里左右逢源的他，严重低估了女人、尤其是那些被簇拥、被瞩目惯了、自认为永远会是唯一征服者的大美女级小明星的虚荣心。

女人的虚荣心说来真是不可理喻，名利场上的佳丽似乎尤其如此。她们眼波流转，体态婀娜，自以为浑身散发出迷药一般横扫千军的魅力，因此极在乎被有头有脸的男子深爱，而且爱到独一无二、世间独有她那一份的地步，才觉心满意足，欢愉喜悦到抑制不住外溢定要拿到公共平台大大晾晒显摆一番，才肯鸣金收兵。换了文艺腔来说便是“爱，就要秀出来”。哪里知道，她这种不管不顾的秀晒，早已在不知不觉中将对方置于火山口上。

小明星李馨予亦不例外。起初，我浑然不知李姑娘乃何方神圣，后来查阅资料才得知，她广为人知的身份是“中国足球宝贝”及“网游第一美女”，真正出名则是跑到香港 TVB 小生吴卓羲的微博上，文图并茂地宣誓自己的“主权”，结果吴的很多粉丝聚到张姑娘的微博上请求她手下留情，放过吴卓羲。最后张姑娘真的就放过了吴，但原因不明，不知是因为李还是一直得不到吴的公开承认。

娱乐圈里的爱情故事，你我听着就像天方夜谭。似乎叫做爱情游戏更为靠谱。以我老姐带有歧视嫌疑的论调就是，“那个圈里哪有等闲之辈，都是些天外来客，尽玩些新鲜玩意儿，踏踏实实经年累月培养感情的少呐，大多是猫三天狗三天的。”

总之，张姑娘后来就变成了李的女友，开始高调晒石头，秀幸福，变着形式宣示自己作为当下女友的“主权”：她不仅在微博上上传了心形石头照，更配以煽情的文字称这块心形石是李在路上偶然捡到的，更拽的是还无比感慨地称这块石头经历了多少风沙和碰撞才变成了这个形状。说时迟那时快，随即便有据传是李的前模特女友在自己的微博上晒出了同款的心形石头礼物，模特姑娘配的文字很是尖刻犀利——“是批发了一堆吗?”虽然拆穿“石头游戏”就意味着双方撕破脸皮，可模特姑娘的出招显然稳准狠——网络时代的娱乐圈，不怕出事，就怕总不出事，否则一众好起哄架秧子的围观看客那激情四射的八卦之心何处安放？即刻，便有网友翻出李在母亲生病时送上三块心形石的视频，李送出的第六块石头也被网友在演员刘某的微博中找出，第七块石头则被网友从李前女友的微博中找到。

观众眼里的“好男儿”与他送出的一堆石头，立即在娱乐圈里引发轩然大波，网友的口水与板砖从针对“名利女孩”张馨予一人立即转向似乎内里很般配的张李二人，在网友的调侃与谩骂声中，张李两人则表现得十分恩爱，他们的名气亦在一片嘲讽中日益看涨。

此事件中，我更关注李晨与张馨予情事之外的其他。

我一直在思考，什么时候，爱情就变得如此潦倒落魄了呢?

爱情的“代言石”啥时由“恒久永流传”的钻石廉价为随便什么地下捡到的一颗石头了呢？（这与拜物无关，只关乎象征。）

怎么一觉醒来的功夫，神圣、专注、恒久、尊严等词汇就不见了，仿佛任何事都可以漫不经心、吊儿郎当了呢？

哪怕是地上捡的，代表爱情的心形石怎可四处派送？

就算前男友有错在先，作为旧爱的前女友如何能“落井下石”？

我找不到解释。我只能说，网友在“石头门事件”中的激烈表现，是对爱情的专注与尊严在这个时代逐渐崩溃的一种过激反应。

虽然他们嘴上在冷嘲热讽地编着段子：从前有个男人，不会修电脑，后来大家都知道了；从前有个局长，不会用微博，后来大家都知道了；从前有个演员，不会磨钻石，后来大家都知道了。

但我知道，大家是在用这种特殊的方式抗拒那个漫不经心时代的来临。

所有的尖刻诟病，所有的插科打诨。都是一种狼藉的痛楚。

16. 电脑与情感

美国的大片终于又来了。美国艺术与高科技的混搭品在中国总是抢手得很。不过，此次他们确实利用高科技露了一手绝活：长达77分钟，1561个电脑镜头制作的《玩具总动员》，每个人物与每个道具及背景全靠电脑所虚拟，连剧中一床棉被的褶皱都是经电脑扫描一块布后制作而成的，新奇得很。不少朋友向我推荐这部电影。

我却还是没去观赏。习惯了看有人物、有情节、有故事的电影，美国那些视觉新奇却缺乏思想与情感深度的三维动画难以入我心入我眼。一句话，电脑终归是电脑，缺少人味。但周围爱看的人着实不少，于是，便有些杞人忧天：假如影片全都虚拟化动漫化了，将来人们上哪儿去寻找人类情感的沟通与交流？在这个日益麻木不仁的世上，人们是否会因生活通盘电脑化而变得愈加冷漠、程序呢？电脑缺乏人味与情感，这世界是否真会变得格式化、机械化呢？

此话绝非危言耸听。电脑已经进入到了人们生活的每一个层面。大到火箭上天，小到外出购物，上班打卡，邮局汇款，已全然离不开电脑。但电脑到底比不得人会见机行事，它只会按程序办理。在上班的路上，自行车胎被马路上的乱玻璃渣子划破了，放眼四顾，周围没有修车摊点，只好扛着车子往前走，四处打探修车铺，好不容易发现前边一块修车的招牌，抬起手腕子看看表：哎呀，上班时间快到了。于是，十万火急求师傅尽快修补，待满头大汗骑车赶至单位，已过了上班时间好几分钟。电脑打卡机毫不留情地记录下你迟到的每分每秒。你不满，你想与它讲理，你想告诉它，你今天早晨甚至是提前半小时出来，你想求得它的谅解与同情，你想求它高抬贵手放你过去，但电脑到底是一部机器，你没法同它争辨。等着下月扣奖金吧。

于是你恨恨地骂一声：没有人味的东西！但任你如何骂，它还是不理你，也不生气。

高科技发展至今，生活全盘电脑化，几乎是指日可待的事，而麻烦确实也就在眼前。上个月某日，家里电话忽然铃声大作，忙跑去接听，原来是邮局的电脑在催收电话费了：×月×至×日，请您去邮局交电话费。于是，下午便找了个空闲时间去邮局交话费，满以为万事大吉了。不料第二日，家中的电话又响了，三步并作两步跑去接，虚惊一场，仍是邮局催交话费。不是已经交完了吗？刚想反问一句，线路“嗡”地一声断了。这才记起，对方是电脑，不是人。但电脑是世上最先进的东西，它或许会觉察自己的错误吧。谁想，第三天，催交电话又来了。我大怒，很想骂它祖宗。但亦无啥用。只能呆在家中干生气。电话还是不停地来催，因为电脑就是电脑，只要已输入程序，这条催款信息就会准时响起，它不是在发一份催款信息，它同时要发几十万、几百万用户的催款信息。虽扰乱你好几天的生活，电脑却绝不会来向你道歉。它永远也不会与人进行情感交流。

我是个较为守旧的人，很多事习惯了便不能改，这也是我被人斥为落伍僵化的原因之一。尽管周围许多人已用电脑写稿，我却还在依恋我的笔。我很难将自己的情感从笔转移到那个既不讲理、也不会道歉的机器上去。尽管后来我艰难地从全拼到学打双拼，最终学会了用五笔字型打稿，多半情况下，我照常会使用笔。我的字不算写得太好，但我亦不情愿搬出电脑来帮忙，用一纸工整的印刷体去掩盖我书法上的功力不济。因为通过字可以看出一个人的个性，或中规中矩，或神气活现，或柔弱，或刚健，或大气凛然，或蝇营狗苟，笔能靠字构造出一个完整的文化世界，袒露一个执笔人的文化特质。而电脑打印的稿件，则用统一的印刷体削弱了作为一个个体的人在书写过程中表现出的生命信号。写一笔流畅好字的人与满肚墨水的人在这里已没有区别，而这在过去的年代里几乎是不可想象的。几年前，一个传统文化氛围较为浓厚的家庭，甚至以能否写一笔好字作为择婿的必要条件之一，没有一手拿得出去的字，即使有钱有势有才华也难以得到老丈人的认可。就是这个缘故，我几个姐夫至今仍然害怕与我的老父亲通信。因为，每次见面，父亲都要拿出他们早先写的信，将他们信上写的字毫不留情地数落一通。父亲告诉每一个人：字是一个人的立身之本。

然而，字是一个人立身之本的时代已经过去。连父亲也不得不承认随着时代的发展，电脑必将占领生活的每一个空间。因为在他生活的那座小城也开始用电脑邮寄包裹，用电脑开具购物付款单，用电脑取款计息了。平时亲切的招呼和可掬的笑容全被冰冷、照程序办事的电脑所替代。父亲的一位同事甚至收到了远在上海求学的儿子用电脑打印寄回的家书。一封没有情感、没有个性、满纸印刷体的家书。

自然，电脑作为高科技产物的好处也是人人看得见的；它为人类带来了一个更为广阔方便、快捷的空间与世界。据报载：医学实验今后可不再用动物，因为电脑科技可代劳。英国舒利大学的研究人员，在电脑荧屏上检视新药分子的形状，数小时之内便可明白新药的肝脏和消化道分解的过程。动物都迎来了解放，电脑将人类从繁重的劳动中解放出来更是指日可待的事了。遗憾的是，处于电脑网络中的顾客与雇员将再也难以看到彼此的笑容，难以听到“我能理解你”、“对不起，我错了，请你原谅”、“下次注意不迟到就行了”、“您好走，欢迎下次光临”等等诸如此类充满人类特殊情感味道的语言了。

17. 黑孩子 红孩子

对于孩子，我向来不大喜欢。

许多年来，大概是他们的父母婚前过于生分不太相爱的缘故吧，中国的儿童，多半霸道而无爱心，又懒又泼又刁又倔，一日三餐需母亲吃着干饭，买鸡蛋给孩子吃，父亲吃着鸡蛋，买鱼肉给孩子吃。做父母的若偶尔在孩子盛大鱼大肉的碗中夹上一筷子，孩子脸上的肉马上就会抽抽地抖动，瞪一双铃铛大的眼睛向你抗议：你怎么敢吃我的东西?!懂得孝敬而又漂亮的孩子实在是少之又少。曾经异想天开地跟朋友建议去大洋彼岸领一个金发碧眼的孩子回来养，后来却不经意间从书中了解到：外国的孩子小时候固然可爱，大了却更令人恐怖。不到十八岁便纷纷抛爹弃妈，美其名曰自力更生，去外边闯世界，自此便黄鹤一去不复返，洋爹洋妈开始了漫长的与猫狗做伴的生活。才明白外国的月亮并不比中国更圆，外国的孩子也不比中国的更可爱，于是，领养外国儿童的计划也成了泡影。

然而对于一个家庭来说，孩子却委实是必不可少的。正如老话所说：一夫一妻不能成为家。没有孩子的家像是一株不结果子的树，总缺点什么，总要等到小宝贝呱呱坠地，男人开始做父亲，女人开始做母亲，大家才算找到各自的岗位。有一位女同乡，人生得不美，却挑挑拣拣，眨眼就到了三十，因为在恋爱季节中曾有过非常华丽的开始，充满了震慑、喜悦与浪漫，后因种种原因未修成正果，多少年过去，仍曾经沧海难为水。有一天却忽然感到寂寞，感到力不从心，感到再也顶不住来自四面八方的压力，便凑合着与一位普通凡俗的小伙子将将就就地结婚了。因为没有爱，她发誓不要爱的结晶。两人世界没过两年，家中便开始鸡犬不宁。先是老实的丈夫看院中活蹦乱跳疯玩的几个孩子着实喜欢，有心自己要一胎，苦口婆心地劝她，她不依，便开始疑心她另有新欢，整日骂骂咧咧，砸东摔西，拿难看的脸上跟她作对，婆婆话里话外地指责她是否想要他们家断子绝孙，甚至有悖伦常地怂恿自己的儿子去外边觅野食，媳妇可以无，香火不能断！周围同事更有飞短流长的，一时谣言四起：有人暗示她该去医院治病，有人明目张胆猜测她年轻时风流过度，以至于丧失生育能力……为了表明自己的清白，我的女同乡终于违心地怀上了孩子。当她腆着滚圆的肚子去上班那一日，她特意到每个科室转了一圈，以证明自己生理上的正常。自此，丈夫及婆婆脸上都有了怡人的笑，单位里爱在她背后戳脊梁骨的人也不见了。后来，她对我说："人到中年，便有一种不同的价值观了，原来认为很重要的事情竟然不再那么重要了。"她不再奢侈爱情，却发疯般溺爱自己中年得到的儿子。她初恋时的对象个子很高，她便常买"增长乐"给儿子服用，她年轻时的恋人写得一手好字，她便天天抽时间送儿子去少年宫学习书法。她丈夫终于用孩子拴住了心猿意马的媳妇，一颗担惊受怕的心才慢慢释然。他得意地想，只要生了娃，知识女性亦不过如此。

老婆虽是别家的可亲，孩子却是自家的可爱。男人在外边争权夺利了一天回来，听到孩子清脆响亮的笑声，高兴时可以和他一起嬉戏玩耍，别扭时可以翻脸喝斥：烦死人了，上外边玩去！而那一分钟之前还在疯狂状态的顽童忽然安静了下来，远远地，用他那黑亮的眼睛惶恐地注视着你，双颊温香的脸上写满了委屈，你忽然觉得和孩子闹别扭很可笑，孩子还没弄明白怎么回事，你自己首先打起“哈哈”来，孩子以为你跟他闹着玩，马上也跟着很清亮地笑了。童心无瑕，你心中的愁闷立即烟消云散，觉得耗尽心血精力支撑的家实在是很甜美、很快乐的。所以，许多男子尽管与妻子同床异梦，但由于对孩子那份不舍与牵挂，均愿意尽量维护家庭的平稳和睦。孩子此时实际成了一条链子一根绳索，握在母亲手中的一张王牌、一个人质。一旦男人变心，做母亲的可以随时将这张王牌打出去，与那个准备移情别恋的男子讨价还价。当然，如果碰上了一个毫无爱心真正坏了心肝的男人，即使有十个孩子握在手中，做母亲的亦将无所施其技了。因而，聪明的女人总是千方百计使自己怀上心上人的骨血，然后以此作敲门砖来敲开婚姻那道欲开不开的大门，然后长驱直入，直登“太太”宝座。诚然，亦有命苦的女子，不小心碰上个浪荡公子，肚子里的骨血便成了一笔糊涂账，上诉公堂只能坏了自己的名声，只能做个冤鬼下辈子去缠他，否则，坏小子宁愿自己做孙子也不愿要儿子的。

女人实在是很难做：不要孩子，独享二人世界，外界会以为你生理残缺不齐，丈夫会疑心你没有诚心与他过日子，做婆婆的会痛恨你绝灭了他们家宗祠的香火；若千辛万苦生下一个孩子，除辛勤喂养、精心教育外，还得时刻担心自己容颜老去，魅力不再，丈夫若哪天被年轻貌美的女子诱惑走了，自己挣那点可怜的薪水怎够养活孩子呢？若将孩子判给男方，自己又怎放得下心让心肝宝贝跟着继母讨生活呢？因为无私伟大的母爱，这世上死守婚姻的目前还以女子居多，一如悲情电影中常有的对白，“不为你自己着想，也得替孩子想一想。”尽管婚姻苦涩无边，死守婚姻的女子还是能够活下去：孩子一个甜甜的笑容，便是母亲莫大的安慰；看着蓬勃的生命和希望在孩子身上一点点得到延伸，幻想与憧憬就似那些闪烁在黯淡天空上的星辰，使孤寂母亲的生命因此变得愈加坚强充实。此时，孩子是母亲心中熊熊燃烧的火炬。做父亲的敌不过死守婚姻的女子，害怕闹出人命案来，只得作罢。何况他是深爱着自己骨血的。在背叛孩子他妈的那些日子里，只有他自己才知道，妻子与儿子尽管可以抛弃，然而他怎能抛弃掉那份生命的记忆啊！往后的日子，他以为自己那颗心已经荒芜了呢，然而在月光皎洁的深夜，躺在酣然入睡的外妇边，点点滴滴的记忆，尤其是孩子那安详信赖的面庞就会反复前来，一如海潮反复扑上那荒无一人的沙岸。他终于和外边的女人分手了，开始明白自由后面要有一种不变的依恋才能成为真正的自由。为了那个他永远牵挂永远长在自己梦里的孩子，他又回到了妻子的身边。直到老了，孩子长大了，他可以离开孩子却真正离不开老伴了。也许，中国的父母的一生都在为儿女活着，直到老了才互相做伴。

在生活中常见为争夺孩子的抚养权，在法律上大打出手的夫妇，亦曾见过因夫妇双方离异而撒手不管的弃儿，孩子在婚姻家庭中可谓一种神奇复杂的因素，可以载舟亦可以覆舟，可以是核心，亦可以是核武器。闹不懂的是：我们的精力有限，我们在世的时间有限，该做的事情又有那么多，凭什么不慎之又慎地造人呢？有时候想：人世间的苦难，多半是自作自受罢了！

18. 创造的幸福

创造的新工作、生活均已安定，大学同学之间的走动便逐渐频繁起来，于是，耳边就常听到这个或那个离婚的消息。

知道如今的时代离婚实在是太平常的事，无奈在离婚大战中遭受惨重创伤的某位是我的同窗好友，我没有治愈婚姻失败的灵丹妙药，却也脱不了帮她处理“善后事宜”等诸多干系。女友休养生息完毕，重振旗鼓欲伺机再钓“金龟婿”，问我有何高见，我毫不客气地跟她说了八个字：前车之覆，后车之鉴。有钱、有权、有势的男人谁都喜欢，奈何太少，而成天挤在岸边钓“金龟婿”的贪婪漂亮女人又太多，捡现成的危险，你还是以自己的勤劳与智慧创造出一个前途远大的丈夫来吧。

创造最光荣。不知女友是否弄懂了我那句话的潜在含义。

记得大学刚毕业时，容貌姣好的女友追求者如云，但这些追求者大抵是些清贫如洗的知识分子，并不符合她的婚配条件，她和他们玩着模棱两可捉迷藏的游戏，只是为了满足她那小小的虚荣心。有一天，她却郑重其事地宣布准备结婚了。我的第一个反应是“人厚道吗”？第二句话是“能吃苦吗”？我搬出20世纪的婚姻标准提醒女友，女友顿时乐喷了。她答非所问道：“他是一个大老板，有上百万的资产，他的爸爸是个有实权的副局长，因为那个局里没有正局长，由他爸爸主持工作，他妈好像也是个当官的，有钱有势。”

我哑然苦笑。我的婚姻观可能太守旧太落后了。很多年轻漂亮的女孩都将婚姻当一锤子大买卖，均希望不劳而获——嫁过去即能享受到丈夫通过艰辛奋斗或投机钻营得来的汽车、洋房，金钱能买来一切优越生活条件。而我居然还在崇尚自我奋斗，崇尚创造光荣，所以让女友大大地见笑了。“创造财富是男人的事，年轻漂亮就是女人的财富。”女友嘻嘻哈哈地解释道。但我还是不安心于她的解释：“你觉得他为人厚道吗？”我反复问这个问题。女友觉得我提的问题多少冒着傻气，她有些不耐烦地反问：“厚道能值几个钱？老实厚道的男人如今在社会上最吃不开，在单位里混得最惨。”她道出的的确是客观现实。不过我还是一根筋地替她瞎操心：“丈夫还是厚道些好吧？如果他厚道又能吃苦，即使眼下清贫些，但你能帮他创业。在他创业的过程中，你以自己的贤慧关怀他，在他快乐时欣赏他，在他悲伤时安慰他，在他失败时，你可以像个朋友似地坐在他面前，听他一五一十地诉说种种苦乐遭遇，你以自己的全部爱心和智慧参与了他的整个创业过程。日后，他若真的大富大贵了，你也用不着担心会有更年轻貌美的女人来插足，因为他已经离不开你，是你创造出了他这样一个前途无量的丈夫。若是不劳而获钓一个现成的‘金龟婿’做丈夫，他哪里分辨得出你是爱他的钱还是他本人，抑或贪念他那权高位重父母的荫庇呢？当你年老色衰了，你怎能担保他不会被另一位亦想通过婚姻做笔大买卖的漂亮小姐钓走呢？自己创造出来的财富才最安心享用啊！”我的忠告女友大不以为然：年轻美丽的女人好比一朵花，每朵花都只有一次花开的时候，花开堪折直须折，谁出的价高，就让谁采吧！而她有所不知的是，采花的男人将采集到手的鲜花插在家里的花瓶观赏一阵后，若是那朵鲜花枯萎凋落了，他会毫不犹豫将之扔进垃圾堆，另采来一枝插上。因为他有的是钱。而周围也有的是如鲜花般娇艳的女人喜欢他的钱。女友此次没有玩捉迷藏的游戏，她真的和那位有着上百万家产的黑胖男子结了婚。她那样喜极了他和他的钱，并不惜下婚姻这个大赌注。

女友的离婚毫不令我吃惊。我想象得出，结婚后女友为守住那些她根本没有参与创造的财富，为守住她那位财大脾气也大的丈夫，在家中对夫君言听计从，唯唯诺诺，顺从如下人奴仆。而外出则以夫贵妻荣的女大款自居，立马从奴隶升为将军，在一堆吃工资的女人中傲脸相向，高贵矜持，并在她们的羡慕与恭维声中沾沾自喜，以自己终成了上流社会的一分子而颇感荣耀。丈夫渐渐厌弃了她这种媚富笑贫、恭前倨后的作风，于是开始怀疑她与他结婚完全是奔着自己的金钱与优越的家庭条件而来的。她则害怕丈夫在外沾花惹草，更恨丈夫在别的女人身上也大把花钱，突然间在某一天变得疑神疑鬼、歇斯底里起来，于是，丈夫愈发觉得她面貌可憎不能容忍，婚姻的裂缝由此产生。丈夫开始找种种借口晚回家，因为他在外边精彩的世界中又遭遇到了欲钓“金龟婿”的漂亮女人，他们互相成了对方的猎物，待女方紧紧捕获住他而不肯松手时，他便在她的催促劝说中寻思着要换掉家中花瓶里那朵残枝败叶的花了。女友被他的大款丈夫“炒了鱿鱼”，百万富婆一夜之间变得身无分文，居无定所。她恨极了那个以美貌钓走自己丈夫的无耻女人，然而覆水难收，青春的小鸟飞去了亦不再飞回，痛定思痛之后，她居然想起了我那套“创造”理论，便打来电话细细请教。

“既然没有不劳而获的好命，我就自力更生靠勤劳与智慧创造出一个‘金龟婿’吧。”女友还是那样恋恋不忘她的“金龟婿”！最近她新交一男友，特地从京城赶来告之我喜讯。一见面，我劈头劈脑问的第一句话仍是：“人厚道吗?”然后，再接着问：“能吃苦吗?”

19. 黑咖啡　紫咖啡

(一)

那时我念高中，常有不少闲暇的时间去一条幽静的小街晃荡。

“黑咖啡　紫咖啡”店的招牌是在一个周末的晚上偶尔发现的，即刻便10分钟情于这个高雅曼妙的名字，当时并没有考虑身上有几文大钱，便毅然一脚跨了进去。

咖啡店门面窄小，里面的布置却颇独具匠心，别有一番情趣。浓绿的塑料爬藤染翠了四周的墙壁，爬藤中隐约点缀着一盏一盏小小的彩灯，宛若藏在万绿丛中颗颗闪烁晶亮的眼睛。小圆桌、白台布、疏朗的几枝插花馥香扑鼻，被整个场地中央的枝形大吊灯一照，令人恍若置于一个恬淡温馨、神清意远的幻梦中。店主人是位憔悴而略带紫丁香味道的中年妇人，不知为什么见到她便联想到紫丁香，大概是她身上那股忧郁给我留下了极深的印象。坐在乳白色的小靠椅上——看着她优雅生动地向我走来，半高雅，半淡漠，半郁闷，然而只要她侧过脸朝你微笑，你感受到的却是全部的心慈意善，没有半点矫情虚伪，自然得就像阳光下任何一片开始发黄却风韵犹存的树叶。她是缄默的，可是我却分明能那样真切感受到她无言的忧伤。我将兜里的钱全掏出来，加上喜出望外从另一裤兜死角里抠出来的两个硬币，最终还是与咖啡的标价差了一毛五分，我踟蹰而尴尬地拿着硬币在桌上滚圈玩，她却拿走了桌上的零钱，并抱歉地朝我微笑，仿佛凑不够钱的人是她。随后一杯沏好的散发出浓香的咖啡便由一位男孩端过来。那男孩和我年纪仿佛，一副温文尔雅小大人的模样，五官端正，晒得黝黑的脸上有股执拗、倔强的神情。他友好地冲我笑了笑，露出一口洁白整齐的牙齿，而一边一颗的那两粒小虎牙就像他深藏不露的锋芒似的。我一口一口地呷着咖啡，眼角的余光偷偷地觑着柜台内偎依在一起的母子俩。母亲显得那样祥和，儿子却透着一股倔犟，然而偎依在一起，却显得非常和谐。我不知自己被这幅画面的哪个细节深深打动，以至以后每晚都要来这“黑咖啡　紫咖啡”店坐一会，不管有没有钱。渐渐和母子俩都熟了，只要一进店便能见到他们粲然而真诚的微笑，那种感觉很是温馨。尤其是那个长有小虎牙的男孩子，不管我带不带钱，总是会端来浓香扑鼻的咖啡给我喝。

为了应付期中考试，我一个星期没去“黑咖啡　紫咖啡”店消磨时光，再去却发现咖啡店发生了很大变化。先是三天两头地关门歇业，后来是谦和亲切的中年妇女久不露面，随后是任性沉默的大男孩也销声匿迹，“黑咖啡　紫咖啡”店终于在一个细雨绵绵的晚上彻底关闭了。是一个五大三粗的汉子来上的锁，一个从未见过的陌生男子。那晚我踏着小雨独自在店门外这条街上徜徉了很久，我真心牵挂着母子俩的去向和命运……

（二）

半年后再次见到那位男孩时，我几乎有些认不出来了。他是作为一名临时插班生到班上来的。

他高了，瘦了，也更黝黑了。脸上任性而倔犟的神情不见了，代而替之的是一种无以言说的忧伤。我几次跟他打招呼，朝他微笑，均未得到礼貌性的回应，似乎我全然是个陌生人，我们全然没有过那些在“黑咖啡　紫咖啡”店里萍水相逢怡然微笑的日子。他成绩不好，几乎有些跟不上班，虽有从前的温馨过去，可我不喜欢愚笨的男孩，天知道老师为什么偏偏指定我去做他的课外辅导。

按照学校要求，我当在每星期一、三、五的晚上去他家帮他补习功课。他先是有些迟疑，尔后便面无表情地答应了。开始我们合作得极不愉快，作为班干部我讲得细致入微，作为后进生他听得三心二意，而且讲与听之间总能隐隐听到某种哭声与尖厉嘶哑模糊不清的叫骂声，飘飘渺渺，若有若无，像是从地底下或墙那边传过来似的，我有些惊骇、疑讶、惶惑地望着他，他的脸顿时便臊红了。我拼命抑制住自己的好奇心，因为他用那么哀怨的眼神封住了我的嘴，令我的心都颤栗得有些恐慌。然而哭闹声更大了，而他的脸也急得越来越红了，看着他那慌张、噪郁、无奈的模样，我知道一定有些什么事情他羞于开口。然而，他终于怯怯地说了："你先等会儿，我进去下马上回来。"不一会儿，远处的尖叫声便戛然而止。我惶遽地尾随冲了进去，只见一间黑黝、污秽的小屋子里，瘦削、倔犟、缄默的男孩子正在疯狂而不顾一切地将自己的头往墙上撞，一面撞，一面绝望而痛楚地哭喊道："你疯吧，你哭吧，你闹吧，反正我学不进去了，我也不想学了，呜……呜……反正我没心思学了，反正我也不想学了。"披头散发的疯女人惊悸地望着绝望的儿子，终于狂暴的干嚎变得安静下来。"哦！天啦，这不是那位紫丁香一般的中年妇人吗?"我有些害怕地走过这位蓬头垢面、形销骨立的女人身旁时，几乎有些不敢相信自己的眼睛。疯女人有些惶恐地往后退着，她抬起那张满是尘垢的脸，眼睛溜溜地看看我，又看看她儿子，疯狂的脸上渐渐呈现出一丝温柔。我半推半拥着将那黝黑、倔犟的男孩子拖了出来……

（三）

自此，我知道了一个辛酸略带宿命感的故事。

“我有两个姨妈，都被她们的丈夫遗弃了。”有一天复习完功课，他终于战胜面子肯谈起家里发生过的一系列不可思议的变故。“大姨妈是位很有才华的工程师，她极爱姨父，结婚后为了让并不比自己更出色的丈夫干出一番事业，她将家里的一切家务活里里外外全承揽下来，十几年过去，她变成了一位年老色衰的家庭妇女，而姨父却越来越有风度，事业上也越来越有起色了。他开始嫌弃她，被花枝招展的年轻女子诱惑走了。”他有些鄙夷地朝空中冷笑了两声，继续说下去，“我小姨妈，个性强，结婚后家务事要求与丈夫对半分。时间长了，姨父却以小姨妈不温柔体贴为由，在外面又弄了个贤惠女子。小姨妈是那种对爱情与事业都很专一的人。小姨父却懂得怜香惜玉、喜欢轻怜蜜爱。”他有些恨恨地像一个成熟的大人似的评价道：“一个女人结婚后只有两种选择，我妈选择了我大姨妈那种婚后生活方式，可还是失败了。父亲经常无故地骂她，打她，连在子女面前也不给她留一点面子，最后终于把她关到小黑屋子里去了。这便是妈妈辛苦操劳，贤通慧达一生的结果……男人，哼，你知道吗？比起女人来，他们都太浅薄，太庸俗，太自私了。女人都很伟大，可是命运又似乎注定了她们只能充当浅薄男人的牺牲品。”他说这番话的时候，仿佛并不将自己归在男人当中。我不知怎的眼泪就下来了。那时我还没恋爱过，对于婚姻、家庭、爱情还怀着少女诸多朦胧的憧憬与企盼。我深深地痛恨眼前这个男孩的爸爸，因为他将那么超旷幽独的紫丁香般的一个女子变成了半人半鬼似的疯子。

男孩的成绩进步神速。他瘦削、英俊的脸上不再晦郁、暗淡，渐渐恢复了以往倔强、自信的神情，缄默的性格亦渐渐变得开朗起来，常常和我说许多话，炯炯有神的眼睛如点漆般闪烁着幸福、快乐的光芒。最让我感到惊奇的是我俩一跨进门槛，他的疯子妈妈便会马上停止干嚎抑或暴跳如雷的吵闹，显得格外恬静、安谧，一直待到我们学习完毕，英俊的男孩子送我回家。我怎么也忘不了那是一个风雨大作的晚上，骤雨初歇，我背了书包深一脚浅一脚地往男孩家走去。一进门便觉得气氛异常，屋子里静悄悄的，任性的男孩没像往日一般兴冲冲出来迎接我，而是面无人色、一动不动地躺在床上，腮帮子还挂着泪痕。“怎么啦？你到底怎么啦？”问了他十几声均毫无反应，我也生气起来，干坐在凳上闷闷地瞅天花板打发时间。他“霍”地从床上跳下来，受了莫大委屈似地泪汪汪地开始哭诉：“你知道吗？我妈跑了。保卫科的同志和厂里的工友们分头找去了，我独自找了半天也没找着。你过来看看。”他不由分说地将我拽到衣柜前，打开柜门，指着空了一半的隔板说：“我妈烧了我爸的所有衣服，我的一件也没烧。”

他迷惑不解。

我更如见证了一桩人间奇闻。

不过，我相信往昔“黑咖啡　紫咖啡”店里紫丁香一般的那位女人身上确有某种灵异、独特、微妙的东西。我与之第一面便感觉到了，就在我尴尬地在桌上拿硬币滚圈儿玩，她让她的宝贝儿子给我端来咖啡的那一刻。

（四）

疯女人终于被找回来了，继续关在那间小黑屋子里。她继续给她唯一的心肝宝贝儿子创造一个宁静安谧的学习环境。我深深地被这份正常而又难以解释的通达神性的母爱所感动，就像当初被“黑咖啡　紫咖啡”店里母子俩那迥异而又极为和谐的一幕所深深打动一样。男孩子如今也不再愚笨，有些科目的考分甚至超过了我，可他还是需要我做课外辅导，他说他要看见我坐在他对面，他才能安安心心地学习，才有一种宁静、安全的感觉。

窗外，南方绵绵的雨季又到了。而窗内，男孩子那欲说还休的眼神就像雨中飘逸的一首小诗时刻萦绕着我。我一直在逃避他那款款深情的目光，我预感到可能会有一场感情原子堆的爆发，我知道自己不想承受亦难以承受那巨大的能量，我时刻准备撤退。终于有天晚上，他将一张小小的纸条从桌面上推了过来。“愿意当‘黑咖啡　紫咖啡’店未来的女老板吗？不要嫁给任何人，等着我。”接过这张条子，我不知自己是被感动了，还是被怔住了，抑或被吓坏了，半天瞠目结舌地毫无反应。当他激动万分地过来想要讨我的一个答复，扳过我的脸的时候，我无意识地机械地给了他一耳光：“你想干什么？你滚吧！你以为我会稀罕‘黑咖啡，紫咖啡’？你想什么呢?!”我疾言厉色地冲他口出狂言。毫不理解自己当时为什么会有那么大的无名怒火。大概是他那种自信我一定会答应他的那种自负瞬间激怒了我，侵犯我作为少女的自尊与骄傲。看着男孩子的脸渐渐变得惨白，自信的火苗突然在那对漆黑的眼睛里全部浇灭时，我几乎怀疑那一刻他在精神上死亡了。就在他第一滴晶莹的泪珠流下来的那一刻，隔壁房间里忽然“哇”地一声传出凄厉、刺耳的哭声，就像一名无助的母亲正在哀哀地眼巴巴地看着挽救不了的她唯一的心肝宝贝儿子。

男孩子的疯子母亲就在这个蒙蒙细雨的晚上死去了。就在这个晚上，一位不懂得爱情的女孩拒绝了她唯一的独养儿子那份无比深情无比真挚连同生命的表白，至使她的儿子在精神上过早地夭折了……

（五）

后来我上了大学，陆陆续续听闻了男孩子的一些情况。

昔日瘦瘦的、沉默的男孩结婚了。新娘矮矮胖胖的并不漂亮，可是男孩待女孩儿很好。他们婚后，“黑咖啡　紫咖啡”店重新开始营业了，我不只一次地独自在那条整洁、安静的小街徘徊过，终于没有勇气推门进去。男孩子知道那么多大姨妈小姨妈的故事并且亲自目睹了父母的婚变，他痛恨那些男人的浅薄与自私，我相信他会很好地呵护体贴他的妻子。我祝福那个不知名姓的姑娘，她虽然并不漂亮，可是她有福气找到那么一位英俊而又一定会懂得爱的丈夫。他会好好爱她的。

和谐融洽的蜜月很快过去了。矮胖的新娘日夜操劳，百般调度，“黑咖啡　紫咖啡”店的生意又日益兴隆起来。每天出出进进那么多人，幽静的小街从此失去了宁静……

大学有一个假期我未回家。

因为接到同学来信说昔日沉默寡言的男孩儿，今天富得流油的咖啡连锁店老板家里快有三宫六院了，他三天两头带新情人回家，快把自己的老婆气疯了。他老婆不辞劳苦地经营着全省范围内的连锁咖啡店，英俊的男人却坐收渔利，坐享其成，搂着情人去看电影，被老婆稍微说了一句，回来便将她拳打脚踢，还口口声声地扬言要将关进家里那间空闲的小黑屋子里去。老婆又爱他又怕他，除了忍气吞声，含辱忍垢，除了在心里默默地怨恨那些像粘着英俊有钱丈夫的那些漂亮女人外，还能做些什么呢……

看完信，我的手连同我的心都凉了。

我的眼前不断回闪出昔日“黑咖啡　紫咖啡”店里那可爱的大男孩来，那时他谈论起男人时那种憎恨与鄙视的眼神我至今无法忘记。

（六）

矮矮胖胖的老板娘不知什么时候疯的，当她一岁多的孩子在地下哇啦哇啦乱哭的时候，她在她丈夫——咖啡店老板闲空已久的那间小黑屋子关着，嘴里吮着污秽的指甲哼哼唧唧地自说自话……

人们都觉得奇怪，那个一岁多的孩子见到女人便会露出世界上最圣洁最童贞的微笑，而看到他父亲一样的男人，像蓝天一样明澈无瑕的婴儿眼睛里，便马上有了抹不去的阴影，而且充满了让人难以理解的那种成人式的不屑与鄙视……

近期假日回家我才惊讶地发现：婴儿眼中的那种不屑与鄙视与当年“黑咖啡　紫咖啡”店里好位英俊的男孩子谈论起他父亲与姨父们的神情何其相似！

真的，简直一模一样，就像一个模子刻出来的。

更难以理喻的传说是：关在黑屋子里的虽只有那个矮矮胖胖的姑娘，可是一到深夜，那里面却有两个女人在哭……

20. 天使在人间

那还是在湖南湘中一个城市做小姑娘的时候吧，我时常去街对面一位张太太家串门。在绣花厂做事的张太太虽其貌不扬，却生有四个天使般美丽的女孩，个个妩媚生动、优雅迷人。羡慕至极的我由于十分渴望有一天能像她那四个天仙般的女儿一样成为众人瞩目的中心，便无端生出对母亲的不满来：为何不能将我生得像她们一样好看呢？母亲以为这是小孩子平日随口甩出的疯痴话，便蒙蔽我道：女大十八变啊。小时不中看的孩子长大后会越变越漂亮，小时候漂亮的孩子却会越长越丑呢。伯母却还觉得母亲的回答不够理想，每到这时都会自觉出来帮腔：漂亮有什么好的，漂亮只会给她们带来祸害哟！再说谁知道这些孩子怎么回事，既不随母亲，也不像她们父亲呢……

无论母亲怎样偏袒自家的孩子，伯母怎样败坏张家那四个如花似玉的姑娘，随着岁月的悄然流逝，张家的四个孩子却并未如母亲预言的那样由漂亮而变丑陋，相反出落得更为标致水灵了。而我也未如母亲期待的那样在时空的转换中脱胎换骨变为天使，依旧是那张素净的脸，难以寻觅惊艳的芳容。美丽带来的好处是显而易见的，张氏家的重活总有那么多想入非非、浑身是劲的毛头小伙抢着干。适逢做煤球的好季节，对面街拐角处那块水泥坪地就变成了周边小伙子们展示腱子肉的最佳场所，他们甩开膀子挥汗如雨，卖力有如张家未过门的女婿，空气里满是年轻男人荤腥的荷尔蒙味，及干柴烈火般一点就着的青春气息。我的母亲便自叹命中无缘享受儿女福，女儿既然生得不够惊艳，吸引不来健壮小伙甘当苦力，便只得与我那两位相貌尚可却远不够出众的姐姐亲自劳作，费力地鼓捣出煤球来，以供冬季取暖。貌不惊人的长相使我和我的几位姐姐从小就懂得了自食其力的重要性，知道贪图安乐、不劳而获那是漂亮女人才办得到的事情！

张太太家的四个天使很快都到了出阁年龄。然张太太择婿甚为严格，对上帝赐予她的天使迟迟不肯撒手，满心希望哪个年轻人喊出更高的价来。先前在水泥坪地里甘当苦力并暗中较劲的小伙子们终耐不住漫长的等待，追求的无望使他们渐渐退出了竞争圈。这其中只有一位垂青于张家大女儿李春的小伙子卫东仍然赤胆忠心，风雨无阻地来张家帮工干活。可凭他那一穷二白的家底、凭他那苍白瘦长的马脸也想打李春的主意？张太太只想哪天“啊”地对他“呸”一声。可伸手不打笑脸人，又何必非将一个无偿干活的小伙子撵出家门去？让他自己知难而退吧。谁知事情的发展却大大出乎张太太的意料：由于母亲的横加干涉，李春的社交圈十分狭小，到了女大当嫁的年龄却不能出阁，李春不由得对母亲暗生幽怨，这才将注意力转移到在他家当男工的卫东身上。不久，她便对这位默默干活的小伙子萌生出敬意来，而由敬意到爱似乎是因她那日渐丰满的身体发酵而促成的。总之，当李春浑身蓄满爱情时，卫东就老谋深算地将她生米做成了熟饭。李春似乎感觉到了这位老实巴交的贫穷青工那独有的老犬似的狡黠，但后悔无及。出嫁那天，张太太不仅没去喝亲生女儿的喜酒，还托人捎话给李春：嫁给那个愣头青，就准备受一辈子穷吧。婚后，李春很快生儿育女，因为生计艰难，便在街角支一桌一奇，摆起了烟摊，美貌在艰辛的岁月中一天天损蚀，直至有一天水果般光鲜的面庞被太阳烤得有如烟丝般焦黄。小伙子们喧闹竞技的煤球坪成了她梦中那遥远的地方。

张太太的二女儿李夏比姐姐李春出落得更为精致，心眼儿亦比姐姐更为伶俐。她寻思着母亲只不过是位大字不识几个的家庭妇女，觉得机会还得靠自己找。虽说自己只是个高中毕业生，但毕竟是企业里的广播员，加上天仙似的美貌，自信钓个富翁回来并不成问题。由于李春婚姻的悲剧，张太太对天使们的严厉管束有所放松，这使得李夏有机会在精心粉刷"脸面"后，到高层次的交际圈中去寻觅夫君。几个月后，果然有百万富翁"吃食上钩"。当李夏带他回来见张太太时，这位三十开外、半秃顶的白胖子在城郊的镇上还有妻室。张太太虽对白胖子的外表不甚满意，却又舍不得失去一个百万富翁做女婿，于是期期艾艾地叫李夏自己拿主意。见母亲不反对，李夏自然很快就投入了百万富翁那钞票堆成的怀抱里。促使他成功离婚后，李夏还时常携“百万富翁”回家省亲，并逼迫丈夫为娘家新添了彩电、洗衣机，但后来，也只是逢年过节才回家看看了。富翁将财权抓得甚紧，对李夏看管又严，生怕她将自家财物暗中转移回她娘家。因替丈母娘家添置了几大件，“百万富翁”每次陪李夏回家省亲，脸上便开始挂着功臣般的傲兀，凡人不理，仿佛他不慎开口就会有人找他借钱。他这种傲兀的神情还真将想找他借钱的李春夫妇给吓了回去。李夏虽觉得丈夫俗不可耐，亦时常被身着皮尔卡丹西服的丈夫口中发出的葱蒜臭味熏得恶心翻胃，但又能怎样呢？没有爱情她能活得很好，没有钱她可活不下去。

两个天使般的女儿均被人间庸俗的污浊男人所误，这的确让张太太痛心疾首了一番。伯母幸灾乐祸地看着张家的笑话，一边以张家姐妹作例子，在一旁高瞻远瞩地教育我：你不是很羡慕她们么？女人那样漂亮到头来到底有什么好呢？张太太悔恨之余，又在忙着为三女儿李秋物色夫君，便无暇顾及耳边的闲言碎语。李秋是那种艳如桃李、冷若冰霜的美人，她的电大学历以及在银行供职的金饭碗，吓退了一批又一批急流勇进的情场斗士。李秋对自己的婚事虽不着急，然而她那双冷漠的大眼却从未停止过在权势阶层的搜索。为自抬身价，她又到外语学院夜大攻读了第二学历，她私下觉得，凡高贵的女人都会讲一口叽哩咕噜的洋文，而不会讲洋文的女人无论怎样美丽都不能称之为高贵。她有些瞧不起李春与李夏两个花瓶似的姐姐，她发誓要成为一个既美丽又高贵的女人。运气终于来了，在某次大型舞会上，她毫不费劲就捕获了一位城建局的副局长，对方有文凭有手腕有钱更有权势。又传，这位副局长的事业正如日中天时，享不了福的原配便让贤似地适时病故。副局长虽不乏说媒续弦的，但哪个女人的姿色能与李秋相媲美呢？李秋与副局长的婚事让全城男女为之眼红，因为美貌与权势金钱的结合在这里得到了完美的体现。副局长对张太太亦极尽客气，他与卫东及“百万富翁”一起平等地称绣花女工为“妈”，眼睛里却尽显鄙夷神色。由于想巴结副局长多拉些工程项目，李夏夫妇回娘家的次数多了，李春看不过两位妹妹的势力劲儿，便自觉与家庭疏远了关系。李秋婚后很快有了官太太的范儿，副局长拥有美人后，却觉得漂亮女人亦不过如此，又暗地恢复了与前几任情人的来往，为减少麻烦，对于李秋，他也常买些玫瑰花、金手链、时装等玩意儿回家哄着。蒙在鼓里的李秋时常对几位姐姐夸耀丈夫对自己的专情。“像他这样的级别还对老婆专情，难得啊。”

李冬是某师范大学中文系学生，美丽的外表加上高雅的气质使她身后示爱者如云，她却不敢轻易接受某位男人的爱情，亦不敢轻易结婚。“因为我无法证明他们是喜欢我漂亮的外表，还是喜欢我的内在。”李冬时常对大学的知心朋友说：宁愿自己是个丑陋的女孩，好识得求爱者的庐山真面目。而在李冬的眼里，三位姐姐的婚姻都是不幸的。红颜为何薄命呢？只缘男人看中的只是她的姿色啊。

李冬一直独身。她难以分辨追求她的那些男人到底是欣赏她的姿色还是人品。于是她的青春与美貌便在故纸堆中悄然流逝。我来津定居后，母亲来信告知我，李冬最终和一位久慕她艳名的医院大夫成了婚。但我去年回家省亲，才得知李冬半年前已被小她八岁的丈夫所抛弃。因为中年妇人残留的姿色已无法与青春少女的美貌相提并论了。等李冬真正识得求爱者的庐山真面目，她已人老色衰，无人关注了。有人说，张太太又在托李秋夫妇为李冬另行物色人选了，而李秋夫妇决意将李冬当滞销品推销给城建局的一位包工头。对方传出来话来说：我们想要个男孩今后好继承家产，女方年纪那样大了，还能生育吗？师范大学毕业的李冬那一年被家人送进了精神病院，她精神失常了。于是乎，我又开始庆幸自己没有李冬四姐妹那样天使般的容貌。因为我在那年也结了婚，由于自感貌不惊人，想必丈夫看中自己的是厚道、善良或别的什么，所以在人间活得比天使们快乐。

21. 新鸳鸯蝴蝶论

古时的中国男子大抵是不值得羡慕的，更不值得轮回转世投胎后再做一回。

是的，尽管他在家中有至高无上的威严，三妻四妾似花团锦簇，然除赡养父母外，女人全靠其养活，经济负担实在过重。光是订个婚就得三媒六聘，不似现代男子聪明地发明了个嫁妆，现在不是讲究男女平等么？时兴的六大件你在娘家得准备三大件，现代人嫁女不是件泼水那样容易的事了，光溜溜将自己的女儿打发出去是要被男方瞧贱了、以后发生口角遗下话柄的，光冲着这点，我下辈子便愿意做回男人：白捡个不分昼夜义务侍候自己的女仆外，另买一赠三还能得到那么些值钱的零碎：电视机、录像机、电冰箱……幸运些的男人还可以从她娘家得到空调、电脑什么的。

搭钱嫁出去了算你幸运。如今这年头属婚姻爱情停滞退潮期，知识浅的女人容易嫁人，这些女人，大抵没啥长处，年纪大些也不会增加她的才能见识，便费尽心机地修饰自己，极普通的面孔经她涂涂抹抹能变出另一张美艳惊人的脸来，加之她年纪轻又有几分新鲜可爱，见出众的男人便痴痴紧追不舍，男人大多是爱冲动而易感动的，很容易被这些凡俗的女子一网捕获。有些起逆反心理的男子从网中逃脱了，然而逃脱了也没关系，庸常女子不觉得这是一件如何尴尬的事，她很能想得开。因而出众的男子总是娶了个格外普通的女子做老婆。知识型的女子则不然，她心高气傲，不屑于似通俗女子那样公开坦然去追求心中最理想的对象，她永远等着他来献玫瑰花，然而等来等去，等到老了也等不到那束玫瑰花，于是便替自己开脱地想：找一个老实、厚道、笨一点的人嫁了吧，然而很快地她又发现他的老实、厚道、笨是那样不可容忍，找一个这样的丈夫还不如不嫁，一次又一次地，憧憬破灭了。

因而如果你是个结过婚的高知女人，定要千方百计珍惜、维护这得来不易的婚姻。一般说来，女性的生活不似男性那般需要多种的兴奋剂。所以如果你丈夫公务之闲暇，做点越轨的事情来调剂他的疲劳、烦恼、未完成的壮志，你应当原谅他，他吸烟、喝酒，他在别的女人身上花钱，甚至他跟最下等的酒吧间女招待调情，那对男人而言，只是本能、最自然不过的事情，大动干戈会有损你的贤妻形象。要知道，男人不比女人，腰弯得再低些也不会有失身份，他并不难重新直起来。不要跟他争吵，更不要将之视为缺点企图用自己的爱情及神圣美德来感化他，只要生活在万丈红尘中，他便成不了圣人。但你却要时刻注意检点自己，少和男人说话，避免让异性进家，哪怕是沾亲带故的老头子，以避瓜田李下之嫌，男人的心不比针眼更大，在爱情、权力、金钱的竞争上，男人比女人更多疑、更好胜，采用的手段更直接，好同情、保护弱者，打击、挤垮强者，这是男人的天性。因而为了家庭之安宁婚姻之幸福，你需在学历、才华、社会地位诸方面不如他，或佯装不如他。你还要对他似大孩子般呵护备至、伺候周全之空余，细心研究驻颜之术，如果你完全专注于职业或全力于家务，舍得花钱在家具、孩子身上却完全忽视了自身的同步武装，那么你的丈夫很可能会被驻颜有术、舍得在打扮上下工夫的女子夺去，现代社会盛产这种靠巧取豪夺打天下的单身女人。她们将自己的青春、容貌、魅力种种作为武器来抢夺别人用十几年或几十年时间含辛茹苦“培植”出来的功成名就的丈夫。当然，她或许良心发现并不想完全占有，而只是当当她的情人，现代男人亦十分乐意娶个守旧的女人在家中做老婆，觅个新潮的女子在外作情人，道义上倾倒在你这一边，感情上留守在她那一边，最要你小命的是，他还觉得自己十分传统，对婚姻百分之百负责。所以聪明的妻子不论工作多忙，总是十分注意自己的容貌装扮，想尽一切办法让青春与美丽常驻。

你看云时很近，你看我时很远。全天下的男人都跟孩子一般，对自己最熟悉的人最不在意，最不以为然。因而你得想办法与你的丈夫保持距离，无话不谈的夫妻往往是最危险的。

丈夫固然难得，你却不可以给他半点约束。他呼朋引伴唤来一帮朋友聊天、打牌、摆方阵，你不仅不可以假在脸色，还应笑吟吟递上瓜果香茗，然后提上菜篮子去集市采购猪肉鱼虾，一阵闹哄哄之后，再让他们酒醉饭饱，眉开眼笑，即使他们几杯黄汤下肚后，当着你的面肆无忌惮地谈起女人，你应装作视而不见，听而不闻，权当一帮孩子在你面前瞎胡闹，在无限地编排、炫耀他们的情史。要知道，男人的谈话，最后不谈到女人身上是不会散场的，而最丑陋的男人，也喜欢对别人妻子的相貌挑挑拣拣，说三道四。直到他们哈欠连天，心满意足离去，临走前，在房门口与你丈夫咬耳根子："行，你老婆不错，有福。"你替丈夫争了天大的面子，小家庭以后便会阳光普照，整日充满他的朗朗笑声。你若稍有不慎，让他在朋友面前难堪，或者他一批朋友走了之后你一连几天唠叨不休，他便会觉得这个家不再是他的乐园，他有多种借口不再回来，他到处游荡，他另辟乐园，有棋会，酒会，堂会，舞会，聚会，总之，他有的是享乐方法。他找借口在外边游玩，你在家将他塞在各处的臭袜子、臭手帕寻找出来准备洗涤，你望着他白衬衣上那污渍的领子发愁，你赌气想撒手不管，他无衣可穿时，仍会若无其事从那一堆污垢的存货当中再拣比较干净的去应急。你如果罢工，他会用自己手中的金钱或权力去外边另觅洗衣妇，如此这般你的婚姻也就岌岌可危了。洗完衣服腰酸背疼之后，你自然还不能歇息，你应找来专业书籍温故而知新，在事业上你亦不能离他太远，本来在同一起跑线上的，之后他继续发展甚至开始朝顶峰冲刺，你却停滞了，感情也就有了距离与隔膜，一旦适逢外力介入，婚姻便可破裂，你搬起石头砸了自己的脚。

现代家庭真是难以维护，爱情两个字好辛苦。以前家庭是幸福的港湾，是刀枪不入的钢筋水泥，如今却经受不住半点风雨与诱惑。环视四周，放眼远望，到处都是暗礁和引信。有悲观的朋友调侃曰：这是个花花世界，鸳鸯蝴蝶，不好产生的年代。

第二辑

喧哗时代的世相

1. 变天与变脸

人们常说天气变化之快，犹如婴儿脸，说晴顿时雨，上一刻还云雨阴森，现时却已艳阳高照了。我不知天公是否也在钻研变脸术，总之他老人家变脸的领域似乎在不断拓展，亦在不断考验着现代人的神经。记忆中，老天爷这张脸，仿佛只能变幻出阴、晴、云、雨四张脸谱，如今，他却能打破春、夏、秋、冬四季之次序，寒冬脸能直接替换成酷暑脸，变脸之神速，令人匪夷所思。故我常作无端猜想，天公这种神奇变脸术后面，是否有“全球气候变暖”等因素在助力帮忙？

其实，我想说的是，“人定胜天”这种说法并非毫无事实根据。至少，若论变脸绝活，天公是比不过川剧艺人的。曾有媒体报道，在川剧界，变脸高手最快的速度是二百七十分之一秒变幻一张脸。假如你有幸莅临现场观看川剧“变脸王”的表演，其走脸速度之快，定叫你眼花缭乱，目不暇接。只见舞台上的演员，刷，转过头去，变了一张红脸，刷，又转过头来，变了一张黑脸，刷，再转头，出来一张花脸。嘿，真是太神奇了！

那么，有没有比川剧变脸高手走脸更神速、更技高一筹的呢？我说是有的，而且为数不少，不仅如此，这支“人才”队伍还在日益扩充壮大。我并非故作惊人语。试问，生活中谁没见过变脸术已修炼至炉火纯青之化境、堪称“魔鬼”级别的变脸大师呢？如果说川剧的变脸绝技，令人叹为观止，一张脸刹那间居然可以变幻出十四张之多，可是，若与生活中的变脸大师相比，其走脸之速度、变脸之花色品种、脸谱之细腻生动，变脸术中舌、手等身体多个部位的配套协调一致，足令舞台上勾画出来的简单粗糙生硬的脸谱，顿时黯然失色。的确，两者又岂可等量齐观、同日而语呢？舞台上的变脸王每走一次脸，均需转过头去，或将双手举过头，以掩护其把事先系在丝线上粘贴在脸上的脸谱一张一张扯下来，每扯下一张最快耗时二百七十分之一秒。君见过生活中的变脸高手施展变脸术时，还需用假动作作掩护的吗？谁不是如放幻灯片般流畅，表情在凉热间直接转换，又哪里需要一个最基本的过渡呢？

故此，我时常满怀感激地回想起移居北方的二十多年中，天公对我脆弱意志的百般锤炼。如今，我虽仍难以适应瞬间经历酷暑至寒冬的两极变换，但亦不至于在练就变脸绝招的人面前惊诧万分、当场崩溃。譬如一个天天以知音朋友脸待你的人，某日在电梯间相遇，突然变得面无表情，仿佛从来不认识你一般，也许昨天还对你热情洋溢、甚至点头哈腰，没话还要找话说的主儿，此刻突然变幻出一张冷若冰霜的脸出现在你面前，其充满变脸智慧的头颅骄傲而自负地高扬着，鼻孔朝上喷着气。岂止是不正眼瞧人、拒你于千里之外，那副居高临下、盛气凌人的模样，仿佛“衣襟角都要搧死人”呢。再譬如，一个从来以不屑一顾脸待你的人，某日忽然拜访你来了，甚至还莫名其妙带来一大堆礼物，见你就奉上一张嘘寒问暖、热情似火的脸。昨儿他那张脸还拉得如驴般长呢，脸皮绷得仿佛一面鼓，见你眼皮子也不愿抬，记忆中你很少见过其黑眼球，甚至连白眼球也懒得赏你一个，其拿腔作调、爱搭不理的架势令你觉得自己在他面前矮了好几截，此刻连脸形也由长变圆了，拉长的驴脸已变幻成一张散发着光与热的暖洋洋的脸。生活中，我已经被逼习惯了这种凉热的直接转换，我不能说自己已经参透了这个有太多脸谱的世界，已经参透了每张脸谱后面的世态人心，我只是面对任何一张惊心动魄的脸谱基本能做到处之泰然了：这就是一个喜剧时代。在喜剧舞台上会有各式小丑，他们会为了自己的各种利益，上窜下跳，脸谱变来换去。便只当他们为大伙儿单调的生活贡献了诸多笑料与意外吧?!

多数时候，我还会给自己留几道思考题逗自己开心。我悄悄对自己提问道：到底是哪片天变了呢，以至于对方整出那样一张脸谱？是对方突然发达升迁得势，高高于众人之上了，他自己那片天变了呢？还是对方得到了什么不实传闻，以为我的家人同窗铁杆发小里有人即将升官发财，或者我家族中有人能管着他头上乌纱帽，抑或我的发小手中恰好掌握着他急需的某种资源，他认为我这边的天变了？或者我无意中得罪了谁，他凭自己的推测以为我头上的那片天即将塌陷，他的脸谱灵敏度高便提前反应了？猜谜真是件很好玩很解闷的事。你有时猜着猜着自己就乐了。猜着猜着就能乐喷出泪水来。我还注意到那些天生的高手实施变脸术时，他们的舌头、手掌等身体部位亦在配套变幻，脸谱变了，舌头上的话语口气也跟着全变了，昨天还说是白的，今天配着这副脸谱同样一件事就说成黑的了。随着脸谱花色品种的变幻，舌头也在长舌、巧舌、短舌、假舌、饶舌、口蜜腹剑舌、讨好卖乖舌、见风使舵舌、口是心非舌等各式舌谱间来回变幻。他那只手掌配合着脸谱的变化，也在僵直、温软、长而暖、短而凉之间不停变换着花色品种。譬如罢，与高高在上脸谱配套的手谱必然是短而僵直的五根手指头，与俯首帖耳脸谱成套推出的必定是温润如玉、紧握不放的情真意切型手谱！

而据我观察，生活中的变脸高手，大多志大才疏，所谓才比人低、心比天高是也。这些变脸叫绝的人，一般都是谁得势跟谁的骑墙派。他们有奶便是娘，"一阔脸就变"，绝无操守，更无真情。在他们眼里，良心、道义、德行、品行之类的东西均是可以用来践踏、出售、毁弃以换取一己之私利的。至于手足爱、知遇恩、朋友情、同窗谊，更是他们可以随手用作造谣打击出卖对方或与对方捆绑结盟谋利的筹码。故此，我自觉远离变脸高手，而亲近有操守、敢担当的"素脸"人那些具有淡泊名利脸、言行一致舌，或者刚正不阿脸、宁折不弯舌的人。他们始终是我最敬重的人，是有血性有理性有骨气有担当有信仰的人。我认为他们亦是整个社会的脊梁与希望！

2. 疯狂的成功学

某些屹立于事业巅峰的成功人士，俨然传说中的神，若不幸被意外事件打回了原形，民众才会无比震惊地发现：那些曾令自己深信不疑的神话传说，原来却只是成功学大师们疯狂忽悠、刻意包装出来的一堆固执妄想罢了！

毫无疑问，如果不是在家中暴打美国妻子的丑闻被媒体曝光这个意外事件，疯狂英语创始人李阳在人们心中，可能还是独辟蹊径快速获得巨大成功玄幻剧里那个传说中的神。关注疯狂英语的人都知道，李阳亲自授课时，会刻意称呼他的学员们为“各位亲爱的神”。言下之意不知是否在暗示学员“世上只有凡夫俗子想不到的成功，没有神的力量达不到的奇迹。你是神，因此你也可以创造奇迹”？上述纯属推断，我只是以小人之心无端猜测而已。曾在现场体验过疯狂英语课的记者报道说，李阳讲课的阶梯教室，醒目地张贴着大幅喷绘的标语：“学习李阳、超越李阳、热爱李阳”（我从中闻到了浓烈的个人崇拜自我神化的味道），所有的学员都穿着统一的T恤，个个神情亢奋，坚信自己复制李阳的辉煌成功指日可待。据说，李阳还爱借用京剧行当里一句老话“不疯魔不成活”来要求并激励学员。他趁热打铁推出的50元一本的自传体成功学著作《我“疯狂”我成功》让他赚足了眼球与银子，而权威媒体的访谈《越“疯狂”越成功》更让李阳名满天下，成了“疯狂”成功学的代表人物。在近乎“疯狂”的学习现场，李阳一次次地向数万人兜售自己的成功学，一场大神造小神、小神拜大神的造神活动就此达到顶峰。因此，家暴事件之后，有记者采访疯狂英语的几位学员，如何看待家暴风波后的李阳，学员们的回答都很统一、很疯狂：一个伟大的神！

在我们这个酒香亦怕巷子深的时代，能说会道、能言善辩甚至强词夺理，已成为某些领域成功者必备的素养之一。虽然过于热爱说话，疑似有显摆人格的家伙，一般都远离真知灼见，但其跳跃性、实验性、忽东忽西、虚虚实实让人找不着北的思维模式；一切为了成功，从不介意手段、诚信与品行，不达目的誓不罢休的行事风格；自认为比所有人高明，激进的令人热血沸腾的举措与口号始终伴其左右并助力其野蛮生长的扩张方式，与现实玄幻剧主演必备的某些特征不谋而合。于是，他们中的一些人成功了，他们中的一部分人甚至成了万人景仰的成功学导师。

成功，似乎已成了我们这个时代最为光芒四射的词。机场书店，摆在最醒目位置卖得最好的书是成功学著作。黄金时间，在电视屏幕上口若悬河推销成功经验的是各行各业雨后春笋般冒出来的成功学导师。社会上越来越多的人们开始默认成功才是硬道理。有时，我会杞人忧天地陷入一种莫名的忧虑之中：在一个人人渴望成功，人人渴望抄近道成功的社会里，如果人们只以成败论英雄，只关注成功的结果，却不关心手段的合理性与正当性；如果为了成功这个硬道理，可以没有原则、没有立场、没有底线、没有自我，甚至没有人性，那么，这样的成功于时代、于社会有何意义？这样的成功是否是一种病态？建立在这种畸形价值观道德观基础上的成功人士，会否越成功越疯狂？这样的成功学熏陶出来的所谓成功人士，会否是心智不健全的废品？是的，我心目中健康的成功学，应该以正确的价值观为指引，应该闪耀着人性的光辉，传递着人性中平和、诚信、理性、兼爱、自律等等美好，理应有益于匡正失衡的世道人心。

家暴事件后，我偶然看到一家媒体对李阳的采访，即刻被他对妻子儿女那种冷漠的毫无人性的态度吓住了。李阳的“疯狂”言论如下：“家庭是个不科学的东西”、“我看不上家庭生活，也不想在这上面花工夫”、“我觉得家暴是小事”、“家暴时小女儿在场，对她无所谓伤害，即使有，伤害也是一种成长”、“我怀着欣赏的心情看大家的批评段子”……猛然，我又想起了另一位成功学导师唐骏去年说过的一句惊世骇俗的话：“如果你的真诚蒙到了别人，那就是一种能力，是成功的标志。”当时，以一部无比畅销的成功学著作《我的成功可以复制》攀上事业巅峰的唐骏，却意外遭遇“野鸡文凭门”事件。一开始，他和成功学导师李阳一样，对媒体与公众一直采取回避和拒不道歉的态度，对自己的造假行为心安理得，对社会各界的批评不屑一顾。

也许，他们以为成功学的实质就是“胜利者永远不会被指责”、“成功者的错误都是可以被原谅与宽容的”。好吧，抛开这些因素权且不论，我却只想要问：为什么这样以混不吝的态度对待社会规则、做了错事却依然振振有词满嘴歪理的人，会在社会上取得如此巨大成功？好好想想吧，我们每个人，这可不是李阳嘴里“家暴那样的小事”！

3. 谁来做真正的信使

近日重温已故学者王小波先生的名篇《花剌子模信使问题》，感慨良多，掩卷之余，不禁联想到当下评论家群体的困境。从某种意义上说，在“会说话便有可能改变自己命运”，说话技巧能产生现实利益且已成为一门学问的今天，评论家们的处境和作为与花剌子模信使颇有相似之处。据传中亚古国花剌子模，有一个古怪的风俗，凡是能给君王带来好消息的信使，便会得到提升，但凡给君王带来坏消息的信使，则会被送去喂老虎。显然，人都是趋利避害的，谁都愿意得到提升而不愿意被送去喂可怕的老虎。这种状况发展下去，为求生存的信使便只有一条出路：变成滑头分子，递送坏消息时便隐瞒不报，甚至滥加篡改。这是因为人对自己的处境皆有非凡的适应能力。荷兰哲学家斯宾诺莎曾说过：人类行为的原动力是自我保存。

大抵说来，愿意听到赞扬的、肯定的、顺耳的或者有利于自己的话是人之常情。关于这一点，我很肯定，因为我也欢迎溢美动听的好评。至于孟子说的：“子路，人告之以有过，则喜。禹闻善言，则拜。大舜有大焉……乐取于人以为善。”我一直将信将疑，虽然古人一直在历史深处说要知过不讳，改过不惮，又说“闻过则喜是君子，有过不谏是小人”。我已人到中年，自以为不再天真，可年轻时谁没有做过那个差点被君王送到老虎笼子里去的花剌子模信使？以为社会上到处是广纳谏言、从善如流的子路们，遇到几个蛮不讲理的花剌子模国王后，才开始意识到自己可能被亚圣忽悠了。子路听到别人批评自己就高兴；大禹，见到给自己挑毛病的人便拜谢；大舜，不仅乐于听取别人的不同意见，而且将那些大胆提意见的人当作大好人来对待。孟子说的中国这三个最有名的“闻过则喜”的人，历史上是否确有其事，我一直不敢轻易相信。反过来说，即便千真万确，那也是三个圣贤级人物，绝非凡夫俗子。再者，穿越泱泱中华数千年文明史，以“闻过则喜”的标签名垂青史的君子，除去孟子常挂在嘴边的三位圣贤外，仿佛并不是很多。可见，做到“闻过则喜”绝不是件容易的事，普罗大众们，大抵皆如我一般，遇到几次差点被送到笼中喂老虎的险情后，便轻易不敢开口了，而将上帝赐予的“忠言直谏”的自由权交给了职业评论家们。

现在想来，自己的希望绝不能寄托在别人身上，否则，失望更大。我这么表述并不是说如今的评论家水平多差，而是有骨头的委实太少。在现实的利益面前，他们中的大多数几乎要退化为表扬家了。诚然，营造出好消息来，更容易找到买主。制造语言的鲜花献给一些需要撑门面与场子的人，既能结交名流权贵，又可赚取现实利益，这不比被花刺子模君王送去喂老虎，结果好千万倍吗？于是，我们看到地产评论家不遗余力地为房地产商合唱颂歌，是个楼盘就送上“高尚住宅”的认证标签；我们还经常听到股评家为业绩平平甚至极差的上市公司极尽赞美吹捧之能事；我们不时会目瞪口呆地发现，有些艺术评论家，天才地运用笔头与舌头，将一些侏儒变成了巨人，更将一批匠人变成了大师。凡此种种怪相，我以为，都是评论变现潜规则强力作用所致。说得通俗些，便是吃人嘴软、拿人手短。不净拣好听的说，下次还会有人花钱请你吗？你以为人家花大价钱请你，真是让你来挑毛病说不是的吗？

最后，我还想套用王小波的一句话来说事：真正的批评应该直率无比，坚硬无比，但凡有一点柔顺，也算不了真正的批评。去年4月，在电视剧《乡村爱情故事》研讨会上，中国传媒大学教授曾庆瑞当着赵本山的面，批评《乡村爱情故事》一剧缺乏历史进程中本质的真实，人物形象扁平化，同时质疑“本山喜剧”境界不高，悲悯情怀不够。据说，受到批评指责的赵大腕当场便激烈反击道：“这位教授提到农村生活……您去没去过？您体验过吗？如果没有发言权的话，那考虑好再说。”赵大腕又说：“有那么一些人，就是专靠批评别人生活的，不然他就没饭吃。”当下社会有些人，并无自己想象的从容有气度，却又鼓励别人说真话，倘若别人不解其中三昧说了真话，他却又跳脚了。不久前，同济大学教授张生批评“中国达人秀”评委周立波“思想肤浅，教养低下”。网友们形容说，被批的周立波岂止是“闻过则怒”，他的反应简直是青面獠牙，恨不能即刻化身花剌子模国那只生吞活剥传递坏消息信使的笼中虎才好呢。他荤腥不忌地爆粗道：我很想知道是哪条缝挤出了您这棵葱……您的语文是生理老师教的吧？

周立波绝无想到，他惊世骇俗的跳脚大骂，相反成全了张生作为一个真正批评者的姿态。因为王小波同志生前就说过，假如一个人发现自己进了老虎笼子，那么就可以断言，他是个真正的信使。

4. 在乔布斯的强光中

前些日子，我无意中被这样一则消息吓住了：某市计划以五年为一个周期，培养1400名乔布斯。一个周期的培养经费将超过5000万元。

不得不佩服，有些人的想象力真是惊天地泣鬼神，那个牛吹的，确实一点儿也不丢我们中国人的脸。

虽然稍微有点理智的人都会承认：伟大的天才不可复制。

幸亏中国不尽是发烧说胡话的。众网友无不戏谑地反问：你以为乔布斯是开机床的啊？

网友笑，我也乐。你们以为每个人都是“果粉”啊？

对某些人来说，乔布斯是干什么的才不重要呢！

他们才不在乎他是开机床的，还是引领人类进入“i”时代的，是种苹果的，还是以完美的高科技产品缔造“苹果”公司这个商业帝国的。他们看重的无非是乔布斯富可敌国的身价：全球市值最大的科技公司，2200亿美元。要知道，截至今年7月，苹果公司仅现金及有价证券便多达761亿美元，而当时，美国财政部总运作现金余额也就是737.7亿美元。数学不咋样的人也能算出来，若是1400个乔布斯可以为该市创造多少财富，一个中等城市的GDP又将会怎样狂飙突进？这些才是令他们不顾常识而想入非非的“钱”因后“果”。

虽然马克思早就指出，“真正的自由王国只是存在于物质生产领域的彼岸。”人类只有摆脱对包括物质生产在内的物的关系的依赖，把能力的发展作为目的，才能真正成为社会关系的主人。但在眼下，一个传统上以“成王败寇”论功的世俗社会，绝大部分人认可的成功标准可还是职权地位的提升与金钱财富的创造。至于你究竟是改变了全世界人民的生活方式，还是重塑了音乐、电信和媒体行业，或者找到了人生的终极价值，他们其实没有半点兴趣的。

一个天才，如果不能兑现成惊人的财政税收或者可观的GDP贡献，在某些人眼里，与一个目不识丁的农夫并无二致。

我努力求解却不得的问题是：一个周期5000万元的培养经费，相关人士是如何精准计算出来的？五年摊到每个“乔布斯”身上的经费仅仅3.5万元。难道他们认为天才是从工业流水线上批量生产出来的吗？还是将乔布斯当成了国际名品，想在国内贴牌加工，或者生产精仿、外贸原单呢？要知道，我们小区一个地下车库还卖10万哪?！话又说回来，金钱有那么牛吗？牛到能解决一切问题，能创造亩产1400个天才的超级神话吗？

顶受不了才见着几个钱就满嘴胡话的人。

在聒耳的一片喧嚣中，我亦听到诸多冷静理性的声音在反思：中国能建航母造飞船，为什么却缔造不出“苹果”那样的科技公司，为啥培养不出乔布斯、爱因斯坦那样的科学天才？如果乔布斯、爱因斯坦、爱迪生、诺贝尔等旷世天才降生在中国，命运又会怎样？

中国乔布斯人生结局猜猜猜的题目大热，吸引了众多国人参与。人们给出的答案可谓五花八门，得出的结论却惊人一致：中国近期不可能培养出乔布斯、爱因斯坦那样的伟大天才。

我自然也是个“不”派。我晒出的全部理由如下：天才因其先知先觉，因其超越时代的思想与预见，在普罗大众的眼里，他们是绝对的异类，无异于那第一条上岸的鱼，第一只站立行走的猴子。在常人眼中，他们既异想天开又离经叛道，既挑战规则又颠覆传统，他们是世上最独立自由的人，只听从理想与灵魂的召唤，却绝不肯向社会规则做一丝一毫的妥协。他们的大脑里没有储存过“等级、官员、权威、金钱、名利、规则、潜规则”等词汇，他们宁愿以最大的牺牲换取自己最大化的自由意志，也不肯成为某个人、某种利益或者某种成功所依附的人。他们是最强大的人，也是最孤独的人。

这些令世俗常人觉得“不可思议、很傻很天真”的人，他们的奇思妙想若未完全被标准化的应试教育所扼杀，其超越时代的理想也会在功利化的嫉贤妒能的社会里，被诸多无形的手绞杀，被众多无形的脚践踏，成为“创新未捷身先死”的“先烈”。故此，如今举目可见自以为老成的年轻人，他们过早地看清了现实的无奈和社会规则——是适者生存，而不是强者与天才生存。他们过早地学会了如何适应社会，成为一个规则社会所需要的人，而不是坚守理想，仰望星空……正如崔健在歌中唱道：“现实像个石头，精神像个蛋，石头虽然坚硬，可蛋才是生命。”只是，有几人会很傻很天真地拿着蛋去碰那块坚硬的石头？

我无比确信，天才之境乃天真至境。这些离“神”最近的人，真气饱满，心灵皎洁，他们的眼光能穿过尘世与时代的迷雾，窥破天机，大步走在时代的前面。在精神上，他们与儿童是一脉相承的。他们是自我启蒙的人，他们能在顿悟之下回归内心，回到生命的原点。

众人都说，苹果系列产品 iPone 或者 iPad，那个 i 字，既代表网络，又代表自我。

可是谁也别想说服我，我就是毫无来由地喜欢我自己那套解释：i字，代表九九归一，代表人类最终应回归到一上面那个生命的原点。

我坚信乔布斯亦感伤于这一点：人类在繁杂世界的迷途上走得太远了，有太多的人回不去了，找不到生命的原点了……

5. 天才的工具与武器

某个时刻，我会被一些突如其来的荒谬念头所击中，这些荒谬的念头如长了翅膀般在我脑海里翩然飞舞，又如不小心摔撒在地上的水果般四分五落，莽撞突兀，却又摆脱不掉。我给那些——被胡思乱想所突袭绑架的时刻，发明了一个标签，称之为“异想天开时刻”。

最近偷袭我的一堆乱麻式的奇思异想是：假如那个光着屁股的皇帝突然兴之所至，玩把穿越术来到我们这个时代，在大人们众口一词地赞美皇帝的新装时，我们还能期待那个石破天惊般道破真相的天真稚洁的声音吗？我们听到的会否是家长一派惊慌的怒斥责骂？全世界都在高度关注自然界已经绝迹或者濒临绝迹的物种，假如我有足够的资金委托胡润那个生财有术的英国小伙及他的团队，制作一个全球已经绝迹或者濒临绝迹的人种榜单，会有哪些名字中榜呢？阿甘？堂·吉诃德？指出皇帝根本没有穿衣服的那个天真孩子？

我有一堆毫无根据，也许只有我自己相信的理论，其中一个便是：横空出世的天才只可能在堂·吉诃德、阿甘、直言皇帝乃光屁股的孩子这类人种的精神后代中产生。因为这些被精明世故的众生嘲笑鄙夷为犯呆犯傻的稀有人种，身上有一种既天真又认真的力量。天真才使他们无视世俗的强大法则，天真才令他们相信世界是可以改变的。

是的，我确信天真不仅是一种可贵的品质，而且是天才必备的一种智慧与力量。我们惊叹天才那闪电般的思维，那永远出人意料的独到见解，那令人难以置信的想象力与创造力，我确信均得益于这种天真。天真，才会赋予人一种敢于与风车鏖战的坚定意志；天真，才会无视有意义与无意义，有用功与无用功，而落力追随自己内心的信念；天真，才会无穷无尽地追问探寻这个世界的本源与一切未知领域；天真，才能保持住生命的单纯，以及人之为人的卓越性，倒空一切欲望，使内心如婴儿般澄明，从而，超物累，悟天机，直抵最本真的生命体验，聆听到未来或亘古的昭示；天真，才具有化繁为简的能力，因为真理往往是简单朴素的，可是简单远远比复杂更难。最后，天真，才会拥有一颗赤子般易感的心，才能拥有大爱情怀，对人道精神怀着一种深爱。乔布斯苹果帝国创造的“i”系列电子产品，之所以能够赢得各个国家消费者的喜爱，并成功改变全世界人民的生活方式，不正是照顾到了现代人内心那巨大的孤独感吗？苹果产品那些极具美感与人性化的设计——那无比安静的显示屏、机身那柔情似水的曲线，里面巧妙隐藏的，难道不是乔布斯这个当代科技天才对于人类最纤细的慈悲心吗？

因此，天真，亦是一种爱的智慧，一种顶天立地的道义与担当。更是天才们大战世俗法则与既定权威的战袍盔甲与首要武器。否则，像阿甘与堂·吉诃德这样的人只能在小说与银幕上存在，在现实社会中是绝对没有活路的。

至于天才的第二种武器，我想当然地认为是超越死亡成就不朽与永恒的人生信念。

有媒体报道说，乔布斯17岁开始了悟生死。死亡是我们每一个人共同的痛点，谁也不可能成为这个自然法则中的漏网之鱼。天才的顿悟有如神示，故此，乔布斯17岁时便绝望地体会到了短暂的生命在永恒的死亡面前那种无力感与虚渺感，实属正常。凡夫俗子们承认自然法则是不可更改的，于是，在名利权势的争夺中，大家一路推推搡搡跌跌撞撞热热闹闹地朝坟墓走去。唯有天才，坚信可以突破生命的有限性，卑微的个体可以以另外一种生命形式活在无涯的时间里，从而得以永生。

在天真与超越死亡两种神奇武器的护卫下，天才们终于冲破现实的种种艰难困境，寻找到实现不朽与永恒的路径。例如，乔布斯化身为“i”代码，活在了恒久的科技时空里；又如，司马迁忍辱偷生书《史记》，曹雪芹含辛茹苦著《红楼梦》，皆九死一生，只为自己的文章能跨越时空，自己的精神生命能以文字的形式，在历史的长河中千古奔涌。就好比宇宙深处那早已死亡的星系，亿万年前发出的光芒，却依然能穿越无边的时空，化作闪烁的星空，将灿烂光影投射在21世纪你我的虹膜上。

天才们的武器怎样炼成？运用何种工具？

我又不是天才，哪里答得上来。

只是，许多个无聊时刻，为打发光阴起见，我曾做过N种猜测，最后，我决定选择哲学作为正确选项。因为我记得乔布斯曾说过：“我愿意用我所有的科技去换取和苏格拉底相处的一个下午。”我还记得混沌理论先驱、天才数学家、计算机科学奠基人图灵，大学时最感兴趣的是哲学大师维特根斯坦开设的“数学的哲学”课。当然，我更知道“哲学”一词的原意是“爱智”。因此，我理所当然地认为，天才，就是那群在星空下享受最高级别智趣的天真孩子。

在所有关于天才的话题中，我最想“现挂”的两个是：20世纪的三大科学理论发现，混沌论、量子力学与相对论，为什么没有中国人的贡献？伟大的天才，离中国到底有多远？

你说有多远哪？

我若说，精明世故的中国人离天真有多远，离举世罕见的天才就有多远，你敢信吗？

6. 牛羊的眼光

挂在嘴边，不少人最爱说的一句便是：有什么用呢？

仿佛拥有实用价值才是万事万物存在的唯一正当理由。

数年前，我曾在英国作短暂停留。漫步英伦乡村小镇，目光所及，皆是一幅绚丽缤纷的天然油画。英国地势平坦，视野极为开阔，绝无崇山峻岭阻隔，造型精致的一栋栋乡村美庐，零零星星散落在一望无际的绿色草场与盛开得漫山遍野的鲜花之中，蜿蜒流淌在青翠草场中那湾清澈的溪水，在阳光下静静地闪烁着细碎的波光，令人恍若置身于世外桃源。我的天，这才应该是人类理想富有诗意的栖居地！正当我内心翻腾起羡慕嫉妒恨的万恶波澜时，同行的一位胖大姐缓缓开口了：你说英国人怎么这么不懂过日子哪?！一下雨，这些花呀草呀，不都烂地里了吗？都多好的饲料啊！家里养个几百头牛羊的，我看都够吃了。我很不客气地白了胖姐一眼：遍地花草难道不好看吗？胖姐不以为然地哼了一声，用眼角的余光藐视了我足足一秒钟，转而十分鄙夷地甩给我一个赘肉横陈的背影：好看有什么用呢？能当饭吃还是能当钱花?！

南方老家给父母修葺坟墓，我顺便在远房亲戚四阿公家小住两日。

阿勇是四阿公的孙子，其父母远在广东某生产进口品牌零部件，被媒体称之为血汗工厂的流水线上打工。阿勇声称对学习已完全失去兴趣，便在15岁初中毕业那年，自作主张地中断了学业，两年来一直辍学在家。许是缺乏父母关爱与管束的缘故，抑或正适离经叛道之年龄，阿勇见到远道而来的客人，如同见到块石头般无动于衷面无表情，语气冰冷。见他冰冷迟缓漠然地从嘴里挤出一个一个字的称呼，我不觉怠慢，相反竟有心疼之感。我想，这个孩子，由于童年、青春期等重要成长期均缺乏亲人的秉爱守护，心门已缓缓对所有人关上了。

我问四阿公：阿勇的爸爸妈妈必须一起外出打工，才能应付全家开销吗？老人叹了口气，满脸无奈地说：那个外国人开的工厂工作时间蛮长，听说每天要超过12小时，加上有些工序还是有毒作业，因此，工资还是很高的，包吃包住每月能挣四五千吧。在农村，最大的一笔开销就是盖房，其他支出就很少了，自己种块地，只要手脚勤快，填饱肚子总归没问题。按说，三层的砖房也盖起来了，又没欠啥外债，一个人在外头打工就行了，孩子长期见不到父母哪行呢？可他们还是觉得挣眼下那几个钱要紧，我一个老头子的话他们哪听得进去啊？我又问：阿勇小时学习成绩不是很出色吗？话音刚落，老人浑浊的眼里便有了细碎的泪光：要说咱阿勇，可真是个聪明的孩子，上小学时年年三好生呢，一次也没落下过。自从他妈也去南边打工后，学习成绩可就一落千丈了。孩子想父母呢，可没少躲被子里哭。我跟他父母不知念过多少遍，为了孩子的前途，你们要不就把他接到当地去上学，要不就回来一人陪着他读书，等孩子考完大学再出去打工。他父母说，读那么多书有啥用呢？现在读大学也不包分配了。读完大学也找不到工作，还不如早点出去打工，这样还能多挣几年钱。这不，再过几个月，阿勇也要到他父母那个厂子里去打工了。

与四阿公的对话，阿勇听了个满耳，可他仍满不在乎、不急不躁地在一旁打着他的通关游戏，仿佛我们谈论的是关乎别人的命运与人生大事。在一个有毒作业、加班无止境、被媒体称为血汗工厂的地方卖苦力，这就是将来阿勇一辈子要过的生活么？而给他未来的一生做注脚的，不过是他父母漫不经心的一句：读书有什么用呢？

姑居住在一个山水如画的城市，虽然离英国花园般的诗意栖居地还有一定距离，但该市独特的景观与风情，还是吸引我年年前往。我迷恋那个城市洁净如洗、恍若水晶般耀眼透亮的蓝天。有时我想，全无现代污染的古代天空便是这样一片天空吧：只有在这片天空下，你才可见识到真正能将大地照耀得如同白昼的皓月；亦只有在这片天空下，你才有机会亲眼目睹流淌奔涌在浩瀚苍穹里那赫赫朗朗的银河。只是如今，这个接近诗意栖居地的城市，已在席卷全国的城市开发热中变得面目全非了：该市秀美的山川下发现了大量矿产，引来众多投资商野蛮开发，而大量黑黄的工业污水有的被偷偷排进了河流，有的便在市民们的栖居地上四处流淌。城区里凡交通便利的开阔腹地，以前是鲜花碧草的海洋，如今却被招商引资过来的房地产公司相中，一栋栋遮天蔽日的高楼正拔地而起。从远古奔腾而来的一条大河，上中下游都在以开发水电为由，正热火朝天地兴建各类水电站。一切诗情画意的东西均被“糟蹋”得拥有了实用价值，我却也想理直气壮地问一句：又有什么用呢？

夜深了，隐隐约约听到楼里还有家长在训斥孩子：说多少遍了你也不听是吗？看这些闲书干什么？升学考试又不考，课外知识懂得再多又有什么用呢？

7 保姆葵花

葵花姓夏，长得矮小而丰腴，脸大而多肉，吊梢眼。浑身上下滚滚圆圆，一眼望去，确乎像一棵茎短而盘重的饱满的向日葵，可似乎又缺少向日葵身上那种透亮而又热烈的明丽。

她身上奇异地混杂着很多东西，与我以往脑海里固有的木讷的乡村妇女形象相去甚远。比如她自视甚高，话里话外总在提醒我她是村里少有的大知识分子，曾经自费上过一年卫校，学中医。因而随时随地喜欢卖弄自己的学问。我儿小朗年方7岁，还不懂得掩饰自己的好恶，每每他放学回家复习英语，专心诵读单词时，她总要竖起耳朵倾力听着，冷不丁便会走上前去打断他的学习，纠正他的错误发音。对此，小儿极为反感，“我们老师就是这样教的，我们外教美国来的，你比他读得还标准吗?”他不耐烦地冲她喊。“城里的孩子就是这样不知好歹。”她抱怨地嘟噜着，又仿佛是说给我听。总之，葵花并不以为自己是来做保姆的，她跟丈夫以外的所有人都说是到天津的一家医院来上班了，千叮咛万嘱咐我如果有谁来电话千万不要说漏了，因为她在村里是有身份的人，他们都以为她在外面赚大钱，混得很好的。她反复强调说她是受我大姐之托才来天津给我帮忙的，管吃管住，每个月一千八百元，我给她的这点钱实在算不了什么，如果她在城里当个药剂师，月薪三四千元总是没有问题的。她与我大姐事先的说法似乎完全是两码事，大姐说葵花的儿子今年高考，因为大学学费一直没有着落，便恳求一位拐弯抹角的亲戚给我远在北京的大姐打电话求助：只要能挣上钱，干啥都行。哪怕洗厕所扫马路呢。

我想葵花的悲哀便在于，她属于乡村，可又因为念了一年卫校，心里便生出很大的优越感来，觉得自己是不同于普通村民的，如果卖苦力干重活，她当然心有不甘。故葵花的自我定位与我事先的设想有很大不同。她身为农妇，却并不能吃苦耐劳。初来我家，屋里屋外仔细视察一番后，郑重向我宣布，由于我家玻璃太多，更由于她晕高，擦玻璃的活她干不了，建议我另请小时工。葵花每日的作息大抵如此：早上7点钟洗漱后，先给自己做饭，她吃不惯北方的油条大饼，便依据卫校所学知识，悉心搭配自己的营养早餐，黑米、小米、玉米粥，煎鸡蛋、蒸鸡蛋、煮鸡蛋轮番上，外加一荤一素一大碗米饭。常常是我买来准备送亲戚的食品，也被她从柜子里翻出来当早点吃了。对于她的这种毫不见外，我曾委婉地进行过抗议，但她总强调这些东西是朗儿要吃的，或者争辩说东西快过期了，浪费了可惜。早餐之后，葵花先喝茶消食，然后拖地洗衣做卫生，但由于干活浮皮潦草，又无章法，致使事故频出。比如我说过衬衣必须手洗，她为了省事，便扔洗衣机里，结果一件高档衬衣被其他褪色的衣服染了个大花脸。为了“将功补过”，翌日她自告奋勇给朗爸熨领带，却又将一条崭新的品牌领带烧了一个大大的黑洞。即便如此，她还直喊累，干一点活，便大汗淋漓，气喘吁吁。稍需费点力气打扫的地方，她就装看不见。厨房墙砖上的油污、锅具上的油腻、厕所地砖上的污点，她统统视而不见，一心一意等待我每月找专业保洁公司来清理。我若硬性给她指派任务，她脸上即刻显现出一百个不愿意来。时常会边走边抱怨命运对自己的不公：“我也上过学，我也有知识，为什么就得伺候别人呢?”待我晚上下班回来，她却又迫不及待地跑来诉苦请功了：“厕所的地砖我刷了三小时呢，累得半死。”这时候，我照例会应她的要求挑一件最宽松最鲜艳的衣服赠与她。晚上，我便听见她在房间打电话给家乡男人报喜：“我攒的这些衣服十年也够穿了。品质好、款式新，不怕洗，都大牌呢。”完了，还不忘贬我一通：“没心眼，太实诚，还大手大脚。败家!”葵花下午怎么过，对我来说一直是个谜，但我两次回家取东西，一次赶上她躺床上呼呼大睡，一次撞见她开着电视两脚搁茶几上狂吃水果，脸上带着莫名其妙的恨意，仿佛要将城乡之间的巨大差别、人与人之间命运的迥异一口吞下去，以填满她内心巨大的落差与不平。

到了夏天，葵花的儿子高考完毕，她需回家去了，我有如释重负之感。临行前，为了给她儿子补贴学费我送给她一个丰厚的红包。这大概大大出乎她的意外，她扭着肥胖的身子再三推辞，小小的眼睛里布满了细碎的泪光，这种愧疚不安让我第一次感受到她身上朴素、本分的一面。临走前几天，她不用我吩咐，一大早就起来埋头干活，犄角旮旯都刷了个遍，仿佛要“戴罪立功”一般。在她的努力下，到处都显现出从未有过的干净明媚。屋里屋外，包括我的心她的心，仿佛一下子全亮堂起来了。

8. 舞者红菱

我与红菱不是其他同学所想象的那么密切的朋友，我们平时各上各的课，各看各的书，只有外出跳舞时才在一起的，私交说不上有多深。

因为我对于跳舞的兴趣远远不及她的缘故，她常直言我过于一本正经，而且名字也显得十分俗气。名字俗气与跳舞有什么关联，我始终闹不明白，不过红菱的思维仿佛诗的节奏一般是跳跃着向前的。我总觉得，我对于她的好感多于她对我的好感，这或许是我懂得她较深的缘故。红菱在系里人缘不是很好，不懂她的人总以为她不仅人长得俗不可耐，行头作派亦俗不可耐。大蒜鼻头上两只眼睛描得极浓，夸张得有如戏剧脸谱，秃秃地眉毛整个是画上去的，棕黄的大脸盘上常年刷着白粉，行走停留之处，撒下一股廉价的痱子粉味，说话喜欢插腰，看人时眼风乱窜，学校开舞会时她每场必到，而且经常自带男伴或女伴。我与红菱待在一起，时间长了便有人指责我自掉身价，我却不觉得惭愧。我早懂得她的一些好处：她坦率得惊人，不平则鸣，许多女生都议论她豪爽得偏男性化，我则明白许多女人的弱点她都有，虚荣，小心眼儿，而且看着三毛或琼瑶的书很容易就哭了。红菱尤不会说假话，有一阵子我见她终日愁眉不展，问起原因，她道："男朋友把我甩了。"还有一次，红菱与我外出跳舞，一个中年男子对她纠缠不休，邀她好几次均被她拒绝了，男子欲去拉她，她愤愤地挣脱了，很大声地说道："我不喜欢你。"她其实是比众多娟秀雅致的女生可爱。

红菱跳舞上瘾，一个星期至少出去三四次，因学生消费水平有限，她常馒头就咸菜，一天两顿，从牙缝里省下来的钱便浪费在舞场里。尽管如此，她学习成绩并不差，几次赢得了系里的奖学金，奖学金到她手中后自然又变成了一张张的舞票。作为一名在校生，如此频繁地光顾舞厅，我起先也有些看不习惯甚至看不上眼，后来与她跳过几次舞，便逐渐懂得了她的一些苦衷和隐忧。红菱是从甘肃考来的学生，刚上大学时她并不似现在，那时她还不会跳舞，甚至十分瞧不上那些整日泡舞厅而白日耽搁了大好时光的学子。她发奋用功，头脑里装满了各式各样的计划，勤奋聪颖再加上她很善于揣摩教授的心理，成绩总是让其他女生刮目相看，然而某天她突然明白了，无论她取得了多么优异的成绩，她总是要回到那个边疆地区去的，除非她那当工人的父母能弄来一张支边证，而她的父母却不是支边去的内地人。于是她开始感到自己生来就与身旁那些暗自窃笑而嫉妒自己的女生是不平等的，自己再努力都是白费。早知如此，当初又何必要玩命考到内地这所大学来呢？自己无论费了多大的劲出来，无论她在外面是如何出色优秀，她总是要和别人不平等的。于是，她开始生出一种悲凉的命运之感。她为了与优她一等的同学保持距离，为了保护自己的自卑与自尊，为了淡化掉许多驱遣不去的烦恼，她将自己整个儿藏到舞厅里去，就让人群将自己淹没吧，淹没吧，喧嚣的架子鼓最好永远也不要停下来，就那样劈头劈脑地打下来，直到让她感觉麻木。然而当她晚上一个人回到宿舍，她又似乎被一种什么东西逼空了似的觉得心里发慌，她想自己不应该那么糟蹋时间，成绩如果总是很拔尖或许还会有一点希望吧？静悄悄的夜晚，其他同学皆怡然入梦了，她又搬出一条板凳在走廊昏朦的路灯下孜孜用功。

红菱的舞开始跳得出神入化了。她对舞伴的选择也变得苛刻起来。她对我说，她喜欢快三和吉特巴，快节奏的舞蹈能使她从肢体的流动里感受到飞扬的喜悦，尤其是天津的吉特巴和天津跳吉特巴的小伙，那种特别的欢快与热情，动作之激烈足以使她忘掉诸多的不快，使她这个从边疆穷省份来的女生能在飞扬的舞步中和这个大城市的人们融合在一起。我见过红菱跳吉特巴，没有一点罗曼斯的规矩，只是尽兴地发挥，本来是两足点来点去的动作不知怎么变异成了两腿绞来绞去，腰、手臂和头仿佛全获得了新生的喜悦，就那样翻过来拗过去，一曲终了，她汗水涔涔地下来，本来还是说笑的，接着又上去跳了一曲慢三，便变得泪水涟涟了。缓慢悠扬的舞曲终使她回味过来，这个世界不是她的，这个城市亦不是她的，再过些时候，她便要卷起铺盖回到那个没有音乐亦很少有人懂得吉特巴的老少边穷地方去了。

是古特巴给了她欢乐、轻松以及心灵安慰，也因为跳舞的缘故，红菱深深迷上了津城的小伙子。那几年，津城的小伙时兴穿船形鞋，高腰裤，颜色很雅致的西服袖松松地挽起，露出里面洁白的衬衣袖口。红菱说这种装束不仅潇洒之至，而且给人一种说不出的亲近感。因为常去一个固定的舞厅跳舞，红菱成了那儿的常客，那时的舞客以舞技为本，并不似如今这般特别追究舞伴的长相，因而每当红菱推门进去，总有许多熟人争先恐后与她打招呼，而每每这个时候，红菱就以一口露不出任何破绽的天津话与他们斡旋，他们都将她当成了本地人，她也就模棱两可顺水推舟地当了天津人，以弥补她内心深处那种深深的不平衡。而每当她脸上露出虚荣的笑容时，我便感到说不出的难受。她却反过来安慰我：不要紧，我只是和他们开开玩笑，别看他们跳吉特巴很洒脱，骨子里却势力得很，要知道我最终得回到原地去，他们会看不上我的。”道理看得极明白，红菱却仍然抵挡不住那种清清秀秀小伙子的诱惑。可能由于她性格极豪爽外貌亦极不出众的缘故，男人跟她在一起虽觉得安心，却从不觉得欠她什么，只是将她当作男人般看待，凡事由她自己负责，甚至舞票都由她自己掏口袋购买，她不愿意了，那一个个穿高腰裤，着船形鞋的小伙子也就相继离她而去，而那些愿意呵护她、愿意将她当作一个女人来体贴的男人却又没有一个是她看得上眼的。

揣着大学里颁发的一张张获奖证书，红菱终于于四年之后回到她的大西北去了。去火车站送别那天，她伤心得厉害，伏在我的肩上不停地抽泣，同学们有的北上了京城，有的南下了深圳、广州，有的更是春风得意去了海外，我为何怎样努力最终都得回到原籍去？火车临开时，她拎着学校奖给她支边的那个上面有醒目的描金字“好儿女志在四方”的黑皮箱子，绝望地问我。尽管外地人说天津这也不行，那也落后，然而我深深懂得红菱是真心喜爱这个城市的，即使有机会去纽约，她也会选择留在天津，因为这儿有欢快、热烈的吉特巴，这儿还有穿船形鞋、高腰裤，会将西服袖口随意挽起来的小伙。然而我却什么也没说，亦不能说，我以为随着时间的推移，她会重新适应那儿的生活，逐渐接受西北粗犷豪爽的真汉子。或许每个人对某种东西都有一种特有的情结，或许人都会在享受灿烂夺目的喧嚣后会更忍受不了边疆荒凉地带极度的孤寂。红菱那一封封来信都告知我，她跟故乡的人隔膜得厉害，她始终也未将自己与故乡的水土相融，而她的独立孤高更加深了她那份不适应。她倾诉道，因为对津城跳吉特巴的小伙子有太深的印象，她始终接受不了西北剽悍壮实的小伙，故拖至于今终成了个老姑娘，然这是她心甘情愿的。我感到一种说不出的悲哀，我想或许她对津城小伙子的许多印象都是虚幻的，我去信劝她抽空回一次天津，我说我一定陪她再去跳一次吉特巴。

红菱千里迢迢从大西北赶来了。几年不见，她依然那样率直，那般豪爽，满脑子仍是那些俊男靓女的浪漫故事。几年的工作经验与社会磨炼居然没有改变她的所有内在。我陪她去老地方跳吉特巴，一到舞厅门口，她便伤感得热泪盈眶。进去后，她告诉我，看门的大爷换了。其实不止是看门的大爷换了，舞厅里全是陌生的面孔，往日那种热热闹闹与熟人寒暄的场面已成了往事。红菱落寞地坐在舞厅一角，陡然发现船形鞋、高腰裤也早已成为过去，如今津城的小伙子时兴穿旅游鞋，西装也不再是那种雅致的深色，而是亮丽得夺目。许多小伙子走过她跟前，极快地瞥了一眼其貌不扬的她，很快又视而不见地走了。终于，有一位找不到舞伴的男士过来将她领走。几年前那批跳吉特巴跳得出神入化的小伙子什么时候全消失了？眼前的小男孩们跳吉特巴中规中矩，有的只是繁琐的讲究，全是舞蹈提高班那一套。“我有一种恍若隔世的感觉，我跟谁也配合不起来，跳吉特巴再也找不到当年的舞伴与那种飞扬的感觉了。”红菱半途退了场，我回过头去，见被她甩手晾在场上的小伙子直翻白眼骂她神经病，而红菱装作什么也没听见，或她什么也不愿意听见了。三天后，红菱坐火车回到了她的大西北。一星期后，我接到红菱的来信，她说她相中了西北的一个小伙，脸膛红红的极剽悍，也很会干活，她差不多将以前津门的许多舞事都忘了，只有当他想逗她高兴，扯开嗓门唱起雄浑嘹亮的当地民歌时，她才会隐隐约约地想起天津那热烈酣畅的吉特巴和穿船形鞋、着高腰裤，很随意地将西服袖挽起露出里面洁白衬衣的天津小伙来。

8. 闺密的“公家男”

闺密身居南方某省会城市，日前来津出差，遂倾囊招待并作彻夜长谈，偶尔提及她那在机关任职的男人，闺密即控诉道："他就算是卖给公家了吧，一天到晚我也见不着，白天忙完了，晚上还有一场接一场的饭局、牌局。家里就是个旅馆，隔三差五回来睡一觉。"话里话外大有“嫦娥应悔偷灵药，碧海青天夜夜心”之意。

闺密的男人在政府机关工作，在同龄人中也差不多是最早提拔为科长的。刚入官场之初，心态尚好，并不热衷于升官发财。最先不满的是闺密：你当个科长有什么用呢，啥事也办不了！她开始在他耳边唠叨、埋怨。有一天回家，他见她坐在沙发上愤懑地发呆，一问原委，竟难以自控地哭了：你说楼上田家变脸变得怎么那样快，不就是升了个副处吗？今天在电梯里碰上他们俩口子，我还像平时那样热情地跟人家打招呼，打死你也想不到他们那副不冷不热的样子，就像生怕我高攀，哪天会开口求他们办事呢。你一定要替我争这口气，当个处长给姓田的瞧瞧，我倒想看看他们以后怎么回来舔我！闺密硬是不辞辛苦地承包了所有家务，将这个沉浸于“老婆孩子热炕头”的私家男狠狠地推向了门外。

他是名校毕业生，挣扎期过后，很快便靠聪明与悟性，学会了官场那些繁杂得登峰造极的规矩与潜规则。在加我为好友的化名博客中他这样写道：官场中人，情商与悟性远比智慧学问重要，这些是无人点拨你的，全靠自己用心去体会。你可瞄准那些大赢家，不要听他在台上唱什么高调，一定要看他在台下做什么。依我观察，大凡做惯了官的人大抵有“独夫”心理，征求别人有何不同意见，只是作作秀而已，当不得真的。记住，上司说的永远正确！又有一天，我读到他更新的博客：因在走公文时化繁为简，今天挨批了。那小子比我年轻好几岁呢，一点情面也不留，耍足了威风。不就是爹有钱，舍得送吗？我极力压抑着内心对他的反感，平心静气地做了深刻检讨。通过这件事我体会到：当官的都好卖弄权力，以显示他的威风与重要性，因此，做下级的一定要学会务虚，学会搞形式主义。一件很小的事情，本来打个电话就可解决的，你一定要先请示后汇报，最小的事也要按繁琐的程序办。闺密的丈夫在一次又一次的撕裂与蜕变中成熟转型了，几年后，他如愿以偿地直接从科长提拔为正处。有一天我在他博客中读到这样的文字：大权在握的官员或有钱有势的大老板，与钱权不如己的人说话时都是比较敷衍的，如果平时与你刻意保持距离的人忽然有一天真挚而热情地主动与你打招呼，那他一定是失势了或从一线退下来了。显然，他已经彻底理解并原谅了田家夫妇。

可是，他始终都有危机感。单位一把手明年即将退休，大家都在暗中打探谁有可能接任。饭局上小道消息最多，所以他哪顿也不敢放过。回家时间更少了，闺密以离婚相威胁他亦顾不得理会。在闹哄哄的推杯换盏中他总有一种莫名的不安全感屡屡会不期而至：自己会被新班子重新洗牌而边缘化，甚至出局吗？自己会被这些功利而无聊的饭局、牌局抛弃吗？一朝天子一朝臣啊！在官场上，每个交易都有仓位，一旦你的价格下跌就会被人立即抛售。忽然间，他觉得自己这个处长大人其实很弱势、很渺小也很疲惫。那天晚上，他特别想回家陪陪老婆、孩子。于是，破天荒地推了所有的应酬回家，车在路上却怎么也挪动不起来，他才想起这是下班高峰，一天最堵的时候。自己已多长时间没正点回过家了呢？他点了一支烟兀自烧着，在袅袅烟雾中透过模糊的窗玻璃，望着黄昏下雄伟的立交桥，那种时代大机器开动下平凡众生如蝼蚁刨食般的苍茫悲怆感一下子击中了他。一滴冰冷的泪从他的脸颊滑落而下——他这个整日忙碌的公家男其实不就是一只努力想生存得更有尊严、更有安全感的蝼蚁吗？现在，他这只蝼蚁真的很想很想回家了。

10. 何不慢乐，等等灵魂？

自以为算不上电影迷，然而新现实主义电影大师安东尼奥尼的封笔之作《云上的日子》，却百看不厌。翻译版、原版大碟我都买来予以珍藏，其实真正想珍藏的无非只是其中深深打动我的一个画面：印第安人赶着羊群，朝落日方向走去，他们行走的速度快捷如飞，但走几天，便会停下来，无忧无虑地在悠悠白云下开心跳舞。有过路人好奇问："你们还在等什么呢？再不上路，日落之前就赶不到目的地了。"印第安人回答："我们慢下来，是在等待我们的灵魂赶上来！"

当下犹如猛然间受到重物撞击般，竟有一种久违的震撼感！能如此睿智地洞彻浮世红尘，唯有年届八十、并对变幻莫测的人生有深刻哲思的这位天才老人才能做到吧?!

做一个不慌不忙、有充裕时间感受生命美好时刻的印第安牧羊人，对于那些生活在一个天天与时间赛跑国度中的散淡之人喜欢淡定从容地品尝慢趣、享受慢乐、不喜折腾的我等懒人而言，具有多么大的诱惑力啊！

一直都以为，人生的幸福与快乐从来就无关速度。只是，从什么时候起，我们不知不觉便丧失了慢能力，染上了人人誓与时间争先的速度病呢？生活就像在作战，每个人都在为快速实现自己那些满满当当遥不可及的欲望而冲锋陷阵，躯体仿佛只是被名利权等一干成功标签绑架的"肉票"，疲惫之至却又只能无奈地咬牙坚持着依照固有的惯性往前飞奔，谁也不肯停歇下来，唯恐被利益的动车抛弃，唯恐在追赶成功动车的过程中居于落后地位，连累自己的妻子儿女家人过不上优裕的物质生活。于是兔子在风驰电掣地狂奔，乌龟亦发奋地策马扬鞭，企业在呼喊跨越式发展，各个城市在比拼赶超中狂飙突进。成名要快，一夜都嫌漫长。成才要快，最好十几岁就国际拿大奖。赚钱要快，如果中不上几亿的头彩，最少三十岁结婚前要有车有房。晋升要快，理想是两三年一个台阶，四十岁以前最好升至厅局级。飞机要直上云霄，火车要朝发夕至，大楼要一天盖一层，大桥要几个月建一座。至关重要的岗位，动车司机的培训也要快，十天要学会驾驶世界上最先进、最复杂的高速动车。艺术家创作要快，最来钱的一些画家，恨不能自己变成神笔马良，直接在宣纸上画出可以变现的金山银山，于是创新发明了流水线作业模式，数张宣纸并排铺开，批量生产。大城市都想赶超伦敦纽约，伦敦花一百五十年建成的地铁网，咱十五年便要与之比肩。GDP 更在快跑，在过去的三十年中，保持了超过百分之九点七的年均增速，短时间内便跃居世界第二。

我们时刻都在刷新着速度纪录。“高速”已成为这个时代的关键词。我们大多数人都如同一架全速运转、永不停歇的工作机器。我们把他国人用来听歌剧、看电影、外出度假观光的时间，统统节约下来用于飞奔，不休息，不喘气，向着一个个赶超的目标狂追下去。我们已如此透支，身心已如此疲惫，我们每人都如此渴望有一个喘息的机会，有一些闲暇的时光领略生命的真趣与美好：例如只是盯着夏夜里浓密草丛中萤火虫那忽明忽暗的舞姿发呆；例如你家阳台上某只偶尔光顾的小鸟起飞前那翅子微张的凝息忽然触动了你的心事；例如大雨过后泥土的芳香令你嗅到了生命的味道；例如秋叶凋零的某个早上，你油然而生悲春伤秋的感怀。可是我们却如一辆全速行进的动车，根本无暇顾及生命中这些需要细品慢享的美好，我们只是朝着目标呼啸而去，耳边只有风的声音掠过。

是的，我们跑得太快，甚至不知道灵魂何时被落下了，亦不知道自己与灵魂相隔了多远距离，我们有太多的人不肯停歇下来，学学印第安牧羊人，等待自己的灵魂赶上来。这些将灵魂抛之脑后不管不顾的人，在我看来却只是一堆欲望的载体而已。没有灵魂作为调度与控制系统，这个欲望的载体如何不会仁心尽失，道德与良知又如何不会时时脱轨?！为了捞快钱，有人贩卖化肥豆芽，有人制作染色馒头，有人出售含三聚氰胺的奶粉，有人发明苏丹红红心鸭蛋，有人给鱼喂食鱼浮灵，有人给西瓜喷洒膨大剂，有人给沙琪玛添加硼砂……成千上万无辜的消费者变成了遍尝百药的神农氏。为了赶速度，我们又有一些人被迫以生命作代价充当了检测风险与缺陷的小白鼠：温州动车事故发生后，据权威媒体报道，动车座位没有安全带，致使一些乘客被撞成外伤。动车的包厢门打不开，玻璃敲不碎，车厢内缺少救生锤……为了快速恢复通车，不少媒体批评相关部门，过早地结束了搜救行动。为了省成本赶进度，我们才盖几年的大楼便墙皮剥落，屋子漏水；才通行不久的大桥已出现裂缝，甚至部分桥体坍塌。诸多例子，林林总总，不一而足。有网友尖刻戏言：一道闪电，便让号称开通里程、运行速度均为世界第一的高铁脱轨；一场暴雨，便将誓言赶超伦敦纽约的大城市泡回原形。此言虽只是宣泄一种情绪，但也足以说明如果只是速度单兵突进，如果质量与安全等灵魂控制系统没有跟上，那么建立在这种悬空高速之上的发展将会多么脆弱，多么危险。

原本，生命中的许多乐趣都是需要慢慢品尝，细细感悟的。速度太快，便会失去享受真趣应有的轻松与从容。既然人生的终点都一样，何不慢乐，等待灵魂赶上来，一起在悠悠白云下自得其乐地舞蹈？何必那么快，何必大家都那么赶着急着往终点跑？

11. 致命的马屁

获知平姐的死讯是在一个冬日的下午，好心给我打来电话的是她的部门主任。我向来是个不爱管闲事的人，然而这一次我不仅气塞胸膛，而且传说中南蛮子的个性似乎也随着无处安放的愤怒一起爆发了，恨不能胸膛里能射出子弹来，如果怒气能让子弹飞——朝着那个致命的“马屁”与社会上愈刮愈烈愈来愈有市场的“拍马风”。

其实我与平姐并无交情，只是见过几次面罢了。与我有口角之交的发小，在某市一家大型集团公司任高管，他分管并兼任这家分公司的总经理，一直想发展我的一位好友为大客户，发小数次请托我从中牵线搭桥。平姐便是这家分公司综合部的员工。可据我观察，平姐除自己分内的工作外，还心甘情愿地充当起了整个部门的“老妈子”——主动包办换水擦地、分报纸订午餐等一切杂活。大概她以为在这个重学历、讲背景的社会中，自己只有不惜力气地工作，伺候好每一个人，才能保住这份每月两千多元薪水的工作。平姐的丈夫因工伤事故一直在家养病，儿子还在上职高，她每月两千多元的薪水是家里最重要的经济来源。

平姐的小心与卑微，我第一次与之见面便感受到了。当时，发小领着分公司的副总——一位削肩、平胸的瘦高中年女子，浑身名牌的潮流装束，凌厉的眼神透着几许傲慢，后面跟着综合办主任——皮肤白皙、温婉平和的一位半百女士，在一家高档酒店宴请我的好友一行。平姐什么时候出现的，我未留意，她似乎是来无踪去无影，客人需要挂衣服、倒酒时，她便恰好在你身边，随即又退隐了，低调苦干实诚，让人顿生好感。那位女副总的名片我弄丢了，大概姓罡，很怪的一个姓，我接过名片瞟了一眼，哦，“四不正”，随即便极不礼貌地扔饭桌上了。“四不正”一会儿给这个夹菜，一会儿给那个敬酒，一会儿替这个领导吹嘘，一会儿替那个权贵撑场面，圆滑地周旋着她认为比较重要的人。我十分不习惯她言谈举止间那股浓厚的表演味：言必逢迎，马屁无忌，而且虚与委蛇到令人肉麻的地步。而我对这类人的认识是，他们与你推心置腹深谈了一整夜，未见得有一句真心话。在这种人的概念中，万事万物只有对自己有利无利之分，绝无对错之别；对待同事朋友下属，只有有背景与无背景之分，绝无义与不义之别。这类人阿附攀结的本领却很大，也很得上司欢心，但绝不会“感恩戴德”，更遑论知恩图报。一旦爬到上司的头顶或上司离任，上司对他们没什么用处了，他们的态度便马上会呈现一百八十度大转弯，对原拍过的上司不仅不理不睬，甚至为达到个人目的转而进行攻击与伤害。当然，在条件不成熟时，他们仍会装得像“绵羊”一样听上司的话，条件一旦成熟立刻便会露出“狼狗”的凶狠面目。这种人，在职场官场上升迁的几率很高，能认识他们的人只是在职场、官场上失利的人——悔青肠子又奈何，此时你已不能影响他们升降了。对于这种交上欺下，身上潜伏有“狼狗”基因的“变色龙”种群，我向来是怀着恐惧与憎恶之心敬而远之。席间，我注意到平姐消失了好一会儿，回来时手里多了五六个大包小包。宴请后下楼，与平姐挤在一部电梯里，我瞥了一眼平姐手拎的纸袋，里面全是干洗完毕的衣服，衣服贴着的白条上写有“四不正”的名字。原来，“四不正”亦是经常白使唤平姐为自己干活的。

后来又在发小的公司见过平姐几回，每次都是她默默地替我们端茶倒水。大概是伺候别人惯了，有一两次，她竟悄没声息地将我们脱在门口的皮鞋擦得锃光泛亮，令我们好生过意不去。某日，却意外接到平姐部门主任的电话，恳请我打电话给发小，让他在集团公司替平姐说说话。主任告诉我，“四不正”接替我的发小升任分公司总经理后不久，便随便找个理由将勤勉工作了二十年的平姐辞退了。平姐的活，由人力资源的一位小伙兼职干，每月给他长两千多块。“小伙原来每月挣七千多元呢，她这不是给平姐‘雪中撤炭’，给集团领导的侄子锦上添花吗？拍领导马屁给自己买好，也不能拿老实兔子的主食去塞狮王亲戚牙缝不是？平姐一家以后可怎么活呀，小罡也太欺负老实人了！”岂料，未等我打去电话，发小告知我辞职的短信却已先到了。

后来据悉，遭遇无故下岗后，迫于生计与半百年纪，找工作一再碰壁的平姐，不得不辗转奔波于几大商场间，为地板打蜡，每天能挣五十多元钱。平姐常常是五更就爬起来去上班，中午再匆匆返回家中为躺在床上的病人做饭，然后再折回商场去。她大概还未从不期而至的巨大打击中缓过神来，整天迷迷糊糊。总之那个冬日的中午她在返往商场的路上，一时没看见迎面驶来的卡车，惨祸瞬间降临了……

平姐的死，给了我极大的震撼。我一介女流之辈，人微言轻，又缺侠骨义胆，却也一直想为平姐这个老实巴交的所谓小人物做点什么。于是，在这个夜晚，我提起了笔。因为，我深知，别处或许还有类似的李姐、王姐、张伯伯、赵大大罢？或许某一天，这个平姐就会是你的大姐，我的长嫂，抑或他那苦苦持家、为攒齐孩子学费而忍气吞声的老母亲罢？虽然现在，对于一个叫平姐的陌生妇人的死，你还感觉不到切肤的痛。

12. 周末焦虑

最近，几个闺蜜把我家当成了心理咨询诊所，纷纷携夫上门求助。希望我能出几服猛药验方，拯救她们深受焦虑困扰的夫君。逼迫我情急之下泄露了自己的最高机密：我也是焦虑一族呢。

闺蜜芹那天刚落座，便如找到了棵救命稻草般开始滔滔不绝地控诉自己的男人，语速密集到我想插一句“你先喝口水润润嗓子”的缝隙都没有，只能老老实实洗耳恭听。

芹说，她上班的地方离家很远，每天早晨，她5点钟就得挣扎着起床，迷迷糊糊晕晕沉沉给孩子和丈夫准备完早点，自己就得去挤公交，中途还得换乘一次，早点一般都是随手抓点什么，在公交车上胡乱吃两口就算完事。晚上再挤在罐头似的车厢里往回赶。每天上班，耗在路上的时间就得两三个小时，若赶上市区堵车，回家的时间就更没点了。

“我哪还有时间和精力管孩子呢，每天一身臭汗地推开门，一屁股坐在沙发上，累得连说话和吃口饭的力气都没了，恨不能洗一把就睡。他倒好，孩子的功课也不管，一回来就见他坐在电脑前没完没了地打游戏，每天都玩到深夜两三点。好不容易有个周末吧，他和几个同事雷打不动地要凑一桌玩牌。我还不能说，说多了，他满肚子怨气，见什么，烦什么，开始大喊大叫，桌子不是桌子，板凳不是板凳的。看他那狂躁的模样，我真怀疑他是不是抑郁了。”

我很想说几句妥帖的话安慰芹和她的夫君，可又觉得无从说起。

焦虑谁没有，可是钱财名利世上有几个人真能参透？

我能说那么远的工作，你干脆辞了，就为了每月多挣两三千元，你搭上自己所有的生活值吗？两三千元绑架了你休息的时间，你与孩子相处的时间，因为每天要在路上白白浪费两三个小时，你无法睡个安稳觉，你更没时间逛街看电影，与朋友聚会，外出旅游几乎是天方夜谭。你就不能放弃每月多挣的这些钱吗？

这世上每个人都有自己的活法与难处。芹也许每个月就要靠这多挣出来的几千元交房贷呢？我能说你们住小一点的房子不行吗？不给自己背上那么沉重的房贷不行吗？我能说人生的享受有时与金钱无关吗？人们放不下的就是心里头那些关乎名利金钱的梦吗？也许芹两口子一生的梦想就是住大房子呢？再者，辞职还会牵涉到职务、职称、工龄、退休金、人脉等诸多需要经年累月才能打拼出来的东西，能凭我上下嘴唇一碰，人家就一走了之，挥挥手不带走一片云彩吗？闲话谁都会说，可大多数人认为享受人生还得靠真金白银。

故此，我以为，一个人的焦虑程度与他渴望实现的梦的多少紧密相关。梦越多，焦虑越多，心理越脆弱。反之，一个人梦越少，心里越平和，焦虑越轻，精神越坚实，越不容易被更坚实的现实击打得头破血流，七零八落。

芹的夫君，一直在沙发一角默默抽烟、表情迟滞的一个中年男子终于开口了。他表示十分赞同我的“歪理邪说”。他说，每到周日下午，他一想到公休日即将结束，第二天又得上班应对无休止的忙碌和一堆一堆棘手的麻烦，他就开始焦虑，烦躁，抓狂。每天做报表、写报告，开会、培训、接待客户、上下协调，整天都在无意义地忙碌着，自己都搞不清在忙些什么，每天累得筋疲力尽。这还不说，上半年，总公司新调来一位总裁，不太了解基层情况，但想法很多，说话又一言九鼎，整个工作秩序完全都打乱了，今天抓这个工程，明天搞那个工程，接下来，又以岗位轮换的名义将关键部门都换成了他从总公司带来的几个人，整个公司非常乱，因此，实在不想去上班，可是公司待遇还不错，自己要养家糊口，因此就硬着头皮先在这儿忍着。

“每周一上班，我都要经历一番心理上的翻山越岭。很烦！之所以一有时间就打游戏，一到周末就出去打牌，是想以娱乐游戏来引开自己的注意力，使自己尽量不去想单位那些烦心的事。”

我盯着芹的夫君，开始试着给他下“猛药”：听芹说，你以前在单位混得还不错吧？有一些本钱，也有一些地位，如果你还有更多的梦想渴望实现，你就得忍受这些你自以为无法忍受的东西，谁也无法选择自己的上司。如果你可以放弃这些梦想，或者这些梦可有可无，这又有什么可焦虑的呢？尽人事就可以了。

那你的梦想不多吗？你不说你也时常焦虑吗？

闺蜜及他们的夫君们都表现出了强烈的窥私欲。

为了报答他们对我的充分信任，于是，我打算闭上眼豁出去在“精神上裸奔”一回。

是呵，我的梦想就是做个遍尝天下美食舌尖甜蜜温暖、遍读天下好书肚里满腹经纶的女子。但因对自己要求不严，因此梦想可有可无。我给足自己弹性，不让自己为难，时刻想着要与自己和解，与社会和解，与世界和解，因此焦虑来得快，去得也快。比如，每当我为工作、为孩子、为没日没夜看不到尽头的加班而焦虑不已时，只要想到几个小时后，我会不顾一切撂下手头的工作，奔向一个我心仪已久的餐馆，我就会重新精神焕发，神采奕奕。

看着色香味俱佳热气腾腾的一盘盘美食端到我面前，我就会立即与我的焦虑和解。

因此，你不要阻止你的丈夫玩牌，玩牌是他与焦虑和解的兴奋剂。我对芹说。

当然，你若不经意间看到一个长发飘飘的中年女子，形单影只在环境宜人餐馆的一角，一个人点了一桌子美食，大快朵颐地吃得满头大汗，请你一定不要进去打搅她，因为她正在与她的焦虑谈判、和解。

13. 最具“痛感”的事

若论对人对己实行“双重标准”，我们似乎不会输给地球村里任何公民。国人有时极其热爱平等，谁要稍显突出，必有人出来挥刀亮剑将其削平。自然，那只是不允许别人特出而已。至于他自己呢，名誉、地位、金钱、房子、车子、儿子，凡是能与他人攀比的，莫不追求高人一头、优人一等。仿佛只有这种不平等及其带来的“优越感”，才能大大显示他的成功与幸福。借我的好友、老愤青楠稍显尖酸刻薄的一句话来形容：在物欲横流的浅薄年代，人们的痛苦与烦恼大多无涉精神，只关乎物欲。比方当下世人最具“痛感”的事，绝不是与别人一起吃糠咽菜，而是自己吃饭，别人吃肉；自己从地摊淘衣，别人在国际名品店购物；自己喝大桶装矿泉水，别人喝小瓶装茅台酒。起始喝水时其实他亦是快乐的，只是看到别人竟天天大口大口喝茅台后，他的快乐顿时被消减了，他的幸福瞬间被剥夺了。他开始心烦气躁，并由此生出极其不平的“痛感”来：饮酒与饮水能没区别么？酒越饮越暖，水可是越喝越寒的。而楠说她一生中最具“痛感”的事，却是未能挽留住两条年轻的、均在“痛感”中挣扎的生命。两人生前皆系楠的好友。其中楚楚本过着平凡淡泊、安分守已的生活，平日里快快乐乐地居家吃饭，开开心心地地摊淘衣。不幸是从楚楚瞥见别人竟吃肉、别人竟从国际名品店购物开始的。楠的手机里有一条史上最长、保留了近两年的短信，发信人亦即楚楚的丈夫在此条短信中控诉了不切实际、无休无止的攀比是如何“杀人”的。清明前夕，经楠同意，我实录如下，以引世人警醒。

楠姐：此刻，我与楚楚并排躺在南方的一个小岛上，你不要问我是如何将她骗到这儿来的。总之，我不放心把她一个人留在这个无度攀比的世上。我要把她一起带走。我不愿再看到她备受那些她无法企及的欲望的折磨，我也不愿再看到她为了处心积虑过上所谓上等人的生活，而在那些神通广大的成功人士面前，奉上自己的爱情，自甘犯贱，自取羞辱。

是攀比这个魔鬼毁灭了我的美满婚姻。当初，我或许不该倾尽积蓄托她朋友将她从学校调到市里最有实权的一个单位。在这里，她结交了一批有钱有势、有头有脸的所谓成功人士，并不切实际地与他们进行攀比，竭力向他们的生活档次与消费方式看齐。她甚为反感我的善意提醒：“我不介意你怎么看我，我只不过不想别人拥有的我都没有。那样，我会很不快乐。”她开始追求所谓高品质生活，护肤品由大宝直奔香奈儿，她说她那帮朋友都用香奈儿。接下来，她开始咬牙添置 LV 手包、普拉达套装、菲拉格慕皮带、古奇皮鞋。最后，她又嚷着要换车，要买第二套房子。这不是要把我逼疯吗？我每月满打满算就挣三千多元，为给她换工作已花光了家里全部积蓄。再者，我们现在住的是九十多平方米的小三居，比上不足比下有余。有必要背上沉重的债务去购置第二套房产吗？为此，我们发生了激烈争吵。可能我被她那帮住豪宅开“大奔”的权贵朋友比衬得“太无能”了吧，她开始对我越来越失望，越来越冷淡。那个周末，他们一帮追求“生活品质”的男男女女准备自驾游出去拉风，她羞于驾驶家中那辆老款夏利出门，便谎称车子坏了而搭乘那个瘦黑小老板的顺风车，一路上她被他那牛气烘烘的富商架势迷惑住了……楚楚一直不知他其实只是个地产中介加盟店的小老板而已。但在虚幻的金钱与爱情面前，楚楚竟像一个心智不全的孩子，显得那样缺乏判断力与行事鲁莽。她很快逼我离了婚，并一把眼泪一把鼻涕说服我卖掉住房将房款存入虎子名下作成长基金，虎子跟她生活，她说我那点薪水养不了儿子。精明的小老板见状，立即抛下楚楚另觅了新欢。楠姐，我知道你曾三番五次劝楚楚与我复婚而遭拒。楚楚自从经历了“比较”劣势的痛苦折磨后，便铁了心要找个有钱有势的男人过上等人的生活。你劝不了她的。

楠姐，大家都叫我换一种活法，我都40岁了，能换什么活法？妻离子散，病父躺在床上，哥哥五十了还未结婚，余下的人生一眼能望到尽头：现在的电影院副经理，45岁提为电影院常务副经理，50岁当电影院一把经理，55岁头发稀少、眼睛浑浊时，拿根本不够花销的、百分之七十的工资内退……当然，如果当初不给楚楚调换工作，也许会是另外一副光景。我本是个散淡随性、知足常乐的人，大家都说楚楚好日子没好好过。嗐，现在说这些都太晚了。楠姐，在这荒无人烟的小岛上，我居然发现了一株从岩石缝中顽强生长出来的仙人掌。它是不是也跟我一样，混得太落魄，没有能力没有资本与百花攀比，便躲到这世界的尽头来了呢？我拿出刀割下它奋力结出的两颗果实，扔自己嘴里一颗，又将另一颗塞进一动不动躺在地上的楚楚嘴里，我答应过要照顾她一辈子……天边的残阳如血般染红了我俩的衣襟。在那个没有攀比的世界，我们定会很放松很快乐。别了，楠姐，来生再见！

14. 农民工阿 Q 的爆红暴富之路

不管你信不信，人是有运气一说的，凡事人算一部分，天算一部分。对于这一说法，古往今来的人大抵都有过深刻体悟。宋人朱敦儒朱大哥就曾经在《西江月》中大发感慨："世事短如春梦，人情薄似秋云，不须计较苦劳心，万事原来有命。"朱大哥说话太文气，拿现在的网络通俗语来翻译就是：人要是走运了踩着狗屎都能被金元宝硌住脚。

感谢生活在网络时代，能处处躬逢埋藏有金元宝甚至名利场的狗屎，连从未庄来的进城务工农民阿 Q 大哥都能踩上一坨，从而一夜之间成了网络红人，走上了暴富之路。这种具有云泥之别的巨大命运反差，委实超过了 Q 哥的理解力与想象力。他到现在也不明白，为什么像他这样潦倒埋汰了几十年的草草根莫名其妙就红了，莫名其妙又富了呢？所以，以精神胜利法出道的 Q 哥只能将之归结于："我们先前就比你们阔多啦!”并且，自此以后，他开始无比迷信狗屎。以前Q哥骂人，也喜欢开口闭口“你这堆狗屎”！现在他只有对最好的朋友，才送上这句祝福。晚上睡秀才娘子家的宁式床，白天开顶系宝马车的Q哥如今路遇狗屎，都会满怀敬意地特意绕道让开，并且在晕晕乎乎的极度自我满足中大脑不断回放“天降狗屎”那一历史时刻……

因当地发展旅游需要，未庄土谷祠一带被征地拆迁，准备开发成高档乡村度假别墅区。上无片瓦、下无寸土的阿Q，无奈之下再次告别未庄进了城。只是这一次，因寄身之所土谷祠被拆，未庄再也回不去了，孤苦无依的阿Q被迫成了成千上万“城漂”大军中的一名进城务工农民。准确表达，应该是待务工农民。

自尊心极强的阿Q，不仅未庄所有居民全不在他眼里，因此前进过几回城，自负满满的他对连煎鱼也不会的城里人亦相当鄙薄：煎鱼哪有加葱丝的，在未庄，煎鱼一律都加半寸长的葱叶哩。这也是错的，可笑！因此，当他歪着头傲然走进免门票的劳务市场大厅时，那种妄自尊大、自己俨然是个大人物的感觉又回来了。自高自大的阿Q以为劳务市场就是免费派发工作的地方，于是一门心思想挑一个赏现钱最多的工作，以前在举人老爷家里帮忙时，拿到手的可都是真银真铜。因此，每看见一个招聘点的工作人员有空当，他便迎上前去，自问自答地大声嚷道：“每月1500文……打发该死的小D和王胡还差不多!”招聘工作人员看到台前兀自多了一个头长疤瘌、眼神古怪、身材瘦高的中年男人，无不露出瞬间受到惊吓的厌恶神情。

“学历这些材料带着了吗？拿来呀！硕士还是博士？1500 元还嫌少?！现在停车场看车的都有 MBA 本子！”无端遭到取笑，阿 Q 头上的癞疮疤即刻闪亮通红地发起火来。“我们先前……比你们城里人阔多啦！我一个人就住一所大祠堂！纸做的钞票谁稀罕？我问你一个月能到手多少两黄金白银？人家都问得，我为何问不得？你算是什么东西？咳，呸!”他怒目以视地佯装做了一个口吐唾沫的动作。

当时农民工 Q 哥穿了一件破毡子翻改的油渍斑斑的夹袄，腰间挂着已看不出底色的长褡裢，不伦不类的褡裢沉甸甸地将他的裤带坠成很弯的弧线……骨瘦伶仃地站在劳务市场空旷昏暗的大厅里，显得那么单薄、那般弱势！与此形成巨大反差的是他竟然那么高看自己一眼——带着小人物的嚣张与凛然不可侵犯的尊严！那么不入流俗！一副根本无所谓的样子站在那里。真是太强了！太酷了！太拽了耶！在阿 Q 的记忆上，这却是第三件的屈辱，因为在劳务大厅负责招聘的男男女女，他们给单位打工，每月只能获得越来越贬值的纸钞，而他在举人老爷家里帮短工，却能月月拿到越来越升值的真金白银。按理说他们只有被他奚落的分儿，从来没有他们撩拨他的道理！正当他为之气破肚皮的时刻，幸运的狗屎正从天上砸下来：只见一伙持各式器材的家伙“哗”的一下围了上来，不管不顾地一通狂拍狂摄，令自诩见过世面的 Q 哥也有些害怕，他想他们一定有些来历，膝关节立刻便自然而然地宽松了，如果不是一张熟悉的面孔突然闯入眼帘，他便跪了下去，但是他的胳膊恰好被架住了。“小 D？妈妈的……怎么是你?”他半信半疑地喊了起来。

眼前这个染着黄毛的时尚青年是昔日未庄那个又瘦又乏的穷小子小D吗？在阿Q的眼里，小D的位置是在王胡之下的，可现在看人家那穿着、那架势，这小子竟又谋了比他强得不知多少倍的饭碗了。好一番寒暄打听，阿Q才如梦方醒：原来小D这帮人马，都替先前未庄钱太爷的大儿子钱老板做事。钱老板靠做商业网站发家，现在买卖做得巨大，名下仅上市公司就有两家。未庄将要开发的乡村度假别墅就是钱老板投资的一个房地产项目。小D当初从未庄出来打工，投靠的就是老东家钱老板。几年打拼下来，以往大字不识几个的小D如今已是钱老板集团公司里的一名中层，率领着一支令人望而生畏的网络“水军”在虚拟世界里兴风作浪，掘金掘银，颇有斩获。阿Q云里雾里，如听天书般。“你在城里织网打鱼吗？什么网络，什么水军，妈妈的，你记着罢？我记不住！”

阿Q一向很有排斥异端的正气，并且对与他为难的事物一贯深恶痛绝。已俨然是半个城里人的小D对阿Q的愚昧无知与无礼造次并不介意。因为他深知，他们将要炒作和贩卖的就是阿Q身上这种原生态的“愚昧、无知、无礼、无畏”等等稀有特征。曾被阿Q称为“假洋鬼子”的钱老板不愧是曾经喝过洋墨水的，他想以阿Q为主角推出自己网站的草根红人从而大大增加点击量的想法真是天才的策划啊！阿Q这呆子还不知道自己踩了天大的一堆狗屎，前面等待他的是怎样的名利与辉煌呢！“妈妈的，真是傻人有傻福……连个圈都画不圆的阿Q都要成为粉丝成千上万、日进斗金的网络红人了。不过，Q哥的横空出世一定会令犀利哥、凤姐等所有网络名人黯然失色，这一点他这个‘水军’统领倒是蛮有把握的。因为钱老板的伟大构想是以‘Q’为品牌构建起包括游戏、电视、电影、服饰、玩具、餐饮等一系列产业在内的庞大的娱乐帝国。”小D怀着无比复杂的心情紧紧握住了阿Q那满是污垢瘦骨伶仃的手，令猛然受到惊吓的阿Q膝关节自然而然又松了，差点“扑通”一声直接跪下去。

15. 网络上的“神经”胜利法

小D率领手握“长枪短炮”一干人马，亲自开车引路，将来自未庄的老乡——农民工阿Q，如高迎“财神”一般，接至先前的“假洋鬼子”、如今的企业界巨子——钱老板的集团公司总部。阿Q恍如梦境般亦步亦趋地跟在小D身后，用惘惘的眼神向左右两边看。

在前往钱氏企业总部的路上，小D反复说的一句话便是：网络世界里，围观就是力量，围观就是生产力。阿Q如听天书般费解：难道先前追着囚车看热闹的那些蚂蚁似的人群如今都跑到网上围观去了吗？小D还说，男女不二，网络不爱，未庄人都说你又坏又二，拥有“网络心理学”博士文凭的钱老板经过深入调研后得出结论：Q哥你身上的弱点与缺陷堪称“秒杀宇内穷极上下五千年史上最多面最经典”。你看啊，每个网友都能从你身上找到自己的一点儿影子，有点儿二，有点儿贱，有点儿自大狂妄，有点儿自卑自轻，有点儿不知深浅，有点儿胆小怕事，有点儿自我麻木，有点儿自我满足，有点儿自私自利，有点儿好打抱不平，有点儿逆来顺受，有点儿自欺欺人，有点儿善良软弱，有点儿敌我不分，在羊面前你是狼，在狼面前你是羊。总之，你可爱可笑可气可怜可悲可叹，是炒作题材的极品啊！“阿凤姐”、“龅牙哥”算个啥啊！

被小D领着见过钱老板后，公关部一帮人马又遵钱老板指示请阿Q参观金碧辉煌的总部大楼。如刘姥姥进大观园般，阿Q觉得自己长两只眼委实不够用，尤其看到众多比吴妈漂亮N倍的年轻女子在楼里进进出出，便有些想入非非起来，当一位极清秀水灵的女子经过他身边时，他甚至情不自禁地突然伸出手去想拧一把女子的面颊，美女极厌恶地偏过头去。几乎就在同时，阿Q的胳膊确凿被甚不放心紧随其后的小D“啪”地打落下来。“你动得，我动不得？”阿Q颇有些恼怒地瞪着小D。“别闹了，Q哥，你马上就是大红大紫的名人了，要注意身份影响。美女们都在为你出名铺路抬轿呢?！你还闹什么闹！”小D深知阿Q遇强便弱的特点，遂端起“水军”统领的架子煞有介事、底气十足地训斥着道。同时，顺手扯过美女手里的一页纸一张盘来，杵到阿Q的鼻子底下乱晃：“你瞪大眼睛瞧瞧，这些可都是明天要上网的帖子和视频资料。你听听这些令人拍案叫绝的策划方案，‘史上最剽悍求职农民工Q帝！’‘工资要黄金，不要纸币！’‘看看史上这张对世俗、强权不公对通胀最不买账的Q脸！’‘这张史上最看得起自己的小人物的剽悍脸让你我觉得自己根本无脸！’”小D朝阿Q脸上喷洒着激情的泡沫。阿Q这才发觉小D一提到网络就仿佛变了个人似的突然会变得无比亢奋：有如前几年到未庄来搞传销的那帮外地人，外表一个个都不显山不露水的，可一旦站到土谷祠临时搭起的那个讲台上，那股不可思议的疯劲儿就上来了……

翌日太阳照常升起。阿Q却隐隐感到世界变了：昨晚还对他不理不睬的美女今天都在背后指指点点："他就是Q帝？真的好酷好帅好拽好剽悍耶！他这身混搭比犀利哥拽多了！他腰上挂着的那根大褡裢真是帅杀你我狗眼啊！""一晚上就拥有了十万个粉丝呢，额的娘！今天一早就有狂粉跑到我们总部大楼外尖叫：Q帝Q帝我爱你！不爱黄金就爱你！""听说Q网与Q帝食品集团都想聘请他当形象代言人呢。估计钱老板不会答应，哪能把自己的摇钱树送给人家呢?!""可不是吗，以前那家想引进章鱼保罗的公司也来接洽了，说想请Q帝出山，他们说他头上癞疮疤的显示色能预测股票涨跌，红了就是涨，青了就会跌。""钱老板这一下不知又能赚进多少银子呢。Q帝肯定也跟着一夜暴富了啊！对了，你们打听出来了么？Q帝到底有没有女友？还没结婚吧？那个吴妈肯定肠子都悔青了罢！"阿Q发现古怪的事还有若干：例如楼里众美女见了他，不仅不像昨晚那样躲避了，有时阿Q走过了，她们还尖叫着追上去，请求签名合影留念。

只有钱老板仍处变不惊地照原计划给阿Q授课扫盲。"阿Q，吃'网饭'赚'网钱'，就记住一个字——'过'！在网络上，对任何事情的反应与处理都必须'过'，'过'才能吸引更多人围观。围观率就好比电视的收视率，围观率越高最终产生的经济效益越大。网友只关注极端的感情与观念。"他喝口水停顿了一下，继续对阿Q进行网络头脑风暴："现实社会赞成的，你就反对，现实社会提倡的，你就抨击，总之要反着来，说话要狠巴巴，造型要狠巴巴，观念要拧巴巴。在网络里，高调低调都没人睬你，所以一上来就要唱反调、怪调，越荒腔走板越好。你知道为什么会这样吗？人都是追求率性自由的啊，你想想，中国人的个性被中庸文化强锁几千年了，如今赶上网络时代，谁不想跑上去撒撒欢，然而几千年下来人们被中庸得过火候了，所以撒欢最后都成了撒臆症。"钱老板唾沫横飞地讲授着自己的"网络受众学"。听得晕晕乎乎的阿Q猛然开了窍，他手舞足蹈地从课桌上站起来极不屑地嚷嚷道："这不就是'神经'胜利法吗？如果跟现实社会反着来的话，现实社会里，我们用的是'精神'胜利法。"

钱老板没任何思想准备，就这样目瞪口呆地"被见证"了网络理论史上的重要时刻：网络"神经"胜利法的诞生！

16. 消灭"谣盐"需捍卫"真言"

由日本大地震引发的核危机，在中国演变成了荒诞的"碘盐"抢购风潮：一夜之间，国内众多城镇的超市，加碘食盐被抢购一空。联想到之前在国内数个城市上演的更为匪夷所思的抢购风，茄子、绿豆、大蒜亦未遭幸免。冷静的人们不禁要问：谣言谎言为何在中国永远有市场？科学为何斗不过谣言谎言？谣言止于智者！于是，近日有媒体呼吁：当社会群体出现迷茫点时，在中国拥有话语权的智者，应该勇敢站出来，及时发出理性的声音。不附势，不趋利，既不要一切都按官方的意思说，也要敢于对抗互联网上某些别有用心的人刻意制造的民意。

要敢于说真话！

十三亿人口的泱泱大国，智者可谓多矣，拥有话语权优势的智者亦不在少数。难道他们中竟无人知道食用碘盐根本无法预防核辐射？难道他们中从未有人怀疑过张悟本关于“生吃茄子可以治瘤子降血脂”、“肝不好吃绿豆食要不离豆”的荒唐论断？难道他们谁也看不出号称信徒三万的道士李一大肆宣传的所谓“电疗治癌法”只是个弥天大谎？为何此类事件在国内媒体集体关注、合力围剿前，中国的精英智者们鲜有人勇敢站出来说真话、揭真相？为何智者们选择集体失语？

而我所知晓的真相和社会现实是：在“真话”与“利益”之间，中国绝大多数聪明人，亦即所谓智者，都会毫不犹豫地选择并保卫自己的利益，这是当下多数聪明人奉为经典的实用主义处世哲学。这一部分智者深知，在市场经济社会中，说真话即使不关乎自己的利益，也关乎别人的利益，在每一件具体事情背后，都纠结“潜伏”着各种各样的利益人群，躲闪避之已唯恐不及，又有谁会愚笨到为说真话而引火烧身呢？因此他们不仅不会站出来说真话，若有人发现事件中还隐藏着升官发财或攀附更大权贵的机会，这些深谙投机学的聪明人，还会昧着良心睁着眼睛说瞎话哩！在他们的心里，保住并时刻争取更大的权力、地位、利益，远远比说真话、揭真相、讲良知重要。

还有一部分智者，对“真话没有市场、假话大行其道”的不良世风深感无奈，多次吃过讲真话的亏后，突然顿悟到语言与行动、书本与生活、理想与现实之间原来根本是两码事，因而十分后悔自己当初“为了公平与正义坚持讲真话”的良知冲动。尤其当他目睹说假话的人一夜之间得到超拔，自己这些凭着良心说真话的人反而遭到或明或暗的打击与排挤、不公地屈身庸才下僚时，更是对“讲真话有时要付出自己一生的前途作为代价”有了深入骨髓的体悟：他当时哪会想到自己的几句真话，竟会被世故权谋的竞争对手利用，好一番添油加醋、改头换面之后，对手会那样黑白颠倒地四处污化、妖魔化他，利用众口铄金的力量将局面搅浑，然后出其不意地将他扳倒，自己渔翁得利替而代之呢？还有那些看上去一身正气的上司，他一直以为他们气度恢宏呢，谁知也那样胸襟促狭，也那样不爱听下属讲真话，否则，他被竞争对手污化时，他们为什么对“公平与正义”百般躲闪并装聋作哑？一个小县城尚且如此，讲真话的境遇在繁华大都市又会如何呢？于是被真话撞得头破血流的智者从此成了人群中沉默的一族。

剩下一部分聪明又乖巧的智者，对互联网时代的特征颇有研究，知道这是一个庸众与哄客数量巨大、众声喧哗的时代。他们认定，这些“爱疯死”、“爱拍（砖）的”、“微博控”的哄客们，不会对真正的成就与能力感兴趣，更不会赞叹为维护公平正义敢于站出来说真话的道德勇气。因此这些智者做出一种讲真话的姿态，却只挑最有利于自己的话讲，而故意不把自己知道的真相说出来。他们知道，哄客们在乎的是他们做何种姿态，而不是讲什么真话，揭什么真相。诚然，他们也不是完全不能、不敢讲真话的，较之于上述几类智者，他们无疑具有更大的灵活性。至于什么时候“有一说一”，什么时候“有一说二”或“有一说十”；至于到底选择讲真话还是讲假话，或者讲一半真话还是讲一半假话，抑或干脆保持沉默，一切都从拨弄自己的小算盘出发。自然，如果能实现自己利益的最大化，他们也是愿意奉献自己的正义感站出来讲讲真话的。倘若全无好处，虽然亦无害处，问题是谁来甘当那个傻瓜愚者呢？真的还是假的，关我们什么事呢？我们有义务站出来说真话道真相吗？事后我们若被人记恨被穿小鞋被人不着痕迹地打击报复，谁又能站出来说真话充当那个保护我们合法利益的傻瓜愚者呢？

狄更斯说：这是一个最好的时代，也是一个最坏的时代。周湘华说：这是一个富足的时代，也是一个贫穷的时代。如果大家都为一己之私利，甚至不肯为社会厘清真相奉献一句真话，那么即使人人发大财个个当大官，我们也会为自己的缺乏担当与极端自私付出惨痛代价——至少，会被家里那成箱成堆的碘盐齁死。如果真的听信少数造谣生事分子开出的处方：欲达防辐射初级效果，每天需吃碘盐三斤以上。

17. 闲话“中国式”评奖

“倪脊梁事件”出来后，我一位在南方某市机关做办公室主任的好友，在与我 QQ 聊天时，郑重告知我，她已决定站出来，替因获评“共和国脊梁奖”而被媒体大众戳脊梁的主持人倪萍说上几句，尽管人微言轻。

“倪萍不幸被疑似9800元一根的‘脊梁骨’砸中，成为大众与舆论的出气筒，源于人们对时下盛行的评奖经济学、评奖关系学、评奖权利学、评奖运作学产下的一个个怪胎痛恨不已，却又无可奈何。看到有人出头将其拎出来予以炮轰，深有同感的大众便一哄而上，群起而攻之。她无非就是那个躺着中弹的……

社会上名目繁多的烂奖何其多也！人间世上，业绩、贡献、学识、德行与其获得的荣誉高度完全不相干的人何其多也！人们司空见惯、都懒得说话了。”

好友的言论虽然有些“愤中”的味道，但谁也不能否认，这个时代越来越明显的趋势是：奖级、名声、影响力，职位、职称、世之隆誉度，越来越与个人的才华、成就、贡献无关了。这仿佛是一个利益第一、运作第一的时代，人们争名于朝，争利于市，已没多少人关注真正的贡献与成就了。

撇开倪萍暂不评说，若只论“中国式”评奖，真的似乎是件神奇而又无比神秘的事。好友身为办公室主任，其实只是个科级芝麻官而已，却承担着替单位及相关领导运作各类奖项的重任。若说花钱买奖真没啥神秘的，将钱打到评奖机构指定的账户中去便是，颁奖日，人家除连吃带拿把你伺候舒服外，定回赠你一个水晶奖杯，或一面镀钛的奖牌，因此，届时谁代表单位去领奖亦是一份福利与待遇。令好友发愁的是，一些竞争激烈、由重要部门牵头主办的评奖活动，单位领导将获评此奖当成自己政绩的一部分对待，专门拨出经费令其全力运作，运作结果还要作为考评她年终业绩的重要一项，好友为此压力巨大。每年仅为给掌控这些重大奖项的评委们送礼，便已绞尽脑汁，寝食难安了。“既要不醒目，又要人家看得上，年年还得不重样，真的难死我了。每年我都要发动全家帮着出点子，到底送啥好。单位准备提拔谁了，领导也会下指示，让我给即将被提拔者运作一些脸面上好看的奖项与论文。经常获奖评优的反正翻来覆去就那几位，A局长时，张三李四准年年得奖，年年先进；B局长接任，A局长任上时的落后分子王五赵六便又年年得奖，年年先进了。所以说，先进与落后都是暂时的，相对的，而得不得奖又全靠我这样一个小科长在其中运作，你说是不是很荒唐很荒诞啊！”

好友的苦衷我虽无切身体会，可是，我得承认，这个社会的某些优质资源已被特权化关系化利益化却是不争之事实！试问，谁拥挤在通往幸福抑或成功的崎岖山道上，不若打一场场艰辛的通关游戏？孩子从上个好点的幼儿园开始直至找一份称心工作，哪个节点上不需要全力以赴地运作？发篇论文得四处运作，评职称更得先期运作，职位晋升工资提级不运作，你只能眼睁睁看着靠自己汗水与智慧DIY出来的棒棒糖从眼前晃晃，瞬时已发放到别人嘴里了，科研人员不跑动运作，课题经费你永远只有羡慕别人的分儿，运动员不积极运作，该你将冷板凳坐穿……凡此种种，不一而足，又岂止是评奖一事需要跑前跑后运作？国人的一生，若需加一关键词，我会对你说两个字：运作。如果非要加一个期限，我会说……一万年也不嫌早。

如果你想在运作中借力你爸爸、爷爷……甚至太爷爷。

记得有位作家，曾对评奖的不公与失序现象愤然写道："在我工作二十年的经验中，奖励这东西，似乎并没有奖给最应该得到奖励的人，这都快成必然了。"而我，现已麻木到连"愤"也不"愤"了。获评"最佳"、"最受欢迎"的诸多影视剧，绝大部分观众连名字都未听说过，若不是"运作"，又何来"最受欢迎"一说？站在领奖台上的某些影帝影后，有的是生面孔，有的才混了个脸熟，这难道不是另一种意义上名头大得惊人的"脊梁奖"吗？难听得刺耳的某些歌曲不照样获奖，荣登这个榜那个榜吗？五音不全、唱歌跑调的歌手们不依旧顺利获评歌王歌后吗？

而大众的终极问题是，这样一种评奖生态环境因何而生又需如何改造？我曾认真拜读过著名学者孙立平先生的不少专著，我以为，孙先生在他的名篇《暗箱操作的制度空间》一文中已对此问题有过深中肯綮的分析并提供了破此难题的达·芬奇密码。我们遭遇的程序或规则，要么缝隙大要么极富软性，这种粗疏性的体制机制结构，在实施层面上，程序化和规则化程度均很低，执行者有较大相机处置空间可以选择性执行，才使得变通成为中国人无处不用并屡试不爽的一种固有运作方式。因此，只有严密性极强的程序规则，才能让"运作"无变可通，若再将评奖规则与过程公开透明，或许有望彻底瓦解令所有国人愤慨头疼的评奖"潜规则"。

可能到那时，"脊梁"才会无价，"脊梁"才会是真正的"脊梁"！

18. 以小人之心度“屠夫”“绵羊”之腹

前几日拜读著名作家红柯的小说《美丽奴羊》，当下便生出颇多感慨：该作品叙述一位屠夫，在连续宰杀14只新疆细毛羊后，轮到要屠杀美丽奴羊了。这只美丽奴羊既不哀号，也不下跪，甚至连眼泪也没有。它的眼睛里只有光，一种很柔和很绵软的带着茸毛的亮光。亮光朝屠夫忽闪几下后，这只羊转身走向了一片青草地……

撼动人心的奇迹发生了：带着刀子的屠夫，在观看奴羊吃草的过程中，居然被奴羊那如水般清澈的瞳光“秒杀”了，他只觉得自己在这样的目光里变成了一根草。“他看到美丽奴羊特有的双眼皮，那种带有茸毛的瞳光就从那里流出来，跟泉眼里的水一样流得很远很远……”深感自己矮小渺小的屠夫膝盖着地，最后跪倒在刹那间变得高大的美丽奴羊脚下。

委实感佩红柯在文学作品的人物长廊中塑造了这样一个“放下屠刀，立地成佛”的“慈悲屠夫”形象。虽然我深知这只是乌托邦式的一个文学构想而已，可是现实生活中是多么需要这种奇迹的发生啊！多么需要“美丽奴羊”竟能“秒杀”“屠夫”这种书上才有的奇迹能够在地球上、在大自然、在我们每一个人的身边发生啊！

因为我忽然便想到：在不会说话、不会哀号、美丽温顺、人类却赖以生存的地球面前，我们这些所谓的“万物之灵”——为满足自己的无度贪欲，每时每刻都向川泽山岳、鸟兽草木、河流天空高高举起“屠刀”的人类，不就是那个麻木而心安理得的“屠夫”吗？这个欲壑难填的“屠夫”，有一天也会在某个特定时刻、某个特定地点被地球抑或大自然发出的惊艳无比的“瞳光”“秒杀”而放下“屠刀”吗？会在地球抑或大自然发出的那道从未被污染过的纯净如“赤子”般无瑕的“瞳光”面前，理性与良知双双“顿悟回归”，“迷途知返”，从此放下贪欲的“屠刀”，发自内心地呵护敬畏人类的生存之本——全世界几十亿人共同栖居的地球吗?！会重新找回人性的光辉中本该有的恻隐、慈悲与纯良，真正视“天地万物”为养育自己的“衣食父母”，见鸟兽之哀鸣而有不忍之心，见草木摧折而有悯恤之意，见瓦石之毁而有顾惜之痛吗？之所以刻意强调某个特定的时间与地点，是因为我豁然清醒，由于长期以来人类对森林草木的乱砍滥伐、对鸟兽鱼虫的滥杀滥捕、对地下资源的无度开采，对海洋河流天空土地的肆意污染，地球上已经没有几片能散发出纯净“瞳光”，并吸引“美丽奴羊”至死也要光顾流连的“在清香的太阳下闪耀着茸毛亮光的青草地”了！

于是我又想，草原上的“屠夫”难道不知道“绵羊”宰一只便少一只？难道不懂得如果这种毫无节制地“屠杀”造成的“减员”，有一日竞倍超于“绵羊”繁衍的速度，他自己最终也会陷入“生存危机”？我想，人人都懂的道理，“屠夫”绝不会不懂。只是，人人都有的心理，屠夫也绝不会少一丁点。那便是：我不杀，别的“屠夫”照样杀。如果我节制了，其他“屠夫”仍不加约束，那我不就吃亏了吗？人类这种“害怕自己吃亏”的心理，放到处理国际事务时亦如此，因此许多有益于全人类的事，一百多个国家吵吵嚷嚷若干年，最后都是无言的结局。因为总有觉得自己不划算的。

所以我便又做如下料想：如今政府与国人皆无比关注的“食品安全”事件，无论“毒”奶粉，还是“染色”馒头，无论“瘦肉精”火腿，抑或添加“兽药”的绿豆芽。总之，那些为满足一己之暴利，从而心安理得地制造“毒”食品，毫不犹豫向消费者这只“美丽奴羊”高高举起“砍刀”的“屠夫”们，在“舆论”与“法律”的双重严打下也不肯收手，支撑他们行为的无非也是上述“生怕自己吃亏”的心理罢？生产这些成本极低的“毒”食品来钱多快，利润多高啊！我不干，照样有人干。若我约束自己遵纪守法，别的人却还在偷工减料甚至为赚取更多利润添“毒”加“毒”，我的“收手”不就吃亏了吗？

最后的疑惑是，为啥没有一只温顺的“美丽奴羊”愤而反抗？我于是又斗胆以“小人之心度绵羊之腹”：是否每只绵羊都在做“美丽幻想”呢？如果我百依百顺，如果我不做任何反抗，“屠夫”或许会突发恻隐之心放我一条生路？而那些跑得远远的根本不关心“同伴”死活的绵羊们则寻思：它的死或许它的家人关心，但与我有何关系？让别的绵羊冒死去救它吧，反正早晚会有这样的“傻羊”站出来，如果那只“傻羊”竟在搏斗中与“屠夫”同归于尽了，反正我也是能享受到那份好处的。而消费者这只“美丽奴羊”为何不拿起现成的法律武器与制造“毒”食品的“屠夫”们较真呢？大抵也情同此理罢？打官司多麻烦多费工夫成本多大多不划算啊！搭上许多金钱、时间、精力不说，白添一肚子气也未见得会有个结果。若万一真有了结果时，便会从地底下凭空冒出来无数要强搭便车的。凭什么呢？因此，靠政府完善法律并予以严打外，就等着吧！反正早晚会有人站出来较真的。如果有人站出来较真，如果他赢了官司，我们照样能跟着分得一份利益的！

然而，地球这只“美丽奴羊”率先发怒了。当我看到东亚的沙尘暴、南亚的棕云、东太平洋的恐怖飓风、逐年上升的海平线、每天都在更新的物种灭绝报告、地震频发、海啸发力等灾难新闻不断见诸媒体。当我从电视上看到山崩地裂、洪水滔天的骇人画面：海水裹挟着汽车房屋轮船从天际席卷而来，人类耕耘了几千年的文明似乎一夜之间回到了洪荒。人们皆谓之“天灾”，我的心却在震颤发抖：这难道不是地球这只“美丽奴羊”对索取无度的人类这个贪婪“屠夫”的“秒杀”与警告吗？

19. 有钱我最大？

前段时间，默多克，默老大旗下的媒体《世界新闻报》被爆出窃听丑闻，在全世界激起惊涛巨浪，其摧毁力之大，有如遭受一场8.0级强震，其浪头不仅掀翻了新闻集团旗下的两大执行官，伦敦警察局局长与局长助理也黯然下台，默老大父子被迫飞赴英国接受下院质询，还直接导致了《世界新闻报》的停刊。

默老大是全球公认的超级大亨，大概他以为自己拥有的财富与名望已达到了这样一种程度：在大富翁赚钱游戏中，他可以由着自己的性子出牌。法律法规都是给别人设置的。他是谁呀，可以呼风唤雨的媒介大鳄，理应获得摆脱社会规则的特权。默老大的全球粉丝团也许会腹诽英国公众过于刻板较真，不就是个窃听事件吗？干嘛没完没了呀!？我私下以为，这可真有些冤枉英国民众：因为地球村里的居民，均感染了“钱流感”与“名流感”两种社会病，大家都格外优待宽容那些有名望的大富豪，英国人亦不例外。长期以来，默多克旗下的个别记者，一直使用非正常手段获取信息，但因为牵扯的当事人均为公众人物与政府官员，英国公众一直睁一只眼闭一只眼，忍了又忍，宽容了又宽容，谁愿意为难自己的财富偶像呢？再者，在西方，人们普遍认为，民众的知情权优先于公众人物与政府官员的隐私权。只是这一次，默老大麾下的媒体玩过火了，居然恃“财”傲物到目空一切的地步，为所欲为地监听起普通百姓来。虽然当今不少超级富翁都是靠精明胆大发家的，将“君子爱财，取之有道”的古训弃如敝帚，管它有没有道，或许，白道黑道，在他们眼里，只有颜色上的区别，而他们从哪条道上赚来的钞票，颜色却都是一样的。只是这一次，英国人忍无可忍了，彻底怒了！后果大家都看到了的确很严重！

有钱绝对不是错。

可是，如果一个人的金钱多到只是一个天文数字的概念时，钱仿佛便会成精、成神，反过来左右一个人的价值观与道德操守，此时，若没有过硬的品格与社会责任感来平衡，人的重心便极易被巨额财富以及由此生出的无底贪欲拖拽着不断向下滑落。那时，钱在豪富眼里便幻化成了一种势力，我姑且称之为“人仗钱势”。钱势过于强大，它便会化成神魔钻进主人脑海，时刻指挥金主更多更快地以钱生钱，以利滚利，由大款变豪富，由豪富晋级为超级豪富。为建立自己日益庞大的财富帝国，其手段渠道与方式方法皆被抛之一边，完全肆无忌惮，毫无敬畏大概他们以为自己的金钱财富已多到只有别人敬畏他们的分儿上了，并由此生出一股“老子天下第一”的牛气与戾气来：商品社会嘛，有钱我最大！

因此，错的是“人仗钱势”以为自己拥有“投钱断流”的财富，便可高高凌驾于社会规则与法律法规之上。

虽然无法与默多克相提并论，本山传媒集团与新闻集团亦不可同日而语，昔日以演小品起家的赵本山如今也不是普通的有钱人，人家现在是横跨娱乐、媒体两个领域的超级名流大亨，粉丝遍布神州大地。因此，当文保人士曾一智 8 月初向北京东城区文委实名举报，说赵老大旗下的刘老根会馆将不可移动的文物晋冀会馆改造成私人会所，打掉山墙，在院内开挖据说能就餐的游泳池，涉嫌破坏文物时，文委一边以“会所只是进行内部装修”，“在屋顶加盖罩棚，没有动文物本体”为由替赵老大的企业开脱，一边赶紧给企业通风报信。于是，第二天，曾一智就接到了本山传媒集团的电话，希望“当面沟通沟通”，被曾拒绝。东城区文委匪夷所思的做法，让我一直怀疑负责接待曾一智举报的相关人员，会否恰巧是赵老大的狂热粉丝，虽然人人都闹“名流感”、“钱流感”，见到名流大亨便自矮一截，不由自主地想买好贴近，但此种毫无理智的做法，除非有利益关联，否则我猜测极有可能是“超粉”之所为，不然，人家图啥呢？

令人欣慰的是，曾一智不是孤军作战，媒体的正义感关键时刻彰显了力量。在舆论众口一词地谴责质疑下，一直保持沉默的本山传媒集团终于通过自己的官网发布了一则不痛不痒的声明：为了刘老根会馆8月16日开业仪式的需要，公司在北京小江胡同30号院内搭建临时罩棚供开业接待使用，原计划保留两周左右。但最近有相关人士对此罩棚提出了异议，认为对风貌有影响，我公司决定提前将罩棚拆除，现施工人员已开始动工。

整则声明句无诈色，字无怯色，连愚夫笨妇都看得出，企业为自己的行为开脱辩解之意十足，更谈不上向公众致歉了。此事件亦使孤陋寡闻的我大长新知：OMG，原来改扩的违建叫“罩棚”，原来游泳池上还可以就餐呀。

事件另一相关方东城区文委则仿佛噤声了，对于公众的种种批评与质疑未作出任何解释和回应。

也许，人家是真正的牛人，整个场面人家hold住！

20. 小心钱花了你的命

银子是白的，眼珠是黑的。叫人见钱而不眼开，谈何容易?! 只是，在绝大多数人眼里，钱仅仅是个流通工具而已。之所以喜欢钱，之所以努力挣钱，皆因将手中的钱投入流通领域——将货币从自己手中转移到别人手中后，可以得到外在世界中自己想要的很多东西。例如，爱美之人，可以花钱购买漂亮衣物；注重健康之人，花钱便可保健养身；偏好美食者，金钱可使他随时随地满足自己的口腹之欲；孝顺父母者，有能力变着戏法为老人花钱，哄老人高兴；自然，将大把大把金钱花在下一代子女身上者，人数最为可观。

总之，大多数人均将挣钱视为生活的必要手段之一，而将花钱购买自己想要的东西视作挣钱的终极目的。因此，挣钱、花钱、再挣钱、再花钱是一般人对待金钱的常态。银子再白，再晃眼，见钱再眼开，谁也不可能一天 24 小时睁眼不停歇地挣，他需要某段时间在银子刺眼的光芒中闭目养神，亦需要在闭目养神的这段时间去大千世界消费，将手中的货币投入流通环节，以实现各自的人生追求与目标：或追求美，或追求健康，或追求亲情，或追求帮助他人渡过难关……故而，常人在白花花的银子面前，眼睛通常保持一睁一闭的状态，亦即挣钱、花钱、再挣钱、再花钱的和谐状态。我姑且称之为有效保护视力、不至于被银子的白光刺瞎眼睛的“眨眼”状态。

如果在时间无穷无尽的宇宙长河中，人生之短暂有如电光石火，一闪之后便要消失到永恒的黑暗当中去。借笑星小沈阳的一句台词形容便是：“一睁眼一闭眼一辈子就过去了嚎!” 从这个层面上来说，那么，对于任何人而言，难道不都是一挣钱、一花钱、一挣钱、一花钱，一辈子就过去了吗? 那些宁愿被银子的白光刺瞎眼也不愿闭眼歇会儿，恨不能一天 24 小时都睁眼挣钱的人；那些只要金钱转移至他手中，便会被其守财奴似的死死抓住，一个子儿也舍不得花，一个铜板也不甘心再投入到流通中去，钱流一旦循环至他这个节点便会凝固成死块，形成堵塞，不仅造成他自己“生命偏瘫”，亦连带影响整个社会的货币正常畅流的人呢？对于他们而言，难道不是挣钱、存钱、再挣钱、再存钱，一辈子就过去了吗？他们挣了一辈子的钱，存了一辈子的钱，最后被谁花掉了呢？是不是钱把他这一辈子给花掉了呢？——因为他一辈子都在挣无用之钱。挣了一辈子废纸!

所以说，有些人爱钱，不是喜欢钱的购买力，而是爱上了金钱本身，爱上了金钱对于外在世界一切物质的占有力与控制力。在他们眼里，金钱绝不仅仅是一个简单的流通工具，而是一个能够占有物质、控制物质的特殊工具。也许有人说，老百姓囊中羞涩，各项社会保障又不健全，家里老人生病要开销一大笔钱，孩子从幼儿园到大学要花销更大一笔钱，手里即使有俩小钱，谁敢花呀？不错，本人所指那些一辈子都在累积钱财却从不使用者，早已将仍处于挣钱求温饱状态，或正在奔小康生活安全感依然匮乏的布衣贫民排除在外，而特指一部分钱包鼓胀得“生疼”，银行里存单上不断累加的数字已可观到他两辈子吃喝皆不用发愁的先富者。你敢说你身边没有这样的富人吗？在他们的生活中，仿佛除了挣钱存钱，毫无其他欲望嗜好。仿佛“不为挣钱之事，何以遣无涯之生”。挣钱存钱已成为他们唯一的快乐源，一天不挣钱，银行存折上的数字一天不往上增加，他们心里便会产生无端的恐慌，就会不舒服、不踏实。如果你邀他们去某个著名景点享受一下“江上清风，山中明月”，欣赏一番花前月下的旖旎风光。首先，你休想谈费用，那对他们来说，是“割肉”般不可能的事，其次，你若好心替他们出钱，亦未必会回报你一个笑脸：因为觉得你存心耽搁他们挣钱的时间。有那闲工夫，他们存折上的数字又可往上涨好些哩。

于是，我常想，这些人为何会爱钱爱到如此地步？日子长了，我便发现但凡毫无止境追求钱物的累加却从不使用钱物为自己和他人提高生活水平、提升幸福指数的人，大多对人淡漠，大多不爱人或者害怕爱人，他们甚至亦不爱自己。这些人大多有较强的占有欲与控制欲，曾经为钱受过苦，感受过生活势力、冷酷、粗糙的一面，待日子好转，财富越累越多，又在得与失、自卑与自恋自傲中纠结难解。这些控制欲、占有欲较强的人一般不太懂得爱人，因为人与爱这两种东西是人世间最难控制、占有与把握的。更何况，爱需要分享，而分享会使他们有强烈的丧失感。于是，在爱人与爱钱之间，他们皆不约而同地选择爱钱，因为钱物是死的，是可以被控制与被占有的。久而久之，你还会发现，在生活中，视挣钱与存钱的重要性胜过一切的人，他们的性格会变得如同钱物一般死性、封闭、毫无生气，他们习惯于过着挣钱、存钱、挣钱、存钱十分机械的生活。除了金钱，已没有任何东西能引起他们内心的震撼，加速他们的心跳。帅哥美女亦不能！除非他们浑身沾满钞票站在他们面前。而一个懂得爱、心中充满爱的人，对于金钱、权利的态度往往是放松的、豁达的、开放的，是睁一只眼闭一只眼的。因为爱本身能给人带来一种金钱与权力均无法给予的满足感与幸福感。

睿智的人大多能参透这一点：无论你一辈子挣多少钱抑或存多少钱，迟早会来的死亡最终都会零和这种数字游戏。正如前些日子因贪污1.2亿元而被判处死刑的杭州市前副市长许迈永，也许死到临头的他现在会明白，无论多大的数字与死亡相加，得数永远是零。因此，在这个层面上我还想说，千万别让钱花掉你一辈子。

至少别让钱花了你的命!

21. 太欺负猴和熊了

家中幼童有段时间突然对游戏失去了兴趣，每天对付完作业便雷打不动地黏在电视机前边看边爆笑，直到有一天他突然兴奋地蹦出一句：天使就是天上掉下来的屎。我才觉察到这种雷人的欢乐有些危险大有拿着恶趣当有趣炫的味道。

关注电视剧张纪中版《新西游记》缘起如是，仅为尽到我对幼童的监护责任而已。

“这个时代的孩子，不学坏已是大出息。”这是幼童的爷爷，在孩子每次考试成绩不甚理想时，为预防我学习那个传说中的“虎妈”，为替孩子开脱说得最多的一句话。

不无道理。因此，我郑重其事地对幼童下达了“禁观”令，自己则坐在一旁认真研看起来，当起了幼童精神食粮的检验员。

不是矫情，在收看此剧过程中，我数次萌生出找相关人员理论甚至抗议的冲动。试问，假若你看到睽违多年的精神偶像，被那些自以为是的影视企业家们，在逐利的冲动下，打着“向经典致敬”的旗号，篡改得面目全非俗不可耐，已全然不是你记忆中的那个英雄与偶像了，他成了一个世故庸俗尖酸刻薄扭捏作态，时时从现实层面考虑问题的滑稽可笑的贱客，你该怎么办？

我指的是世界上最出名的那只猴子。

虽说它出身于草根，只是由一块受“天真地秀日精月华”的灵石破裂幻化而来，既不能与众猴拼爹，又不是猴妹妹们青睐的高帅富一族，在混世魔王眼里，他“身不满四尺”，在宝象国百花羞公主嘴中，他“筋多骨少，似个螃蟹模样”，可在文化娱乐产品匮乏的年代，这只永远保持自己个性永远不看神魔世界各路带头大哥脸色行事的猴子，在成仙成佛的路上，一再被各路神怪势力打压，但他忍辱负重，从不放弃，乐观地持之以恒地除魔降妖，苦历千山，远经万水，终于护送唐僧西天取经成功。一个草根出身的石猴凭借自己的努力与本领终成正果，成为排位高于观世音菩萨的“斗战胜佛”。他是我们几代人心目中的“平民英雄”啊！岂仅是《大闹天宫》《三打白骨精》等代代相传神话故事中的主角而已！

所以，我看不得《新西游记》将孙行者翻新成一个插科打诨贫嘴滑舌的“二丑”，更受不了心目中这只“英雄猴”被改编成动不动就扭屁股掩嘴一笑，甚至滚到唐僧的怀里痛哭一场的“雷公”。告诉你，当我听到“斗战胜佛”以一个万丈红尘中现代人的口吻说什么，“连我都不认识？真是没有前途的妖怪。”“嫂嫂，你长得这么漂亮，心肠可是够狠的。”“那妖精的圈子就是好圈子，我老孙的圈子就不是好圈子？”“原来你这个菩萨也记仇啊？我看你这个菩萨有点护短。”这些“天雷滚滚”的台词时，当我看到紧随白骨精姑娘一声深情的呼唤——悟空！悟空本应坚定如初的眼神却滑过几丝风花雪月的游离时，我不仅泛起了一身鸡皮疙瘩，我已被雷到恨不能即刻变成那根一万三千五百斤的如意金箍棒。我想，当我哪天沉疴不起时，也许不必送 ICU 急救，只需招来一位嗓音娇美柔媚的护工，在我耳边模仿白骨精姑娘深情唤那率真的猴哥一声悟空！我定会如遭雷击般直接“嗖”地从床上蹦下来，精神抖擞地该干嘛干嘛去。

《新西游记》播出接近尾声时，家中跃跃欲“视”的幼童，因对我推出的“禁观”令深为不满，终于借机发作。而直接导火索则是小区孩子们一起嬉戏时，其他小伙伴皆能如数家珍地背出诸如“不靠谱的都长三只眼”、“全村人都知道你是猪”、“树上只有 26 个果子，却要打我们 30 鞭，你算术老师死得早啊”等笑喷人的爆耳句，而我家幼童仅能奉献那句全国小朋友都会背的：天使就是天上掉下来的屎。他自觉荣誉与尊严皆受到了损害。

“妈妈，你欺负小孩！你不许我看《新西游记》，可你自己每晚都看。”

“不是我欺负你，是他们太欺负猴，美猴王是西天取经的大英雄，绝不是电视中你看到的那副熊样。”

“妈妈，请不要提熊!”孩子一副心有余悸的样子。

“对呀，你不也对妈妈下过禁令吗？不许妈妈收看有关活熊取胆的新闻。”

孩子坚决而粗暴地打断我的话：“别再提了，妈妈，太残忍了！他们太欺负熊了!”

我那小小的小小的宝贝快要流出眼泪来了。

于是，我不再吭声。

我知道，儿子是维尼熊泰迪熊陪伴着长大的一代，他绝见不得商人们在维尼和泰迪身上开一个永不能愈合的伤口，并在里面插上一根触目惊心的引流管不断抽取胆汁赚钱。

虽然，有人辩解，说什么活熊取胆的过程就像开自来水管一样简单自然无痛。

但幼童无意中在电视上看到那幕后，心里极不舒服，他转过身去，悄悄哭了。

一如我在《新西游记》中，看到精神迷失的无厘头的美猴王后，莫名感到阵阵痛彻心扉的惆怅：童年的记忆，何时失真了呢？童年的梦，怎么突醒在一派熟悉的陌生里?!

那些影视企业家们，也许，也许他们只想假借孙悟空说事，只想假借一个异化的现代版的孙悟空赚取更高收视率。可是他们知道吗？他们在对经典作品的拆迁与重建中，直接摧毁了生于上世纪六十七十八十年代整整几代人历经岁月沉淀下来的童年!

22. “山寨”的力量

我所受过的各种教育告诉我，抄袭、复制、克隆别人的东西，当成自己的成果、产品或原创是可耻的，其行为与偷盗无异。可是某些国人善玩文字游戏，能玩出无数令人叹为观止的花样来。比如白米炒鸡蛋叫碎金饭，穷人谓之待富一族，抄袭复制高仿统统唤作“山寨”。这么一来，抄袭之恶行便被洗白了许多。恶行不以恶之名目出现，便会使世人失去警惕乃至变得麻木；而抄袭者亦会逐渐失去耻感，终于变得理直气壮起来：山寨有什么不可以？如今是一个大同的世界呢。

某些寨主仿佛刚从水泊梁山上下来，蛮不讲理的程度甚至能让孙二娘自愧弗如：山寨你家的东西又咋啦?! 选你家的山寨，那是看得起你，是给你莫大的面子。就像无理取闹惯了的女人偷查丈夫手机被对方抓了现行般恼羞成怒：若不是爱你，谁要管你？听听，她找了个似是而非的理由，瞬间便变身为受害者直接站到了舆论的至高点上。

某些人永远都是最有理的那一个。总能将无理变有理，所以勇于毫无顾忌地炫：连偷来的东西也敢拿出来显。却忘了上得山多终遇虎。

不久前，国内某网站原创节目《大鹏嘚吧嘚》因抄袭美国著名电视娱乐节目《柯南秀》的片头，遭对方节目粉丝举报，被人家抓了“现行”，便属此类。

美国著名主持人柯南·奥布莱恩在《柯南秀》节目中，怒称中国原创脱口秀节目《大鹏嘚吧嘚》抄袭自家片头。有好事者将柯南发飙视频挂至网上，引来无数网友围观，网友皆感叹：这几个寨主此次丢人真丢太平洋去了。

当事人却不以为耻，人家压根儿不当个事，更遑论难堪与歉意。次日，该节目主持人大大方方承认抄袭属实。一方面紧急删除片头，一方面气急败坏般讽刺挖苦《柯南秀》在配图、中文发音等方面的欠缺与漏洞。那架势，脑筋短路者都一目了然——抄袭你家片头纯属抬举高看，别不知情识趣。

爱较真的老美与时俱进的步伐亦让人大跌眼镜。

也许，老美深谙人类在经历石器时代、青铜时代、钢铁时代、蒸汽机时代、电气时代、信息时代之后，已大踏步地进入了山寨时代。山寨的另一个解读不就是人类共享吗？不就是你复制我、我山寨你吗？否则，意大利的圣马可广场为何跑到了美国，埃及的金字塔怎会矗立在法国卢浮宫入口处，美国的白宫为啥在中国的某个县城巍峨着，中国的唐人街又怎会在美国的众多城市喧嚣着？时代的力量不可抗拒呢！老美你能做到独善其身，“一山不寨”吗？你好意思嚷嚷印度的宝莱坞是高仿你老美的好莱坞吗？你山寨了他国那么多名胜古迹，各国人民找你收钱了吗？你拍中国的《功夫熊猫》，连故事里的花木兰也不放过，中国跟你要版权费了吗？真不是各国网民爱矫情，自古能者多劳哟，你原创能力强，你是创新大国，全世界人民都认同啊。你以为老大那么好当哦？

不知是懂得商业逻辑与真理逻辑有时是两码事，还是闻到了山寨时代人类愈来愈浓烈的自以为是又毫不讲理的“寨”味，老美接下来没有使出平日擅长的必杀技——将“打官司索赔偿”进行到底，而是换了个角度看问题：盗版多虽是件糟心事，但另一方面亦说明某位作家大火；《柯南秀》片头遭同行抄袭虽令人愤怒，却也足以证明该节目在中国影响深远不是？

事情的结局简直令人喜出望外：柯南让自己的团队制作了一个包含了龙、八卦等中国元素的片头“送给”《大鹏嘚吧嘚》。人家柯南在节目中是这么强调的，《大鹏嘚吧嘚》是中国的一档网络脱口秀节目，因而呢，他柯南将自己的节目片头被山寨视之为一种赞扬。围观者多惊呼：咋看不懂呢？我的确亦未听出柯南的口气中有啥损人的味道来。柯南似乎还是相当有诚意的。当然，人家志在长远亦未可知。可将来的事，谁又能预料？

至少，眼下，老美处理问题的思维方式固定模式在变。

你不得不感叹：山寨的力量实在是大。

我最近百度了一下《柯南秀》和《大鹏嘚吧嘚》，这两个节目老火啦。

意外吗？

山寨与被山寨的握手言和，共同赚世界寨民的钱。

皆大欢喜。山寨版的童话结局。

23. 童年，就得是这个味！

童年，几乎是每个人心目中“最美好时光”的同义词。

可是，人类，似乎正在无可挽回地失去童年。

这些日子，重温尼尔·波兹曼的经典名著《童年的消逝》，感触良多。身为世界最权威的媒介研究专家，波兹曼在此部书中首次极具说服力地抛出了一个令世人触目惊心的论断：人类的童年正在消失！

波兹曼认为，“童年”并非天生，乃属人造——印刷文字的出现催生了“童年”的概念。儿童必须识文断字才能了解成人世界的秘密。而电子时代的来临，尤其是图像媒介电视的普及，再次模糊了童年与成年的界限。电视属“一览无余”媒介：它的节目毫无区别地播放给所有年龄层次的人们观看，一切都可以在大庭广众下展示，没有什么是神秘与令人敬畏的。

从这个意义上说，童年面临着消逝的危险。

可是，我想说的是，如果波兹曼的判断接近现实，难道图像信息媒介是扼杀人类童年的唯一元凶吗？

从前，童年的世界与成年世界迥然有别。

童年的世界里，往日只居住着小白兔、大灰狼，花仙子、小矮人，只有简明、诚实、高尚、善良、正直、勇气、快乐、幸福等词汇。何时起，成人世界的欲望、虚伪、竞争、荣誉等成功逻辑，开始围剿入侵儿童世界？分数、名次、荣誉、班干部、队干部、重点学校、前程、职位、薪水，何时开始无孔不入地挤压孩子们的快乐空间，童年却丝毫不敢怠慢地妥协屈从了呢？那些扔沙包、踢毽子、打水漂、堆雪人傻玩傻乐并天真无邪的儿童消失到哪里去了？那些滚铁环、打弹弓、互换画片与玻璃珠、上树摸鸟蛋下水捉小鱼——快乐无极限的梦幻诗意为何从童年时光里悄悄溜走了？什么时候起，童年的空间里开始充斥着成人世界的回报逻辑、世俗化的竞争策略与俗套的实用技巧，并塑造出一个个少年老成的“五道杠”，伶牙俐齿圆熟得体的“小演员”呢？

记得某位睿智的作家曾说过这么一段形象的话：褪去天真的生命终于变成了“成品”。一个个儿童排着长队，经过学校一级级甬道，走向社会这座“孵化器”，终于，一队队的商人、买办、得意者、失落者——手持各种证件、履历、诉状、合同、欲望计划，鱼贯而出。

真的，我从来不觉得这样的“成熟”有多美好。

相反，我一直都想狠狠地踹被成人世界奉为圭臬的“成功主义”几脚！

当下，越来越多的院子、楼群、广场正在失去孩子们呼朋引伴的嬉戏与欢叫。

缺少了那些自由烂漫的天真笑声，这些场所的空气仿佛也失去了初始的生动。

是呀，哪个小区里没住着一群与朗儿年纪相仿的孩子呢。

可即便周末，院子里也难觅孩子们嬉闹游戏的身影。

我却知道，小区里这些孩子，周末齐刷刷全宅在家里嘞：或磨磨蹭蹭唧唧歪歪地做作业，或弯腰曲背趴在电脑前没完没了地打游戏、视频、聊天。他们是这个时代轻握鼠标紧盯屏幕恨不能二十四小时在线的网络儿童。他们在虚拟世界里体验自然、探险、暴力、友谊、阅读等生活与情感；在 QQ 上谈学习，聊游戏，养宠物；他们青睐下载、黑客等技术性话题；他们的童年寄生在虚拟的网络社会里，现实生活中没有存储太多的欢乐记忆。

我得承认，我并不喜欢互联网催生出来的这些乖巧、玲珑、稳重、成熟，还未来得及长大似乎就已老去的充满着成人气息的微缩版大人。不管他们是专家嘴里的“初老症”族群，还是疑似丧失了与大自然亲近能力、身体处于“超稳定状态”的成人化新世代。

我只向那些散发出生命原初味不知安分守己为何物的懵懂天使们投诚索爱。

简纯、快乐、自由、无羁，精力过剩，顽劣散漫，高兴了就笑，急眼了就哭。

这是孩子应有的模样。

童年，就得是这个味！

或许，对于孩子而言，每个时代都有自己的慷慨馈赠。

比如互联网时代馈赠给当下孩子们的礼物，是无与伦比的物质、信息与速度，是即刻实现的令人瞠目结舌的便捷。

作为20世纪70年代的人，那时物质的极度贫瘠与匮乏，我记忆犹新。

可我想告诉朗儿，在那个什么都缺的年代，我们的童年唯独不缺快乐！

是真的！你能想象那个年代的童年几多趣意盎然几多成色饱满吗？穷呵呵之下的乐颠颠，你懂吗？因为我们的童年放养在辽阔高远而澄明的大自然中哦！蛙声、鸟鸣、萤火虫，河流、山川、美苍穹，门前屋后，大街小巷，暖阳下，月华中，处处都是我们放飞童心的天堂！我们有那么悠长的时间可以换着花样作乐游戏！我们的童年时光那般快乐丰满而多彩！世间难道有比送“快乐”与“大自然”更伟大的礼物，更了不起的馈赠吗？

又一个儿童节即将来临。

熬夜挥就以上文字，欲毛遂自荐代表母亲中无奈的大多数，忧心明示社会，祝福赠与朗儿在内所有缺少童年欢乐的孩子们！

24. 头文字“最”与贝勃定律

最近，我成了敏“最”族。

说出来，你一定觉得矫情。可是，作为当事人，我不得不淡定正视这个惨痛的现实：我的耐“最”力远远低于国人平均水平。在安天知命的泯然大众中，我自以为是随大流的多数派呢，结果却是令人侧目的一小撮。

因为，对于社会流风所及、大家习以为常的事物，我居然难以容忍。

美国小说家麦特·德拉·佩大概也是一名少数派。不久前他曾撰文，痛击美国社会环境及读者趣味对语言丰富性生动性深刻性的巨大损害：我们需要逃避，我们需要肯定，我们需要被告知自己真的很棒很帅，哀伤的和令人深思的小说虽然仍在出版，但鲜有人花时间阅读。

我敢肯定，美国网络及主要媒体的新闻标题，一定还未

"白水化"到千篇一律使用"最美"、"最帅"、"最牛"、"最给力"这些巅峰级别虚化词汇来托举百姓英雄——如此省事操作之地步。

而眼下，我们的网络与媒体上这几个抽象热词却满目皆是。

我常迷惑：如此重复滥用"最美""最帅"标签，来定位个性迥异的凡人百姓并弘扬他们各具特点的美行美德，这难道不是对榜样的一种贬低与弱化吗？保证标签分类的真实准确生动，难道不是对有血有肉楷模的真正虔敬吗？

实在抱歉，我也只是腹诽而已。

虽然，众多"最美"早令我晕头转向：由于标签雷同，我仿佛患了脸盲症，辨不清此"最美"与彼"最美"，常将几十位"最美"人物的感人事迹张冠李戴；虽然，承认自己是这个世界上的少数派也不算多丢人——我却还是缺乏勇气自觉于普罗大众。我只是个身份卑微精神独立的小人物而已。而且，我多么地害怕孤独啊！

我从未想过要挺身而出，对"最"过了头、"最"变了味的社会文化现象说三道四。

我不以为自己有那个资格与胆量。

直到那天我接到一位陌生读者的来电。她在电话中很认真地说：您能在"睿之眼"栏目中说说这事吗？我们单位办了张内部小报，最近想出一期"向神九航天员学习"的专号，结果接到的来稿，让我差点崩溃。来稿几乎毫无例外地将刘洋写成"中国最美女人"，将另外两位男航天员说成"中国最帅男人"。中国词汇那么丰富，难道只能用毫无新意的"最美"、"最帅"

来形容吗？我对航天员也非常崇拜，可我现在看见“最美”、“最帅”这几个字就头疼，就厌倦，大概这几个字已经被大伙儿用小了，用残了，用廉价了。换个别的词汇不行吗？网络与媒体难道得了语言贫困症吗？

“最”本无罪，毫无节制套用却不太“美”！

至少，不利于审美。

对于品德高尚的身边好人，我们理应表示由衷的敬意。

杭州吴菊萍，不顾自身安危勇敢托住坠楼的小妞妞，媒体谓之“最美妈妈”，当之无愧。岂料，当“最美妈妈”名头在全国叫响之后，此后但凡出现品德过人的榜样，网友与媒介便一律套用“最美”一词进行标注：吴斌用生命保证乘客安全，被称为“最美司机”；张丽莉舍已救护学生，被标为“最美老师”；彭伟平身怀六甲下水救捞留守儿童，被誉为“最美孕妇”；高铁成回乡下途中三进火场排险救人，被赞为“最美战士“；唐山黄琪拾金不昧归还乘客遗失巨款，被称为“最美的哥”；打工仔周冲徒手爬至四楼，托举失足悬挂阳台的三岁女童，被誉为“最美路人”。当然，还有“最美环卫工”、“最美大学生”、“最美护士”、“最美交警”、“最美城管”、“最美盲女”、“最美警花”、“最美洗脚工”、“最美姐姐”、“最美奶奶”、“最美爷爷”……不一而足，“最美”遍地。

自然，对这些平时默默无闻，关键时刻或舍己救人或舍己为人，刹那间绽放出道德与人性最美光芒的草根英雄，我亦怀着无比的钦佩与敬意。

只是，我非常同意读者来电中表达的观点：“最美”二字，被大伙儿用残了，用廉价了。我们其实一点儿也不爱护“最美”！

谁“最美”？

我始终以为，第一次使用“最美”签标注平民英雄的人与事，谓之史诗！亦“最美”！

之后，一次又一次套用此模式给各类草根好人贴“最美”标的行为，却愚不可及！

告诉你，为啥?!

因为你用一个“最”字遮蔽清空了平民英雄丰富的心理与个性。

因为你用一个“最”字，将本可亲可学可敬的身边榜样完美化、神圣化，让他们高高在上地孤独着，令欲见贤思齐的凡夫俗子们心生畏难。

最后，你忽视了贝勃定律——非常重要的一种社会心理学效应。即当人经历了强烈的刺激后，再施予的刺激对他来说也就变得微不足道。就心理感受而言，第一次“最”刺激能冲淡第二次“最”刺激，以此类推。

好比我，一个人到中年的女子，由衷热爱疏淡自在的生活，认定世间大爱必大包容大慷慨，对于动辄冠“最”字头标注，我唤作“画‘最’为牢”——反损大爱之器局与容量。

是真的，人到了一定岁数，叫他相信“最美”、“最帅”、“最牛”、“最给力”，实不容易。

除非你肯拆除偌大无比的“最”，露出里面那些曾被标签遮蔽了的丰富感人的内里！

25. 人人都是自大狂

总以为芙蓉、凤姐这样的网络红人，是中国娱乐界的特产：以走极端自我认可的方式从普罗大众中脱颖而出，人们围观她们那种可笑的自大与自负，消费她们层出不穷贻笑大方却毫不自知的失态行为，她们则在貌似自取其辱的品评笑骂中收获名与利。

真不知谁是被愚的，谁是乐到最后的。

我只知道自己是被膈应的。

可是，最近全世界都被膈应了。

因为英国文化娱乐界出了个萨曼莎大姐。

萨曼莎大姐占据英伦地理优势，因此她的横空出世，令芙蓉、凤姐等只有东南亚区域影响力的先辈们黯然失色——只能自叹“生不逢地”，因为萨大姐那令人叹为观止的自信，一出场，便博得了全世界的眼球。

萨大姐是英国著名小报《每日邮报》的专栏作者，4 月 3 日，她撰写的“长得漂亮也不是好事：为什么女人嫉恨我的美貌”一文，几乎闪瞎了全球所有读者的理性之眼，即刻引来世界各国上百万读者点击围观。各国八卦爱好者都在网上亢奋地传播转发萨大姐的自恋新语录：“女人们讨厌我不为其他，正是为我好看的外表。”“所有的礼物都在说明同一件事：我的美丽样貌与甜美微笑令他们赏心悦目。”“我无数次被无情的友人所抛弃，因为每次我出现在她们的另一半面前时，都令她们感受到了威胁。”

世界各国的读者都大呼受不了，被这种自信的丑态刺激得灵魂呕吐不止。

美国的一位网友讽刺道：“哇哦。你们英国人对美貌的定义还真是宽广啊。”

新西兰的网友留言说：“醒醒吧，你是拿不到世界小姐头衔的。”

伦敦的凯特愤怒于萨大姐丢了英国人的脸，她说：“我都没法看完这篇文章，她无比巨大的自恋阻挡了我。”

当事人萨曼莎却不屑于回击这些铺天盖地的攻击，她超级淡定地表示：她站在超市外迎接攻击邮件与电话时，就有一名年轻男子接近她，主动要求为她泊车，甚至还帮她带来了一杯咖啡。

抛开商业炒作的因素，听到“自恋”二字，每个人脑海中可能都会闪出现实生活中自己曾经遭遇过的特定画面：比如一个才能平庸者，对他人缺乏宽容公正的评价，凡事兴奋点均立足于自己身上，任何情况下，他们都能轻易找到抬高自己贬低别人的充分理由；比如一个容貌中等的女子，却自以为貌比天仙，超群绝伦，别人场面上的恭维她照单全收，走到任何地方，她总会迷得异性七荤八素，刺得同性妒火万丈。你指出她的任何一个小缺点，她统统归于嫉妒，更有甚者，以为自己高高在上的心理优势受到损害或威胁，从此集结人生的全部精力无中生有地中伤自己幻觉中的假想敌。

自信固然是一种美德。有时，我想，超级自信真的令人崩溃。

这些日子，总在感叹一件事：为什么这个世界上心智健全的成年人越来越少？为什么自命不凡、自恋自傲、自我感觉超好的人突然变得如此之多——以为自己是整个世界的中心，自我评价丝毫不切实际，完全建立在幻想之上。他（她）如此完美、重要、卓尔不群、不同凡响，别人的一切他（她）都不耻不屑，而他（她）的一切全是别人的样板。因此，获得别人的赞美、簇拥、仰慕、崇拜乃天经地义，否则别人就是别有用心，就是羡慕嫉妒恨。

记得作家冯唐也有如此感慨。他曾在一篇文章中写道：为什么自我感觉好的人比二十年以前多了那么多，比糖尿病、高血压、心脏病的增幅还大，增速还猛。

为什么？

为什么有那么多人不能正视自己的不足，拒绝接受生命中的缺陷？

平凡人、泛泛者流是茫茫人海中的大多数，为什么有那么多人不齿不屑于“平凡”，宁愿沉醉于自欺欺人的亢奋幻想中，以满足于自己高高在上的心理优势？

是弥漫于全球的“势利眼”文化导向吗？——那些自诩为精英的大嘴们成天在媒介鼓吹：只有不平凡的人生才是成功的人生？

还是人性的先天缺陷？——大多数人的内心其实皆认可人

是不平等的，人与人之间其实充满了森严的等级与分明的贵贱？

从而，令某些内心脆弱敏感的人，觉得活在真实中，不如逃到自己对自己的幻觉中好受？

我一直以为，卑微，乃人类最大美德。

如今，在“萨曼莎”病的围攻下，此美德正面临威胁。

我想杞人忧天一把，可以吗？

我想跪求高手，敢问——谁能拯救“萨曼莎”？

我想跪求妙方，请答——谁可留住卑微？

26. 我们为何对“独一无二”失去了敬畏

一红就死是螃蟹的哲学，一火就遭山寨似乎是市场的哲学。

人类什么时候对独一无二、对原创的神秘性失去敬畏了呢？

没有了赵子龙，照样演《长坂坡》；诸葛亮不在，依旧唱《空城计》。山寨赵子龙，复制诸葛亮，粉墨登场咿咿呀呀，只要人帅衣靓，没人较那个真儿！

的确，这是一个拿来主义登峰造极的时代。

这是一个举手之劳便复制粘贴的时代。

虽然山寨没有过去与未来，但它在当下拥有节省成本的即时利益。

山寨方式当下便能奏效，产品进入市场的时间要多快便有多快。

于是我们常见的情形是：一家新公司花大代价开发出一款

极具市场潜力的新产品，无数公司即刻以最高效率遍地开花般山寨出该产品，并以最快的速度让自己原有的客户群采用，从而使开发此款产品的新公司无法在市场立足。

这种创新者死、山寨者赢的怪现象正在各个领域蔓延。

我们许多聪明人的口号是要活在当下。

可是，若活在一个衡宇相望山寨品满地、原创物件举目寥寥的世界，欢乐吗？

老子曾说："道生一，一生二，二生三，三生万物，万物负阴而抱阳，冲气以为和。"老子说的道，自然是指宇宙之本体，万物之本源。

可是有一天，我突发奇想：这个道，难道不能解读为一切领域原创的主体吗？如此，老子的名言当下就需改成：道生一，一生万物。

远古的老子绝不会想到，21世纪的人类发扬光大了山寨这个神奇法宝。

为此我颇有些恐惧：人类会否有一天将生活在一个无比同质化的社会里？周围的东西全都一模一样？

没有个性，没有独一无二。

那时，我若申请移居火星，还来得及吗？

前段时间，在许多网站看到相同的一则广告：中国版《越狱》+中国版《碟中谍》即将播出。口气大得令人肝颤。接着往下看，哦，原来是一部叫做《青盲》的电视剧即将登陆各地卫视。

令我难以接受的是，该剧竟然发誓要挑战美剧《越狱》。

虽然一看便是夺人眼球，虚张声势，但我还是如吞咽了苍蝇般，闹心。

不错，这个世界已是无处不山寨，从手机、食品，电器、服饰、影视、书籍、建筑，可谓是你有我有全都有哇。大家已司空见惯，习以为常。你克隆美剧，你从剧情构建、拍摄手法、甚至制作播出方式皆一一模仿，只要不被山寨方找茬，你都用不着犹抱琵琶半遮面，用不着担心观众会愤怒指责你抄袭、拷贝。

坦白说，这是个对山寨极为宽容的时代。你相中的目标，尽可以正大光明地克隆，只要不被版权方抓了现行，你都不用怕人撞见，大家都在打自己的酱油，没闲心管别人的事。

但若是边克隆边招摇，便是另一回事了。

因为美剧在中国的粉丝群不可小觑。

我虽算不得忠心耿耿的美剧迷，不过很多经典美剧吞噬了我不少休息时间。《越狱》、《迷失》、《别对我说谎》、《生活大爆炸》等等，均以精妙的编剧思维，不亚于大片的制作水准，一波三折引人入胜的情节设计、丝丝入扣的逻辑推理、令人叹服的想象力，吸引我彻夜观看。自然，我喜爱美剧的另一个原因是题材贴近现实生活，涉及的领域亦极广，从医疗、法律、金融、侦探、科幻，几乎涵盖了社会生活的方方面面，更重要的是，无论涉及哪个行业，编剧均显得十分专业。

近几年，国内影视界掀起了山寨美剧风潮。这些应运而生的山寨美剧恕我不敢恭维：故事结构生搬硬套、逻辑推理漏洞百出、节奏拖拖拉拉、剧情不汤不水、演员表演乏善可陈。虽然《好想好想谈恋爱》号称是人家的《欲望都市》，《丑女无敌》号称是美版的《丑女贝蒂》，《幻想之旅》吆喝自己克隆的是《迷失》，《中国兄弟连》大张旗鼓宣传自己山寨的是美版《兄弟连》……纷然杂陈，不一而足，似乎也有一定收视率，似乎也有不少拥趸，风生水起，热闹得很。我却只是将之视为赚快钱的一种方式而已。在我看来，这些山寨剧皆与影视艺术无关。至于国产剧，我更偏爱那些黑白片那个不山寨年代的影视剧能闻到浓郁的艺术气息，有扑面而来的原创味道。

其实我想表达的是，原创水准虽高低有别，其中蕴含的原创精神却没有优劣之分，全都值得社会的推崇与敬重。山寨虽得到了许多人的宽容，却绝不是件多体面的事，克隆别人的作品或创意，还大言不惭正经八百地四处宣传要挑战人家，恕我直言，多少有点泼皮牛二的味道。

中国为何出不了乔布斯、比尔·盖茨？急功近利的山寨风，难道不是创新的强大天敌吗？

山寨这一怪胎不仅寄生于创新，蚕食掠夺创新成果，更可怕的是直接扼杀国人的创新热情。山寨着眼于当下，创新放眼未来。而当下却是看得见摸得着的，所以许多人宁肯放弃难以见到实利的虚无缥缈的未来。

山寨只有当下，没有未来！

关于这一点你一定要清醒，我们都要清醒。

清明前后追忆先贤，可是今年我决定缅怀山寨时代未来临之前，那些具有原创精神的人们。

27. 来自远方的视角

对于时代的、合时宜的一切，全然保持疏远、冷淡、清醒；作为最高的愿望，有一双查拉斯图拉的眼睛，从遥远的地方俯视人类万象——并看透自己。

这么富于哲理的话自然不是我说的。这是哲人尼采的名言。

不要以社会习以为常的、大众的眼光来看问题看世界，否则便难以看到事实的全部，关于这一点，明察秋毫却又大彻大悟的先贤们似乎很有共识。

比如我非常景仰的人类学家李维史陀，这个法国人一生致力于寻找人类心智的共通性，并开创了结构人类学，他最广为人知的著作是《忧郁的热带》与《荒人手记》，但我个人更喜欢那本《远方的视角》。李维史陀说：人类学者对自己所属社会的态度，他不是内部的一个成员，而是置身于社会之外的一个观察者，无论时间上还是空间上，他都是从远方来看他所属的社会。

远方的视角，以我浅薄的理解，便是能超越凡俗超越势力超越胜负的眼光。

小女子不才，并不具备远方的视角，只是随着年岁的增长，更喜欢从事件中抽身出来，站在老去光阴的边境线上，平和理性地观照回望。像我这种站在年龄的极境上远观人物及事件，我自喻为“远方的小视角”，与李维史陀所言的远方大视角虽不能同日而语，可这并不妨碍小视角亦能大大改变我对事物的关注焦点与价值判断。

比如刚刚闭幕的奥运会，我更关注金牌之外的事件与细节，更关注失利运动员的命运，更重视残奥会运动员的轮椅有何创新，标枪、铅球类项目投掷架的科技含量，更欣赏比赛的不可预测之美，不再为哪个国家长期包圆某个门类的所有金牌而激动洒泪，这与爱不爱国毫无关系。如果欧美始终垄断泳池与大球项目，中国在技巧性项目中一枝独秀，非洲人长期独霸红色跑道，我弄不懂奥运会还有何意外惊喜可言，我一向认为运动之美在于向人类的极限挑战并突破，这亦是我作为一个体育外行人对奥运精神的理解。因为，相比成功，我更希望看到奇迹，比如中国队荣膺足球冠军，非洲人成了羽坛霸主，老美在篮球场上的神话被某个小国一再打破。

再比如，我不再认为金牌比生命比亲情更重要。我一直打心眼里敬重那些为夺取奥运金牌全力备战的运动员们，却并不认同非要对他们隐瞒其亲人病危病逝的消息，我认为体育不仅要焕发出金牌那代表荣耀的光芒，亦应焕发出令生命更为动容的人性的光芒。

我还特别不喜欢每一环节都算计清楚了再去比赛，毫无悬念的夺冠对我绝无吸引力。我极看重金牌的品性，因为它既关乎荣誉，亦关乎方法与手段。尊重比赛规则，尽管大多数规则并非尽善尽美，但是——拒绝投机取巧，在赛场上尽量保持正直，那是另一种凯旋！所以羽毛球消极比赛受罚事件，少数人在争议中护短，我以为那是一种十分无聊的冠军爱国主义。还有个别人在网上嚷嚷某某国家亦在利用比赛规则漏洞夺牌，这即刻让我想起不久前一位网友的著名吐槽：很多时候我不想闯红灯，但是别人都闯，我若在那里等红灯感觉会很愚蠢，假装清高，唉。其中折射出的中国式牢骚与思维困境令人深思。

难以解释——某天我为何会突然联想到倘若曹雪芹笔下的主人公从《红楼梦》里走出来，组团参加四年一届的奥运会，情况会怎样？这只能充分说明我经常会吃饱了没事干而心骛八极神游万仞，可这是一个有趣的穿越题，我愿意浪费些时间寻求答案。我唯一的答案是，我只会选择观赏林黛玉与史湘云参赛的现场直播，因为我相信拒绝世故守候真纯的她们定会奉献一场尊重观众尊重裁判的比赛。若是薛宝钗、袭人等上场，事事从利害角度出发考虑问题的她们，会否钻规则之漏洞消极比赛，以我平庸之智商实难准确判断。

利用远方的视角看奥运，对我最大的改变还在于——如今我已变成了一个最能体恤失利运动员父母的中年观众。某日，看到新华社一则报道：一对年迈的奥运选手父母，从小山村被接到县城宾馆，身边围着数十名官员与记者。当奥运选手夺金牌无望后，所有人转瞬离去，甚至，都没有人送老人回家。

世态炎凉人间冷暖莫过如此！

我甚至无法想象那对年迈的奥运选手父母，心中会涌动怎样凄凉酸楚的不快！唯有相顾无言向隅而泣泪千行吗？

我们何时才能穿越“胜者为王，败者为寇”唯目标论的功利性社会文化，走出胜负的狭小空间，抵达“热爱每位为尊严拼尽全力的运动员”之大国大民境界呢?

我们如此渴望人心的淳朴与人性的温暖，却又不可救药地势力熏天——当这些运动员昔日叱咤体坛、王者无敌地登上冠军领奖台时，我们尖叫着追逐，夸张地将万千宠爱堆其一身；当他们今日奋力拼搏终究以毫厘之差输给王中王时，我们却又将其视为丢了金牌未能替我们圆梦的“罪魁祸首”，毫不犹豫甚至痛心疾首地将这些失败的承受者连同他们的父母弃之于那片凉薄的沧海桑田。

从被亿万人追逐的宠儿到人群四散无人问津的弃儿，只需一场失败的比赛而已。

是的，我们都需要一双远距离观察事物的眼睛。

唯此远方的视角方能超越凡俗超越胜负。

28. 你被“精灵”了吗?

之所以突然对当下中国式称谓大发感慨，是因为近来发生了几件事，令我颇受困扰与惊吓并瞬间顿悟：在商业时代，人们一旦有所欲、有所求，就会有各种称谓滥用、泛化之事发生，就会因为想谋求自己的某些利益而在称谓上“张冠李戴”，胡乱派送称谓上的高帽子，只要能让你开心，只要你开心后能促其目的急速达成，现在的人们是不管什么“名副其实”，或者什么“名不正则言不顺”的，只要结局顺则可，至于称谓则是无可无不可的，叫什么都可以。

日前，被熟人拽着去参加一个公司的开张仪式，冷餐宴会间，杯盏交错，曲水流觞，我与熟人正低头私语，谈话突然被一个巧笑倩兮的中年女子所打断，只见她迅速放下手中的酒杯，三步并作两步趋前将正与我轻声交谈的熟人熊抱入怀，甜腻无比地呼唤道“嗨！亲爱的！你也在这里啊?!”我在一旁听了直觉得难受，是因为我知道这位女子与我的熟人向来不睦，熟人事业家庭两旺，心胸较窄的中年女子颇有些羡慕嫉妒恨，人前人后没少无中生有地中伤熟人，眼下如此热络地称呼，大概与熟人的丈夫工作变动后，恰巧做了该女子的顶头上司有关。只听见该女子对我身边的熟人尊称连连，敬语不断，一口一个“亲爱的”，一口一个“您”，而在熟人的丈夫升职为该女子上司前，我曾亲耳听见她对熟人是直呼其名，并一口一个“你”的。“您”该是人们对所有年长者的尊称，而在此女子心目中，大概只有与其利益相攸关的人才配享用这个字。

宴会还未结束，中年女子提前告辞，只见她扬手向女主人致意，无比亲昵地喊道：“美女，我有点事，先走啦！电话联系！”虽然早我知道“美女”已不是传统意义的“美女”了，而是泛指一切还未难看到丑陋地步的一切女性，可我还是迅速泛起了一身鸡皮疙瘩。因为女主人固然称得上贤良淑德，但和“美女”两个字绝对扯不上半毛钱的关系。“美女”这个称谓此时用在女主人身上，令我头一次感受到了称谓语的轻薄与虚伪。是的，听上去那般不真诚，岂止不真诚，我甚至觉得里面有被讽刺与戏谑嘲弄的味道。

“亲爱的”不亲，“美女”不美。只要你进入淘宝网购物，阿猫阿狗都会被店主昵称为“亲”，商业时代称谓的泛化与异化已经彻底颠覆并抽空了词汇原本的意义。在商业时代众所周知遭此不幸的称谓语还有“老师”、“师傅”、“老板”、“同志”、“小姐”、“帅哥”、“男生”、“女生”、“宝贝”等等。前晚收视某电视综艺节目，看到一位五十多岁的女士还在自称为“我们女生”，我即刻便重新刷屏了，生怕她接下来会冒出来一个“我们女孩子”之类的称谓，折腾我的胃再次翻江倒海。

亲，商业时代的称谓就是一种娱乐，大家彼此忽悠抑或自我娱乐而已！

著名语言学家、我国文化语言学三大流派代表人物之一的陈健民先生曾在《语言文化社会新探》一书中写道：“社会的变动引起语言和社会之间的矛盾，这一矛盾主要表现为名与实之间的矛盾。在社交称谓中，有名无实的缺陷仍然尖锐存在。”称谓语是反映人际关系的文化符号，亦是人类社会中体现特定的人在特定的人际关系中身份角色的称呼。然而，正如陈先生所言，由于社会的转型与急剧变化，社交称谓名与实之间的矛盾日益凸显，例如“同志”、“小姐”等称谓语在社会转型期已被异化为特殊群体的代名词，而“美女”、“帅哥”、“亲爱的”、“宝贝”、“老师”、“师傅”、“老板”等称谓语则被严重泛化，这些称谓帽子经常被随意扣在任何一个名不符其实的人头上。例如笔者本人的工作，与教育界八竿子打不着，却几十年如一日地被人泛称为“老师”，头顶此“名不副实”之称谓，刚开始还颇有些难为情，日子长了，亦便心安理得了。不然，能怎么着？难道要在额头上刻句：请别称呼我“老师”，请叫我“大姐”成不？

记得有作家写道，他曾在某温泉开业时被身穿开衩旗袍的迎宾小姐称呼为“您好！贵宾!”，他因为觉得“贵宾”乃集合概念词汇，突然被泛化为“先生”的替代词，只让他很不自在。实际上，称谓语最重要的功能便是动机驱使下的言语交际功能，人们选择此称谓而弃用彼称谓，不外乎出于交流、礼貌、求助三种动机，被人称呼为贵宾，言下之意即是：都贵宾了，如果不在此大把撒钱，你好意思吗？譬如我，经常在淘宝某店买东西，可能是消费数额不菲，之前，客服对我的称呼都是“亲”来“亲”去的，突然有一天，客服对我的称谓变成了“精灵”，我亦坦然接受。嗨，不就是店里几个客服私下里的称呼吗？可我又禁不住地担心：若有一天，“贵宾”、“精灵”这些新式称谓语全都流行开来，男的皆唤“贵宾”，女的皆称“精灵”，都人到中年了，还被人“精灵”来“精灵”去的，这可如何是好？

29. 实体时代的遗民

科技的日新月异，给时代带来的巨大变化，常常是我们始料未及的。即便你人到中年，生活的惯性与记忆已如绳索般长在你的躯体里、灵魂里，如影随形般挥之不去，你却仍然要艰难地学习适应新时代的新环境。适应能力强的，与时俱进地走向了未来，天生弹性较差的，则被时代困在了过去，成为生活在21世纪的旧时代遗民。

所以说，科技变化带来的结果并不能一概而论，它可能把你推向未来，亦可能将你困在过去。可是，科技的力量势不可挡，你只能顺势而为。

不过，我的朋友米姐并不这样看。在四十不惑的年纪里，突然登上以网络为主宰的虚拟时代这辆列车，米姐严重不适，一辈子习惯了生活在实体世界里的她，万没料到，这把年岁了，还要应对扑面而来的虚拟世界给出的一道道难题，一个个困境。

世上总有一些人，宁愿妥协于自己的偏好，自己的生活惯性，也不愿轻易向时代妥协。我以为米姐正是这样一个一点一点坚持着做自己的人。她就那样独立地在自己熟悉的那个实体世界里认真生活着，把自己与那个快速、便捷、高效、既热闹又冷寂的虚拟世界隔绝开来。她称自己是实体时代的遗民。

所有的朋友都改用了电子邮件通信，米姐是至今唯一坚持用信笺贴邮票与我鸿雁传书的外地朋友。她并不怕全世界都知道她的不适应，别人的不适应都是藏着的，她却喜欢理直气壮地为自己的无奈与失意作自我辩护。每次有机会见面，她都要刻意给我灌输她那套理论："你说电子邮件有哪一丁点儿好处？能感觉到每一个汉字的神韵吗？在洁白清雅的信笺上将温暖的关怀，温柔的爱意，一个字一个字地从纸页间传递出去，与你在键盘上机械地敲击着每一个拼音代码，能是一回事吗？你要是不小心碰了删除键，一个无心的动作就能将你们彼此间沟通交流的痕迹一一抹去，连一点儿念想也留不下，虚拟的世界真的很可怕。"完了，米姐长叹一口气下了断语："已经来临的虚拟时代彻底杀死了汉字的意趣。”

我以为米姐的这番话虽透着智慧，却未免极端，遂莞尔一笑：“电子邮件的快捷却是写信所无法比拟的。”我是个懒散之人，习惯了发电子邮件，所以每回给米姐复信，我都要提前下一番决心：买信封、贴邮票、专门去邮局，的确是件麻烦事。而我又不得不承认，电子邮箱隔三岔五就得删除清理一次，唯有米姐的数十件飞鸿被我郑重其事一件不落地保存在一个古旧典雅的木盒子里。

“快又怎么样？难道等待不是一种幸福，不是一种享受吗？虚拟世界的确便捷，但它对我们最大的毒害就是我们已经不会等待了，任何事情都没耐心经历过程了，恨不能一开始就是结果，所以大家都不知道珍惜这结果。因为没有经过等待，因为来得太容易了。”米姐振振有词地反驳道：“都说虚拟时代，人们之间的距离不再遥远，可以语音，也可以视频，但你说说，人们之间心灵的距离，到底是比原来远了还是近了呢？”

是的，世间最遥远的距离，莫过于我就在你面前，你却在专心致志地发短信发微博。

面对米姐有理有据的反问，我无言以对。

我想，对于时代，每个人都有自己的偏好。而那些看似不经意的选择，其实每个人都有自己内心深处的理由吧？而米姐，只是在这个变化多端的时代里，选择做一个以不变应万变的前网络时代的遗民罢了。

是的，我至今仍能清晰记起当我第一次怀里抱着一堆布料，陪着来津游玩的米姐，极不自然地走进胡同深处那间裁缝店时的情景。当时，我觉得又尴尬又荒唐：我是网购一族，我的每一件衣服连同鞋袜几乎都在网上购买，而此刻，我却陪同我的好友走在去裁缝店的路上，这是多么奇怪的一件事！而米姐，她是那样自然淡定地摊开衣料，向老裁缝娓娓述说她每一项细微的要求，然后张开双臂让老师傅丈量尺寸。“网购的衣服哪有裁缝做的合身呢？你的很多衣服，不是袖子长了，就是身子肥了，都不是很合体。以后你也学着自己扯布料做衣服吧？”米姐对虚拟世界的网上商店很是不以为然，“那个东西，你既看不见又摸不着，虽说可以拿到实物以后再付款，要是不合身你还得给人家寄回去，给自己添多大的麻烦啊！这跟隔山买牛不一样吗？”我瞟了一眼小屋子里的其他顾客，王顾左右而言他道：“嗨，那边那件衣料真的好漂亮呢！”

未来学家预测说，后互联网时代，包括柴米油盐，一切都将数字化。我不知道那个时候，米姐是否还能以不变应万变？前几日，她来信抱怨说：儿子闺女都不让她省心，一个在网上谈起了恋爱，一个报名要上啥网校，你说网络那个东西虚无缥缈的，哪靠谱去？生了一肚子气，也不管用，孩子们主意大着呢！最后，她拜托我在天津给她买几盒刘文正的磁带寄去。额的神，她还在用录音机放磁带听“史前”音乐呢！

我不知能否完成米姐交给我的艰巨任务。我只能暗自替她庆幸：没错，未来学家预测的后互联网时代正在来临，而她习惯性赖以生存的实体时代却还未完全过去，虽说实体时代那条残留尾巴也正在她拽紧的手中一点一点滑走……

30. 世界还有另一种可能

我一直相信纯真是一种可贵的品质，而且具有一种匪夷所思的力量，当一种灾难或危急来临时，纯真能使人专注地投入自己愿意相信的一种美好状态，哪怕是将幻想当真，这种相信任何美好的幻想与幻觉的赤子状态，能无惧世界末日般的灾难，能看得见大自然诸多奇幻的美景，能不可思议地将自己从灭顶之灾中成功突围。

这便是我观看完 3D 电影《少年派之奇幻漂流》之后的最大感触。

因为李安是唯一一位华人奥斯卡最佳导演，更因为我事先看过同名小说，我很好奇这样一部“抗拍性”极强的小说——漂流的整个过程，人与老虎之间几乎没有对白，所有海上无比奇幻壮观的景色，老虎及老虎的全部神态动作均需动画虚拟，李安会怎样将这样一部极难拍摄的小说搬上银幕，因此便在第一时间坐到了电影院。

是的，李安又一次令观众叹服，我更是被电影中那种贯穿始终的纯真情怀与力量所深深打动：一位十六七岁名叫“派”的印度少年，与全家一起坐船前往加拿大的途中，在海上遭遇巨大风暴，所有人及随船的大部分动物均不幸罹难，唯有派及一只三岁孟加拉虎、一只豺狼、一只猩猩、一只斑马逃生，可是很快，所有的野兽在同一条救生艇上展开了厮杀，豺狼把斑马与猩猩吃掉了，老虎叫嚣着出来干掉了豺狼，最后仅剩下少年派与那只孟加拉虎在汪洋中的一条小船上漂流。

的确，人生最大的悲剧不是末日般的灾难降临，而是灭顶之灾来临时，还有一只强壮的孟加拉虎咧着大嘴“俯视”眈眈地伴你左右！

派的生命每时每刻都面临着巨大的死亡威胁。为了与老虎保持安全距离，他用船桨、绳子、救生圈、救生衣等作成了一只简易的小木筏，然后将小木筏紧紧拴在救生艇上。最初，少年满脑子想的都是如何将老虎置于死地，后来他逐渐意识到，只要保证老虎每日的食物与饮水，自己就没有生命的危险。

在与虎相伴漂流于浩瀚无边的大洋中二百二十七天的日子里，天真的少年派面对残酷绝望的现实，选择相信常识之外，世界还有另一种可能：即人与老虎能够在互相威胁互相警惕互相依赖中共同求生！

作为一个既笃信基督教又信仰印度教与伊斯兰教的有神论者，作为一个愿意放纵自己好奇行为的纯真少年，派开始了在恐惧中成长为男人的生存技能学习，比如如何制造钓竿、如何寻找淡水、如何在暴风雨的夜晚与鲨鱼搏斗、如何识别奇幻“食人岛”白天与夜晚截然不同的致命诱惑、如何根据自己从小在动物园长大积累的经验驯虎……

谁说只有人性有双面性，常常善与恶相依，美与丑共存？谁说在某种极端恶劣的条件下，为了共同对抗大自然的灾难，老虎便只有凶狠残忍黑暗的一面？谁说那个时候的猛虎，没有细嗅蔷薇的一面？

我与派一样，相信庸常人制造的常识之外，世界一定还有另一种可能！

把幻想与想当然当真，在现实世界中，这样的人是有些单纯，有些天真。但唯有天真，才能抛弃人类中心主义，唯有天真，才能搞定心中那头孟加拉虎，唯有天真，才能创造奇迹：在残酷复杂的现实面前，能够与虎谋食，共同逃生。

是的，世界一定还有别样的可能性：如果创造一个互相信赖、互相依存的环境，在那样的时空里，人类可以帮助兽类摆脱黑暗，激发美好。在那样的时空里，吃人的老虎是可以慈悲的，想杀老虎的那个人是可以放下屠刀立地成佛的！

你若不信，电影的结尾，派与老虎双双得救了。

漂流的救生艇终于漂到了海岸边。于是危机解除，人与老虎各自归位。

这些日子，我老在感叹一件事：那就是派来自乔达摩的故乡印度，而我们出自老庄的故乡，两者既是近邻，文化交流又源远流长，为什么大多中国人更愿意相信眼见为实？为什么大多中国人在危机来临时，处理事情的立场更愿意建立在理性根据基础上，为什么他们中的大多数都不肯接受并相信超越人类理性认知范围的可能性——即常识之外，世界还有另一种可能？就如电影中那两个保险公司的调查员，他们既不相信香蕉会在海面浮起来，也不相信地球上会有“浮岛”的存在？“尽人事而听天命”是中国人的古训，为什么在派身上表现得如此淋漓尽致，是因为导演李安是中国人，还是印度人“各归其位，各安其命，贫富皆逍遥”的国民性使然？

不管怎样，我相信在常识之外，世界一定还存在另一种可能！

我相信人类在认知上的局限性。

我相信在某种条件下，香蕉可以从水里浮起来。

我相信在世界的某个地方，一定存在那样一个奇幻的“食人”浮岛，白天美丽如桃源仙境，夜晚恐怖似死亡之谷。

是的，正如一位睿智的网友所言：什么都信，才看得见奇幻之美，纵末日亦无惧。

何止如此呢，关于生活，每个人都有很多梦想。

就如我，如果有可能的话，冒死在汪洋中漂流一次我也愿赌服输，也想要看见那些奇幻壮美的景观：那些涌出海面的蓝鲸，经历那样恍若梦境的水母夜，遭遇那样漫天飞舞的飞鱼来袭，在神秘莫测的镜面海上大喊大叫……

人这一生，使劲活也活不过一百岁的是大多数，谁不幻想经历一些真正有劲儿、能见人所未见闻人所未闻的事儿呢？

31. 不会“脑筋急转弯”

身处社会快速转型期，像我这种晕高、晕速，活该被时代淘汰的“活化石”，随着年岁的递增，周身的不适感竟一天比一天明显起来。

就好比天生一根筋的人，进入中年后，对于各种新生事物的适应能力本已大打折扣，岂料一个“脑筋急转弯”的年代又兜头盖脸地呼啸而来。

于是跟不上年代变轨的我便时常短路、脱节：心中坚守了几十年的价值判断标准，似乎一夜之间，便被这个功利主义、投机主义盛行的年代突然切割，自己一直视若“美好”的东西不知何时已在不少人眼中显得滑稽可笑、愚不可及，令我陡生“父母何不早生我一百年”的感喟与悲情。例如罢，朋友托我给其女儿介绍男友，我体谅天下母亲对孩子婚事那份没完没了的操心，便真心实意拨冗张罗，谁曾料想，当我将合适人选的情况向朋友作详细介绍时，意外出现了：我还在一旁万分赏识地述说着男孩的优点，什么“为人老实憨厚、没啥花花肠子啦，从不弄虚作假、也不偷奸耍滑啦，什么从不会见风使舵、也不会两面三刀啦”等诸般美德时，朋友的脸当即黑屏，并散发出浸骨的冷气，仿佛我成心祸害她一般。好心被当成了驴肝肺，个中三昧我百思不解，心中甚是郁闷。常来家中做客的外甥女恰成长于“脑筋急转弯”时代，听说我的遭遇后，不假思索便指明了“正确”的答题方向：“小姨，你也太 OUT 啦，老实憨厚的人如今还有人喜欢吗？不会见风使舵、没点花花肠子，光傻干活傻实在能在这个社会混出个名堂来吗？你给人家闺女介绍那样的垃圾股，人家能高兴吗？”“啥？老实厚道人在你们眼里都是没人要的垃圾股？你这个孩子在学校是不是不学好啊?!”外甥女对我的埋怨与指责不仅毫不在意，相反如路遇当代“出土文物”般乐喷了。“小姨，你跟我急有用吗？你去跟社会急啊！又不是我一个人这么认为。如今可不这样呗，做人也好，工作也罢，太实诚了，一点不会投机钻营，受苦受累永远是你，加薪升职永远没你，原地踏步的肯定是你，无资历无能力无贡献却突然平步青云的肯定不是你。”外甥女滔滔不绝地辩解着，我则如听天书般头脑晕眩，两眼直不愣登地盯着她。“你在学校好的不学，这些乱七八糟的歪理邪说倒是学了一箩筐是吗？还要在这儿强词夺理！”我突然失控地朝她大喊大叫起来。外甥女以为我要抽她，吓得直往后退，边退边委屈地嘟囔：“真不可理喻，还拿上世纪八九十年代的价值观来衡量判断如今的人和事，碰壁了就朝别人撒气。你难道不会与时俱进吗？”

每次在现实生活中遭遇此种脱节带来的尴尬、郁闷与愤怒，我便会在内心深处一遍一遍地问自己：是我不可理喻，还是这个年代与周围的部分人们不可理喻？价值观难道不应该是一个社会最恒定的“货币”吗？时代的经济浪潮起起伏伏，人的价值观难道也可以跟着起起伏伏、变来变去吗？生活在一个全球遭遇通货膨胀的年代，似乎一切都在被迅速注水稀释、贬值，货币、学历、职称、证书、评奖、著作、荣誉称号等等不一而足。但是，我内心一直固执地以为，只要人的价值观恒定，不被贬值或更改，我们生活中许多珍贵的东西，比如爱情、友谊、信仰、真诚、信任、善良、诚实、守信、公平、正义等一切能给我们带来幸福感的元素便不会被稀释贬值，更不会被廉价的利益捆绑。我想，我的不够活泛的死脑筋恐怕这一辈子也学不会“急转弯”了：我永远也不可能十几年前评判厚道实诚是一个人的美德，今天却翻个个儿认同厚道实诚是一个人身上的极大不足。这样的“弯”，我永远也拐不过来。

最近，又因不会“脑筋急转弯”，我再次在现实中遭遇碰壁，造成严重“内伤”：再三推辞未果下，我只得硬着头皮在一考证班的校友会担任为大家服务的闲差，数月才有一次的联谊活动需每个与会校友缴纳一定的费用。本着节约的原则，我在某次校友会联络人开会时提出，能否聚餐的酒水由我们自己到超市采购，别让酒店自行安排了，这样既能节约不少费用，又能保证酒水质量。不料，从公心出发提出的建议，结果遭遇到不少人从私心出发进行的解读。因为意外再次出现了：我真诚坦率地提出建议后，大家面面相觑，一言不发，不少人的脸甚至当场就黑屏了。几分钟冷场后，开始有人站出来，说我们这届联络人绝不可以搞特殊化，以前几届可都是以人均消费为标准包给酒店，让酒店自行安排的。这样运作也比较安全，否则有几个人吃出了毛病，责任算酒店的还是算超市的？回想当时的情形，我仿佛成了“全民公敌”。好心又一次被当成驴肝肺，我仍深感莫名其妙，苦思冥想亦捉摸不出其中的奥妙玄机。散会后，我无意中听到前面两个人的议论，可谓一语泄露天机，我才如梦初醒。一人愤愤地说：“她以为自己是会长吗？她说聚餐换方式就换方式，自购酒水就自购酒水，那不成了她说了算了吗？”另一个附和道：“联络人中有负责财务的，轮得着她说三道四吗？她只负责每次活动的文娱项目，财务的事她也想插手干预吗？她是想扩大自己的势力与地盘吗？”

走在他们的后面，我的泪水难以自控地流了下来。我不知道是我对这个年代的规则“误会”太深，还是这个年代的规则如“脑筋急转弯”般，以我的经验智商情商，根本猜不到答案。因此，我很快便辞了这份义务的闲差。猜不着，不玩就是。

32. 有一种可怕叫“东邪西毒”

泰戈尔说，在人生中童年最伟大，几乎一切伟人都用敬佩的眼光看孩子。

可是，最近，几乎一切关注新闻热点的国人，都用一种既惊恐又迷惑的眼光看一个肢解杀害漂亮同窗的13岁广西女孩。这桩由嫉妒升级引发的虐杀案，震惊了全社会，倒逼有责任感的媒体及社会各界有理性的头脑进行深刻反思：为什么一个本应天真无邪、单纯可爱的孩子，会因为自己比较胖，同学曾议论她不及另一女生漂亮，而怀恨在心，在强烈嫉妒心的驱使下，将该同学骗至自己家中，用菜刀、啤酒瓶、剪刀等凶器，丧心病狂地将对方杀害肢解……

这桩触目惊心的伤害案之所以受到全社会强烈关注并引发热议，还因为几年前的北大朱令案及不久前复旦大学的研究生投毒案，仍未淡出人们的视线。在一个人人都是福尔摩斯的年代，民间流传甚广的一种说法是：嫉妒是行凶动机。

据说嫉妒是人类的一种本能。

以至于“羡慕嫉妒恨”成了时下人们调侃自己与他人最热门的一句口头禅。

不管嘴上说得如何热闹，本能却是大多数人耻于承认的一种原始欲望与低级需求，就像贪吃好色会被文明社会的谦谦君子们嗤之以鼻。然而，食色，性也。

有勇气坦承自己被嫉妒这种心魔所扭曲折磨，并在我脑海留下深刻印象的人物，并不来自现实世界，现实世界的人们似乎还缺乏足够的勇气正视自己内心深处不够美好的一面。

在银幕上为现实社会妒火中烧的病人无偿代言的叫“西毒”，他是王家卫执导的经典电影《东邪西毒》中的一位男主角。

许多年过去，我仍清晰记得影片中张国荣所扮演的“西毒”欧阳锋说过这样一段振聋发聩却又无比诚实坦率的重口味开场白：很多年以后，我在江湖上有个绰号，叫做西毒。其实，每个人都可以变得很毒，只要你尝试过什么叫做嫉妒，我不在乎别人怎么看我，我只是不希望看到别人比我更开心。

扭曲到可怕的人格，却也强有力地揭示了埋伏在一些悲剧阴影中的噩梦根源，道出了某些伤害中不可言说的那部分真相。

这部电影的高妙之处在于，不仅颠覆了传统武侠片的套路与架构，更在于讲述了一个由嫉妒引发的六个复杂人物间的人生悲喜故事：西毒嫉妒洪七，东邪嫉妒西毒，无名剑客嫉妒东邪。由于嫉妒给彼此带来了巨大的伤害甚至死亡，最后这些互害的主人公逐渐悔悟，西毒回归白驼山，东邪去了东海桃花岛，重新开始自己的人生。

很多时候，风也未起，幡也未动，是人心自己在动。

因此，战胜嫉妒，只能是那些慧悟后懂得对欲望进行退避与超越的智者。

长久以来困惑我的一个问题是，为什么嫉妒的强弱与发生对象的距离会成正比？为什么越是身边人，别人对他的妒火会燃烧越旺，空间距离愈远，妒火强度会逐渐减弱，直至趋于消失。就像广西13岁小学生嫉妒她的漂亮同窗，西毒嫉妒身边近乎完美的洪七，东邪一直暗中嫉妒好友西毒。除了切身利益的竞争，还关乎别的什么吗?

其实很多作家学者都饶有兴趣地关注描述过这个奇怪而有趣的现象。

美国学者格雷戈·伊斯特布鲁克在《美国人何以如此郁闷：进步的悖论》一书中曾写道，超过而不只是赶上自己的邻居，这一追求是一场赢不了的比赛。

哲学家、作家周国平则在《本乡人眼中无先知》一文中，表述了这样的观点与认知：一个在和自己相同环境里生长的人，却比自己无比优秀，对于这个事实，人们先是不能相信，接着便不能容忍了，他们觉得自己因此遭到了贬低。

著名作家孙犁曾在作品中塑造过杨墨这样一个好妒的文学形象：一旦别人较之上升，他就会发生嫉妒。文章寥寥几笔便生动无比勾勒出一个妒心极重，常给周围人制造麻烦与矛盾甚至灾难自己却浑然不察的人物：杨墨有一个特点，与朋友相处，很合得来。如果这个朋友成了他的上级，那就会发生矛盾，即使他的位置，原是这位朋友给他安排的。另外，每到一处，最初几天，表现很好，工作也卖力。但是，与上级发生矛盾之日，也就是他不再干活之时。立刻就变成了另外一个样子。

被妒火攻心的典型形象呼之欲出。

大师的手笔就这样鞭辟入里，无人能及。

嫉妒可有解药?

如何才能减弱乃至消除那种强烈到怀恨在心的嫉妒？

大师孙犁在《谈妒》一文中开出的三味处方是增加文化知识、放开眼界、经历更多社会磨练。哲学家周国平，我还不曾拜读他专门为嫉妒开解药的妙文，不过若干年前，我曾读到他谈死亡的一篇哲学散文，私下以为，文中对死亡进行的哲学思考，或许亦是疗治嫉妒的一味重药：如果你渴望名声，便想一想你以及知道你名字的今人后人都是要死的，你就会觉得名声不过是浮云；如果你被人激怒，便想一想你和激怒你的人不久后都将不存在，你就会平静下来。

是的，对死亡进行哲学思考，容易使人用超脱的眼光看人世间的成败祸福。

虽然听上去有些消极。

可是如果能有效减少我们每个人身边的“东邪西毒”，让更多的人拥有天无私覆、地无私载的朗朗襟怀，令消极变得积极起来，又有何不可呢？

33. 商业的利齿

最近，歌坛才女伊能静在博客上推荐自己的文学原创作品，名曰：“爱的利齿”。据说此文是她的得意之作，网上点击率颇高。细细读过，觉得还算文通字顺，在文化艺术综合素养普遍较低的歌手中，已属难能可贵了。

虽然在我看来，它更像一首歌词。

“当你爱上一个人，你就赋予了他伤害你的权力。而我只能透过书写，来减轻每一次你给我的伤害，面对你我总是感觉无法呼吸的窒息。”我并非伊歌星的粉丝，之所以对这篇博文产生兴趣，是因为我并不以为这是多情女遭遇花心郎之后的有感而发之作，更像是一个混迹娱乐圈多年终于出人头地的有心人，用类比、隐喻的手法间接披露名人与娱媒之间复杂的恩怨纠葛。聪慧的伊小姐像是打着“爱的幌子”，在拐着弯儿责备“商业的利齿”哩。

近来接二连三发生名人被娱乐媒体这颗“商业利齿”咬伤的事故，却未见“被伤害与被损害者”公开跳出来与娱媒翻脸算账。有好事者说，大家还要靠他们炒作营销吃香的喝辣的出大名挣大钱不是？所以被咬伤的名人才憋屈着不吭气。忍了吧！看在白花花的银子与那一道道耀眼的光环上！莫不是伊小姐与夫君哈林的情感风波也被娱媒咬了几口，虽不见得伤了皮毛，但多愁善感的她心底一时涌起来了千般滋味，万般感慨，无处可诉，小有才华的她便只好将委屈怨恨诉诸笔端，遂成就上述博文。痛批谅她没那胆儿，伊小姐两口子都在圈里混饭吃，对于娱媒，今后还多有仰仗之处。

其实，伊小姐算是被娱媒咬得轻的。要论伤势的严重，大概肥姐沈殿霞也是个真正的重量级。虽是娱乐圈有名的开心果，肥姐却命运多舛，情路蹭蹬。套用伊小姐博文中那句话来说就是：“当她爱上了郑少秋，她就赋予了他伤害自己的权力。”他们的婚姻从一开始便不被外界看好，大多数人皆认为两人外貌不般配，男的玉树临风，相貌堂堂；女的肥胖圆融，其貌不扬，有悖于国人“郎才女貌”的传统思维定式。其实，沈殿霞并不丑，只是生不逢时，倘若出生在杨贵妃时代，定是一线美女。可是在以“骨感美人”为时尚的年代里打拼，便只好以气质与亲和力取胜。不过，男人却都是视觉动物，当年轻美貌的官晶华在郑少秋的视线里出现，肥姐便不战而败，只能调整心态守着爱女相依为命。这场婚变，肥姐未得到媒体同情，秋官亦未受到媒体指责，外界所有的责难谩骂似乎都指向了第三者官晶华。好在时间是治愈一切伤痛的良方，随着女儿的长大成人，肥姐化“悲痛”为力量，愈加全身心投入到事业当中。她那甜美的笑容，喜庆柔和的表情，刚毅坚强的人生态度，赢得了几乎所有娱媒的尊重与青睐。娱媒不仅齐心协力将她捧成了红遍娱乐圈的“开心果”，并顺带将她的女儿郑欣宜亦提携成了娱乐圈里名声渐隆的一颗新星。这是娱媒极其温情、人性化的一面。

然而，人生多变，世事难料，命运很快跟她开了一个残酷的玩笑，并使她饱尝了被娱媒“商业的利齿”撕咬得遍体鳞伤的滋味：肥姐突患重病入院，一向对她恩宠有加的媒体在她生命垂危之际纷纷撕下了温情的面纱，露出了商业的獠牙，差点要了她的卿卿性命。肥姐好友陈淑芬女士事后语气激动地控诉媒体道：“上次媒体阻碍她入院好离谱，不可以原谅……当时医院 3 分钟路程变成了 20 分钟，人命关天，延误了大脑有可能受损，香港就没有了这个开心果。”在娱媒看来，患上重病后的肥姐商业价值陡增，于是将其视作商业肥肉迅速聚集围抢，我咬一嘴，你啃一口，有实力的派出狗仔队 24 小时贴身跟踪，缺少银子的媒体电话采访，热点转载，什么病中托孤啦，什么郑少秋探望肥姐官晶华醋海翻波啦，什么肥姐将留下过亿遗产托付给郑少秋管理啦等等，就差郑重其事刊发讣告了。一个活生生的名人被娱媒当作半死之人在其身上疯狂榨取商业价值，一个需要静养的病人被逼拿出全部精力来对付一个个“穷凶极恶”的、在商业利益刺激下显现出“狼性”的狗仔。

肥姐那颗娱乐的心或许早被“商业的利齿”生吞活剥了，剩下的只有浸入骨髓的寒心与无尽的悲凉。无怪乎面对传媒的追访，一向好脾气的肥姐终于忍无可忍了，有记者好言相劝道：“肥姐乖，不要乱吃东西了。”却被她骁勇地反击：“你是我什么人，我吃什么关你什么事，你们不要惹我生气就行啦。”又有一次，肥姐发现了跟踪的狗仔，恨得咬牙切齿地骂道：“有些人，不做人，偏做狗。”差一点就跟娱媒翻了脸。但最终她还是理智地克制住了自己的愤怒。毕竟，她的宝贝女儿欣宜还在“人家的屋檐下”，今后还需要人家多加关照。

近来，被娱媒咬伤的还有青年演员刘蓓。其实，在功利浮华的娱乐圈，演员与演员之间，演员与导演之间，“闪婚”与“闪离”可谓是司空见惯的事。因为，你美，人家比你更靓，你年轻，有人比你更粉嫩，更何况，名利场上常年活跃着一支英勇善战、心计比海深、心气儿比天高的粉红骑兵，专门捕获成功男人。

俗话说，太阳底下无新事。娱乐圈里的爱情保鲜当然更是难上加难。势力的女人就这样造就了一批批不负责任的男人：在找靠山、求捷径的美女群的追逐下，成功男人乐得当一回公共紧俏产品。今天喜欢豪爽大气的，明天偏好矜持娇媚的，能有机会尝遍人间鲜女又何乐而不为呢？刘蓓与著名导演张黎悄然离婚，网上皆传第三者是演员小宋佳。这些私人恩怨、是是非非当事人之间了结不就完了吗？然而敏感的娱媒早已嗅出了其中的商业价值，猝不及防地朝正在独自疗治“感情创伤”的刘蓓咬上了一口。“刘蓓，你已和导演张黎离婚这事儿属实吗?”娱媒就敢这样直截了当地打电话给刘蓓，求证婚变事实。我想刘蓓在接到电话的刹那定有被什么东西割伤刺痛的感觉，一定感觉到了某种难以言说的苦涩酸楚：原本想让婚变就这样悄然无声地过去，原本只想躲在无人关注的角落里静静地舔舐创伤。因为有些疼痛无法对人诉说，哪怕是最知心的朋友……可从娱媒死死咬上的第一口开始，一切息事宁人、以求得内心安宁的想法都变得那样遥不可及了。娱媒朝刘蓓的伤痛处咬了一口又一口，以提升收视率与阅读率，仿佛处于婚变中的她是一块商业味道很好的“吮指原味鸡”。

外国早有谚语云：隆隆的雷声很吓人，但真正的灾害却是由闪电造成的。

这或许这也是商业社会娱乐界的“自然现象”？

34. 倘若孙悟空来到21世纪旅游

——关于“涂鸦”文化的另类反思与遐想

要说在名胜古迹、名山大川乱刻乱画，旁若无人大嚷大叫甚至大打出手，陋习满身的出境游客鼻祖，首推齐天大圣孙悟空，那真可以立即坐实，没有半分冤枉的。故此，某些无聊时刻，我曾屡作无端遐想，假如这个史上素质最差的游客，穿越来到21世纪做半个月左右的旅游，情况会怎样呢？很是莫名其妙，一遍又一遍清晰无比闪回在我脑海里的画面竟然如下：

话说齐天大圣依凭自己会七十二般变化，又恃脚踩筋斗云，可一纵十万八千里，遂心血来潮，决意穿越前往21世纪做一番逍遥游。想当初公元2世纪时，他孙悟空是何等自由如风的世界级行者，岂止出入境从不办理护照，就是上天入地出界，他亦懒得签证通报对方一声。不料东汉初年那一回，他径入通明殿里、灵霄殿外游览玩耍，打打杀杀乱嚷乱斗的一番野蛮“出界游”，终于惹恼玉帝，摊上大事了：玉帝传旨游奕灵官会同翊圣真君前往西方，请如来佛祖前来降伏这位史上最不文明的游客。结果，孙悟空被判了五百年重刑，压在五行山下不得假释。

此番穿越，大圣选择来到中国故地重游。时光穿梭机刚落地，他便听说世界已进入了一个不可思议的互联网时代：在中国，成千上万的人都喜欢泡在一个叫微博与另一个叫微信的平台上，评时政风云、道家长里短、晒个人恩怨、呛心中不平事，好不纷扰。悟空好奇心大发，于是拔腿溜进一家网吧潜水，他随即发现这互联网就好比一个没有硝烟的战场，大事小事家事国事雅事俗事，都能引起围观与热议，里面有喝彩的、有谩骂的、有抬轿的、有揭短的、有讲理的、有八卦的，就像一个五花八门的话题超市。阿弥托福，真热闹煞！

再一瞅最近的热门话题，不知畏惧为何物的大圣不禁心头一凛：南京某学生埃及神庙“涂鸦”事件，引发舆情汹涌，这个一时冲动糊涂的“涂鸦”小子，已被人肉搜索曝光示众，并被万夫所指千夫痛斥要求公开道歉，成了一个人人喊打的“闯祸仔”。面对这样一个可恨可气而又可怜的孩子，大圣身上喜欢对抗强大外部势力的轴劲儿又上来了，自然，还有一个不能摆上桌面的理由便是：公元 2 世纪时，玉帝请如来出山，严打出境、出界游陋习。逍遥快活惯了的大圣一下撞在了枪口上。那一次，佛祖在灵霄宝殿外与他斗法：你若一筋斗打出我这右手掌中，算你赢。大圣收了如意棒，一路急行，来到五根撑着一股青气的肉红柱子前，只以为到了天尽头，便拔根毫毛，吹口仙气将之变成浓墨双毫笔，龙飞凤舞在中间柱子上写一行大字：“齐天大圣到此一游。”写毕，还不庄尊，又在第一根柱子根下撒了泡猴尿，才翻转筋斗云，径回本处。结果被佛祖翻掌一扑，推出西天门外，将五指化作金木水火土五座联山把他压住。

漫长的十几个世纪过去了，不曾想类似的一幕还会在另一个孩子身上重演。只不过，题刻“到此一游”的地点由凌霄宝殿变作了埃及神庙，闯祸的主人公由他齐天大圣变成了一个十几岁的学生。最令大圣瞠目结舌的是，互联网时代，玉帝、如来虽已隐身于历史深处，可网友仿佛个个都化身为他们，站在道德高地，对他人的一言一行进行审判，又频频化作人肉搜索器，对自己看不惯或自视处于道德洼地的人事进行放大镜加地毯式窥探与搜索，然后揪出来晒在虚拟平台上进行示众羞辱。大圣对这个科学技术突破神乎其神的时代既憎恶又喜欢，憎恶的是你做过的任何事都能在互联网上留下痕迹，“人人都在看着你”的透明使得隐私无处可藏；喜欢的是，技术的创新与推广使得人人都拥有了一双他齐天大圣般的火眼金睛。他真不敢想象，公元2世纪时自己闯下的滔天大祸，若发生在当下，网友们会怎样肆无忌惮地“人肉”他，然后群情亢奋地喊打喊杀呢?!

“在埃及文明标志物上题刻涂鸦，南京这位孩子的不文明行为理应受到谴责，但凡事有度，在一个成功学成为社会显学的时代里，大人们有何理由闹嚷嚷地疯狂攻击一个做了错事的孩子，而不回家反省产生这种错误的综合环境?

中国历来讲究‘雁过留声，人过留名’，成功学发展至今，‘名’之内涵已发生畸变，不少世人眼里，有钱有势是衡量一个人成功与否的唯一标准。这种单一的、粗暴的成功价值体系，使得多少青少年内心深处已全然没了接受‘不成功’的余地?又使得多少青少年已彻底丧失追求平凡人生的能力?如果当下大行其道的成功学，奉不问任何方式的占有为圭臬，那么，一个孩子，想通过在文明古建筑上题刻‘到此一游’的荒谬手段，来虚幻自己的占有，来显摆‘我曾到达过此现场’的优越，来强化证明自己不平凡的存在，那么，请问，我们首先应该诟病什么?我们最先该痛斥什么?

放过孩儿!”

大圣生恐自己穿越之旅的一言一行被曝晒，于是决定提前结束行程回到公元2世纪。临行时他在一个知名网站发帖，对正在疯狂发酵的埃及“涂鸦”事件发表了上述观点。

时光机还未穿梭回东汉初年，那边厢公元21世纪的互联网上，他齐天大圣的穿越之旅已成为最热门的网络话题。他住过的旅店，发帖的网吧、用餐的饭店、光顾的歌厅全被“人肉”了出来。那晚他内急在墙跟儿底下撒猴尿的照片也被人贴到了微博上，并被无数好奇又愤怒的网友转发并评论。“孙行者穿越之旅”酒店、网吧、歌厅一家接一家开业了，学者专家关于他“穿越之旅”的论文纷纷出笼。据说还有学者专门研究他那泡尿是否还残留有猴臊味儿，他是否还在某胜景题写了“到此一游”的记号，并因此引发纷争，爆得大名。大圣的21世纪穿越之旅，不仅成就了一些专家的职称评定，还大大影响了几个城市的旅游收入。眼下，这些城市正在为争抢哪儿才是首个“孙行者穿越之城”，而辩论不休大打出手哩。

第三辑

喧哗时代的文娱

1. 这些年，我们一起追的“幼稚”

绝对！不要成为我们不想成为的那种大人。绝对！后来我们都成了我们不想成为的那种大人：被这个世界完美地驯养。

我们这些被驯养的所谓大人，却又时常痛感按长大成熟的既定模式生存多么乏味、沉闷、虚假、繁复、不由自主，时常切身体会到生命在过重名利心的挤压与过度复杂庸俗人际关系的困扰下，被动地扭曲、变形，有多茫然、无助。

于是，我们渴望构建另一个人造的空间，在那个空间里，我们可以回到被世界驯养前那段快乐恣意的时光，那段被唤作童年或者青春，抑或懵懂幼稚什么字眼的生命放养阶段：简简单单、痛痛快快、动亦随心，静亦随性真性真情、真心诚意地活着。生活在大人社会的规则与束缚之外。

成熟，就是那群离真性情最远的人吗？还是，人到中年，太容易被仿生态的“成熟”所困扰伤害？常常情不自禁，就会朝“幼稚”的原生态阶段回头张望：“幼稚”是多么动人的一种人生姿态啊！那种未被尘世玷污的“真”，难道不令你怦然心动吗？

反正我的心被很猛烈地撞击了！就在观看《那些年，我们一起追的女孩》一片时，就在阿和对沈佳宜说：“我一直学不会的就是你最讨厌的幼稚，可是每次你骂柯景腾幼稚的时候，其实我都好嫉妒。”

幼稚，其实是生命的真谛，是人生的最高境界。

学会幼稚的人极少，学会成熟的人却如恒河沙数，举目即是。

因此，连毕加索也会对幼稚心怀景仰与敬畏，他曾很真诚地唏嘘：我小时候已经画得像大师拉斐尔一样，但是我却花了一生的时间去学习如何像小孩般作画。

幼稚比成熟更真、更美、更高、更深广。这是真的。

人生漫无目的，只凭喜欢就好。既不迁就自己，亦不迁就别人，更不迁就这个世界。

这真是生命的原生态呢：稚嫩又青涩，纯朴而清新，肆意又蓬勃，真诚而热血，简单又自信。一切言行皆由自己的真性情支配，而不唯社会规则抑或潜规则马首是瞻。

可是，人吃了米饭是要长大的。

长大了终究是要接地气的：读不愿读的书，上不愿上的班，赚不愿赚的钱，结交不愿结交的人。在地气的烟熏火燎中，我们渐渐习惯了迁就世界，迁就别人，迁就另一个愿意省事的自己，直到忘记了心底的那些不情愿。

于是，我们都长成了自己绝对不想成为的那种大人：真诚在无奈中风化荒芜，热血在憋屈中迅速冷却。因为这个世界似乎不太欢迎率性、纯真、直白的人，展露真心、真性、真情、真诚甚至会成为麻烦或者祸事的源头，“真”犹如闯进瓷器店的那只大象啊！于是，我们全都毫无反抗地被世界完美地驯养了：小心翼翼地将一切“真”隐藏起来，展现给世人一个“假”面具：永远含而不露，时刻稳重内敛，尽量不说话或者只说模棱两可的话。

后来，我们失望地对这个世界砰地关上了“真心”的大门。你想象得到吗？这个世界此时却朝你洞开了那扇神秘莫测的天门：那个谁谁谁现在多成熟啊！办事真牢靠哩！可是，当你“真”字当头地为人处世时，这个世界如何评价你来着？十三不靠！

多荒谬，多抽风啊！

一定是渴望逃离成熟、回归童真的人越来越多了！

否则为何一夜之间，世界便刮起了“幼稚”的龙卷风。品格简净清丽成了市场畅销的绝杀技。丽江等旅游胜地四处翻飞起“卖萌女”的棉布裙子，大街上满耳充斥着起源于20世纪80年代英国的小清新音乐，清新粉们都以听露水十一的歌曲为最高品位。“清新、萝莉、卖萌”成了影视作品的关键词，屏幕上那久违的脚踏车与蔚蓝得近乎透明的天空，那坦荡而又率真的对白，那质朴清爽的影像风格，可爱的萝莉作为女主角那娇憨的神情与未经雕饰的阳光气质，男主角臭屁的自信，那种为忠诚于自我全然无视人情世故的热血与勇气，全都变成了突袭观众的强力催泪弹。

我们流泪，因为我们在影像中看到了那个最想成为的自己啊！

《那些年，我们一起追的女孩》，讲述的不过是一个成绩暴烂的高中男生追求用功读书的漂亮女生的俗套故事。这部台湾青春片资金不足，新人担纲，事先缺乏包装、宣传、炒作、得奖等必要的营销环节，却在宝岛创下了4.2亿新台币的票房，华语影史上排行第三。在香港的票房超过了《功夫》，达到6128万港币，成为香港有史以来最卖座的电影。

该片为何如此打动人心，受到两岸三地观众的一致追捧？

众声喧哗，无人击中要害。

某日，该片导演兼原著九把刀无意中的一句感慨却如醍醐灌顶般将我点醒：一群新人，毫无商业企算的一次热血，才最终有了《那些年》的那些成功。

对了。这便是我欣然认同的答案了。

毫无企算，只凭热血与喜欢，这难道不是青幼世界的全部法则吗？

你做什么是因为你喜欢，而不是要用它换取什么（诸如票房、奥斯卡奖、捧角、成名、社会影响等），所以你必会真心诚意地去做。

我承认，我近乎固执地认为，毫无企算与目的，是做人做事的最大诚意。发自心底地喜欢做一件事或喜欢一个人，所生产出来的产品谓之诚品，所产生的感情谓之纯爱。

只是，这个世界的诚品与纯爱正被浩浩荡荡的物质洪流席卷，激起的浪花，毫无防备地打湿了我们的双眼。

于是，我听见王小波"童鞋"在过去的时光里轻轻喟叹：贫困是一种生活方式，富裕是另一种生活方式。

同时，我也听见潜伏在自己心底的那个"幼稚"在迫不及待地应和：成熟是一种生活方式，幼稚是我们内心真正向往的另一种生活方式。

2. 营销时代的“长不大主意”

这似乎是一个因营销而有差别的时代。

到处都是怀揣成就动机，紧锣密鼓进行花样百出的营销，以便快速改变命运的人们。

不知从哪天起，浮表竟比本质内里变得更加重要：“实”难以彰显，“虚”得到张扬。这是商品社会进入营销时代的特质吗？

转眼间，已是“肤浅”为王。

“萝莉”、“卖萌”蔚然成风。

第一次看到某权威媒体报道“萌界”的消息时，惊骇之余，更有一种令人窒息的异化与荒诞感扑面而来：“卖萌交际”一词近来大火。作为职场新人群的90后们，正用他们的天真表情，或用示弱来推脱责任。示弱撒娇成为90后闯荡职场的秘密武器。

“卖萌”？通俗的表述不就是为了达到某种目的，假扮“纯真”，将孩子的“天真可爱”作为一种道具，娴熟地玩弄于股掌之间吗？

儿童独有的简单纯净娇憨柔弱，居然在消费主义盛行的功利年代被“营销”成一种上位攻略与竞争杀手锏，令“萌”的传统含义变得支离破碎，蒙上了一层商业的尘埃。

这不是对一尘不染的纯净童性莫大的亵渎与反讽吗？

无怪乎男男女女老老少少都在玩低幼，年纪一大把了还扮纯情少男少女状，嘟着嘴撒娇卖萌，惺惺作态地装嫩，在“长不大主意”的掩护下，挟若干很不纯真的“私货”，做不谙世事状“可爱”登场。

之所以将“长不大主义”私自篡改成“长不大主意”，是觉得“主义”一词代表某种强力推行的主张或学说，而“主意”二字，我以为更多指向用意、办法、决定等，似乎更能契合当下社会“卖萌交际”一族的机会主义特性。

在大家一窝蜂地营销“长不大主意”的暗战中，商家更是表现得创意十足，沾边不沾边的商品都主推甜心派、幼嫩风格，大打“萌”牌。每当我遇到粗粝如狼嗥的音乐也被贴上文艺小清新的标签出售；每当我看到上好的木头却被跟风的商家糟蹋成“萌家具”进行营销；每当我瞅到商场的唇膏皆被命名为“宝贝唇”，满眼望去全是一水的清凉派、阳光派，那饱和明亮、大胆跳跃的“萌色”几乎要刺痛我这个大龄女子的眼睛；每当我好不容易相中一对电脑音箱，仔细一瞧其外观设计，却是如新生般柔嫩、巨萌的两个花蕾时；每当我在街头购物时，撞见长相清秀、打扮孩儿气的“萌”妹子，三十几岁仍然坚守“卡哇伊”范儿时，看到她为自己节外生枝惹出的一点小祸，便与一脸老实憨厚相的外来打工者恶言相向大打出手，待到有看不下去的好事者喊来警察，“萌”妹子却立刻由歇斯底里状变为楚楚可怜形，装出一副孩子的羞怯与泪眼，声泪俱下委屈万状地扯住警察的衣袖，控诉对方的百般不是，并请求警察为她作主严惩那个讷讷不言的外来打工者时；每当某个容颜枯槁、身材臃肿的大妈大婶在广告的忽悠下，穿着蕾丝或缀有其他花边的大号童服，羞羞答答别别扭扭地绞着衣角，自信满满地撞进我的眼帘时。

坦白说，我大脑由于版本太低急待升级，每当被迫装入这些极为矛盾混乱的一堆信息，便会出现暂时短路！满屏乱码，使我有误入其他星球的恍惚与错觉！

小时候，觉得判断对与错、善与恶、美与丑，仿佛是件极简单极容易的事，黑就是黑，白就是白，丑便是丑，美便是美。为什么长大后反而对常识性事物亦失去了判断呢？为什么你看到的黑，却有人说是白，他眼里的丑，却是别人嘴里的美呢？是不是你一直在坚守传统的价值观与道德标准，而这个世界却已从传统跨过现代快速进入了后现代，于是你的种种价值判断标准，从此便无法再与这个飞奔的时代相匹配？

这个世界，为什么不确定的事比确定的还多呢？

为什么幼稚比成熟还复杂？

为什么美比丑还难看？

是不是商业主义、消费主义、功利主义合谋，以“营销”为利器，谋杀了本质与深刻，高扬起“浮表”的大旗，让许多事物变得本末倒置了呢？

不管怎样，我都想直截了当地说：至少，你“萌”不倒我！

我真的很不喜欢营销出来的那种清新与纯真。

我压根儿不觉得那有多可爱。

相反，我觉得“营销”弄脏了那些纯净的字眼，使之增添了几丝邪恶的味道。

我坚信，只有“真”才能打动人。

现在我看书，都绕着那些字眼走。

我对自己说，有关真“萌”伪“萌”，一个是天真无邪，一个是天真有邪。

真的，就那么两回事。

我还远未被“营销”艺术绕糊涂，所以，至少，你“萌”不翻我！

3. 那些破格的艺术

——再谈“卖萌”与“萝莉”

最早读懂高度发达商业社会艺术密码的人，似乎是安迪·沃霍尔——20世纪最有影响力的艺术家之一，美国波普艺术的倡导者。记得是他最早实话实说：“赚钱的商业是最棒的艺术。”他创作的那些传世之作，诸如玛丽莲·梦露、死刑电椅、帝国大厦、可口可乐、爱因斯坦等等，皆致力于破格、嘲笑与颠覆，致力于与一切既有传统观念为敌，致力于模仿流行的“庸俗”文化，结果他大获成功了！

他说他深知，一个急速流转的世代，没有正经，无法深刻，是其特质。

重表象，轻内里，是大家无法治愈的共伤！

每个人都已被一地鸡毛的平庸与琐碎搅拌得疲惫不堪。

谁也没有心思亦没有精力没有时间没有兴趣去关注另一个人的内里。

谁都需要一些特别的耸动与挑衅来对抗生活的琐碎与平庸!

在以丑为美的后现代艺术中，很多作品的艺术价格与艺术价值没有半毛钱的关系。

那些艺术品标签上令人咋舌的数字，只是对嘲弄权威、颠覆传统的一种出价而已!

是的，那些所谓破格的艺术，或许签上标卖的不是艺术，只是——破格!

破格却是孩子天性中的东西，是大人眼中视为可以原谅可以宽容的东西。孩子吗，做事不出点格，还叫孩子吗?于是乎这些“孩子的专利与专享”，便被某些有心人顺手牵羊拿去“营销”了。见有人尝到了甜头，“营销”孩子“专利专享”的人们便越来越多，直至蔚然成风。人都是趋利避害的社会性动物。但这便是所谓“卖萌”的源头么?

若如此，谁又敢说“卖萌交际”不是一种破格的行为艺术呢??

告诉你一个秘密，随着年纪的增大，我惊恐地发现自己日益变得愚蠢。

我发现自己搞不懂的事越来越多——那些从小被老师教育灌输、被父母耳提面命的礼义廉耻标准仿佛全都过时了。

在这个青蛙都想一夜变王子、擦地的灰姑娘都想奇迹变公主的物质时代，谈礼义廉耻，甚至会招来嘲弄的白眼，被人们视作不合时宜，视为老土与滑稽。

后现代艺术则更是奉破格与出位、犯禁与颠覆为风尚。那些后现代音乐、后现代美术、后现代写作，似乎不玩点突破底线，连他们自己都觉得不好意思。

就像一个平日喜欢玩出格、以搞恶作剧为乐的机灵孩子，受到家长与围观者不负责任的鼓励与起哄，便愈发疯狂，以为犯禁是件很酷很有型的事。

艺术专喜欢坏孩子么?

达尔文的进化论世人皆知，却鲜有人知晓生物学界还有一种“加拉帕哥斯进化论”：位于赤道上的加拉帕哥斯群岛，由于与大陆天然隔离，岛上的动物皆缺少天敌，于是进化得有些怪里怪气。此案例说明不同的进化过程会产生不同的物种。而缺少天敌会严重影响进化过程，甚至产生一些特有物种。

于是，有段时间，我还很有点杞人忧天，替那些后现代艺术，以及纷纷涌入“萌”界的时男尚女。

倘若“卖萌”者都像某权威媒体在《卖萌交际成90后闯荡职场的秘密武器》一文中所报道的那样，为在职场上不战而胜、不劳而获，便充分发挥“卖萌”手段——撒娇示弱，假扮乖巧听话、心性单纯，以得到周围同事与上司对自己错误与欲望的原谅、宽容与庇护，既逃避了责任，又能巧妙地将竞争对手消灭于无形。真可谓“卖萌间，天敌灰飞烟灭了”。萌得全不费功夫！赢得全不费功夫！只是，我想说的是，这些混职场的“卖萌交际”高手，会否因为采用“萌”力神不知鬼不觉地灭光了自己的竞争对手，以至于在成长的道路上缺少天敌，过于一帆风顺，从而进化成一种时而世故如老人、时而幼稚如孩童的特有物种呢？就像后现代艺术，故意与传统艺术天然隔离，挟一股“我就出格我怕谁”的制霸风范闪亮登场，最终进化为艺术世界的特有物种。

至于“萝莉”，见到这两个字，我至今仍有犯禁之感。

才十来年时间，如何这两个字便被彻底商业化时尚化了，成了“可爱型年轻女孩子”的书面称谓了呢？是否人们特别容易被自己逆反的一面吸引住？

前些日子翻看文化娱乐类报刊，见专访中老年当红男星，一律唤作《萝莉爱大叔》，而访谈二三十岁当红女星，则大多具以《外表萝莉　内心御姐》之类的抢眼标题。萝莉，据说特指15岁以下天真可爱的年轻女孩。而御姐，则专指安吉丽娜·朱莉、乌玛瑟曼、梅根福克斯、中岛美嘉那样“范儿”的强势熟女，有傲娇的资本，也有傲娇那种既凌厉又温柔的“杀”范！啥叫“杀”范？譬如范冰冰以撩人的姿态说“我就是豪门！”时，那种足以刺激粉丝们热血沸腾呼吸混乱的宇宙制霸状态。还据说，如今“萌界”的口号是：小则萝莉，大则御姐。

可是，我分明记得十几年前，“萝莉”一词的源头——美籍苏联作家伏拉地米尔·纳波科夫所著的《萝莉塔》还是一本人尽皆知的“黄书”：书中因描述一位中老年男人对一个小女孩的畸恋，而在多个国家遭禁。当时，周围不少朋友与同学都在私低下暗中传阅，大家皆好奇那个叫亨伯特的男人到底有多不道德，那个被亨伯特视为不谙世事，实际却一直在处心积虑地利用他达到自己目的的小精灵萝莉塔，到底是怎样一个“小狼女”？

于是，某个春节，我也借了此书带回南方老家，准备消磨走亲访友之外的无聊时光。那时，我已经21岁，已成为一个刻板的上班族，并且早过了萝莉的时光。

谁知，刚拿起此书，便被声称“父母对儿女具有终身监护职责”的母亲发现了。

只见她疾步过来，如秋风扫落叶般一巴掌打掉我手上的名著，厉声呵斥道：

“你怎么看起了《萝莉塔》？想学坏吗？瞅瞅封皮插图，年轻女孩那样，一看就知道是个不自爱的。好孩子能那么不矜持不自爱？不自爱的人会懂得爱别人！?”

天哪，之前我忘记作隐蔽包封皮了。

我妈那通劈头盖脸怒斥，差点没把我吃了！

可是，可是离“萝莉”成为媒介时尚热词的今天，那才是多久前的事啊！

4. 我看“剧二代”

珠玉在前，有多少眼球被吸引，就有多少眼球在挑剔。

你收获的责难质疑与你受到的关注程度最终成正比。

前年，李少红翻拍版电视剧《红楼梦》热播遭遇观众汹涌恶评时，我想到的便是这两句话。好在李导比较淡定，面对观众的口诛笔伐，人家只是说：“我个人感觉没有新的体验是人类精神世界的悲哀。”相比之下，刚刚播出完毕的张纪中翻拍版电视剧《西游记》，相关人士似乎未做好迎接观众严苛挑刺儿与诟病责难的心理准备。当张纪中满怀期待地捧出他与团队呕心沥血打造的新版《西游记》时，在观众的疯狂吐槽中，他的答复显然不是有备而来。他说：“多无聊的批评，这样骂，坏的是他们自己，越来越没有教养。”“你喜欢看什么就看好了，谁说了你必须打开电视机看我们的新版《西游记》？”

这样的回复观众当然不会买账。

每天打开电视，荧屏上穿帮的翻新剧多了去了。《新还珠格格》、《新白娘子传奇》、《宫2》、《活佛济公2》，金庸剧、琼瑶剧、海岩剧，哪个不是打着翻拍的旗号在市场上“抢钱”？虽说生活就像翻拍剧，不是你换台就能逃避的。但这些“剧二代”，不就是逗你玩吗？你欢乐喷饭，“剧二代”的制作者们开心数钱，彼此心知肚明。你会为一帮美女帅哥穿着历史上从未见过的古装，说一口流利的现代对白而生闲气吗？你会为一群东北美眉操一口嗲嗲的港台腔愤而拍砖吗？你会对这些“剧二代”满怀期待吗？反正我没有。遇到太“二”太狗血的翻拍剧，我便干脆当相声小品欣赏了。“那，做人呢，最要紧的是开心。”这句式你也应该很熟的！

《红楼梦》、《三国演义》、《水浒传》、《西游记》却大为不同，这四部中国文学史上的巅峰之作，某种意义上，代表着民族的文化传承，在人民大众中具有非同一般的群众基础与集体记忆。民间热爱、熟读、研究这四大名著的高人举目即是，很多观众不用对照原著便能进行精准的校笺注疏。因此，若没有足够的勇气准备迎接观众吹毛求疵般的口诛笔伐，绝对不要打四大经典名著的翻拍主意。

虽然，从理论上讲，对经典名著进行再创作，激活原著在当下的意义，从而自成一格，超越前作，可能性并非没有。只是谈何容易！首先，经典名著的艺术性与思想性皆近乎完美，尽管也会不可避免地带有时代与个人的局限性，但经典名著留给后人的发挥性空间极为有限，编导很难再加入自己的领悟与诠释，进行二次创作。其次，即便你以罕见的天赋激活了经典名著在时下的现实意义，那又如何呢？当下的世俗意义必然会解构原著的神圣与庄严，露出现代人自作聪明的轻薄相，从而滑向离奇、出格、刺激的戏说与恶搞层面。对于翻拍来说，经典名著的号召力从来都是一把载舟覆舟的双刃剑。

20 世纪末，四大名著皆已被拍成电视剧，剧本、演员、音乐均堪称经典，我一直不明白为何还有影视人不顾珠玉当前，欲再度翻拍当下版本，大概以为是一笔稳赚不赔的买卖？四大名著 21 世纪翻拍版在争议四起中纷纷上马，陆续亮相荧屏后，却又在观众犀利尖刻的诟病质疑声中相继中砖落马，可谓全军覆没。据说他们赢了钞票，赢了收视率，但在烂片烂剧红火热播的时候，观众都是用脚投票的，越烂越骂，越骂越看，一边骂一边看，收视率其实说明不了多大问题。再者，什么样的影视作品培养什么样的受众群，从这个层面上说，张纪中批评疯狂吐槽的观众“越来越没有教养”，似乎有失偏颇与公允。赢了银子又怎样？输了口碑影响了受众对国产剧的信心才是最可怕的。

还有，请千万不要跟我提什么好莱坞特效制作、大规模集群技术、画面唯美，道具精良、用当下的眼光和现代高科技演绎经典名著等广告语，我一听这些大话就来气，就会想起遭“雷击”的那一幕幕：新版《西游记》里，悟空动辄滚到唐僧怀里痛哭，观音也玩起了撒娇示弱；新版《三国演义》，且不提吕布总炫唐代诗歌，青龙偃月刀那神器我一直怀疑出自义乌小市场，那小眼睛大胡子的曹操哪有半点枭雄的意思，战神吕布一看就是穿越过去卧底的现代人。《红楼梦》是我的最爱，新版《红楼梦》播出时，我早早备了一堆零食，守在电视机前等着被惊艳，结果却看到了尖嘴猴腮的宝玉、无比健壮的黛玉、又干又瘦的宝钗，更令我受不了的是，凤姐这样的头面人物，居然带顶杨子荣似的风帽傻呵呵就跑出来了，那等穷酸呦……《水浒传》，绝对纯爷们儿戏，想着无非就是刀光剑影、行侠仗义的阳刚画面，没承想新版播出时会被剧中的男色惊艳，首席美男林冲虽说应是玉树临风，可当剧中大臣直接走到他面前说什么：“林教头真是生得沉鱼落雁之容、闭月羞花之貌啊。”天，我差点被雷晕过去！“水浒”迷们则干脆给林教头取外号“林娇花”。最后，众好汉迎接林冲进营一幕，鲁智深一声深情款款的：“林冲哥哥，真的是你啊！”林冲激动地跑过去，鲁智深则情不自禁将“林娇花”一把抱起来转大圈。这画面怎么让我想起了琼瑶剧里情侣重逢时的特有场面呢？这疑似“断背”的一抱，震撼得我啊，当时只想对着电视大吼：够了！不要再转了！我已经够晕了！

我看的是经典，不是经典雷击，好吗?!

你拍“剧二代”，拍“剧三代”，将白娘子拍成新白娘子、新新白娘子，我都无话。

可是，请不要再对四大经典文学名著下手！

我真的好担心好恐怖：你若翻拍，又是霹雳！！

5. 全球化将“洋星”逼上梁山

二百多年前，英国物理学家赫胥黎曾留下一段预言：未来文化的消亡并非由于文化专制主义，而是因为娱乐文化时代的到来。因为在这样的时代，人们可能会用娱乐替代求知。赫老爷子是否长了后眼我不得而知，不过他的预言却在今天得到了惊人的验证。

当下现成的实例是：中国老祖宗留下的经典文学作品，《红楼梦》、《三国演义》、《西游记》、《水浒》四大名著，皆被影视界大腕导演相中即将启动重拍，四大名著的重拍业已成为眼下各家媒体最为关注的娱乐话题。经典名著成了娱乐话题，听上去仿佛有些乖谬，却是我们如今不得不面对不得不警觉的现实：看日本动漫长大，越来越厌倦动脑的“花骨朵儿”们，将来会把这些电视剧当做了解四大名著最便捷甚至是唯一的途径，用娱乐全面替代求知么？

我并不以为自己是在杞人忧天。因为经过娱乐的全面解构后，即将重拍的四大名著，会有这样一副副奇异的新面孔：新版《西游记》，孙悟空将逐渐从猴变为人。“红楼梦中人”的海选，一直扑朔迷离，波谲云诡，给我的感觉就是精心策划的一场炒作，海选演员只是个噱头兼道具而已，后面爆出来的是是非非似乎更接近真相。不过，我也委实想像不出哪位 PK 获胜的“80 后”靓姐，能将“似蹙非蹙柳烟眉，似喜非喜含情目，娴静似娇花照水，行动如弱柳扶风”那位神仙妹妹演活。想唱就唱没人理你，想演就演、自信无知地去糟蹋林妹妹却是全国观众都不会答应的。新版《三国演义》导演阎建钢撤资退出后，制片方立即又引入了三家投资方，并宣布其中一家为日本公司，所以定会有日本明星加盟。日本演员若出演曹操，或者诸葛亮，抑或周瑜，该是啥样儿的呢？呵呵，真是为了票房，没有做不到，只有想不到！明年年初才开拍的《水浒》亦不甘落后地往市场上扔了一枚重型炸弹：导演吴子牛将起用日韩演员在剧中担纲重要角色。未料由于动静过大，网友反响强烈招来众多质疑：我们自己的国粹为什么要用日韩演员？但出品方并未妥协，最后以偷换个概念收场，把戏变成了“全球搜将”。当然，这也只是换了一种炒作方式而已。海选跟吴导最后定夺的演员没啥直接关系，因为主演人选导演早已锁定，除内地演员佟大为、聂远外，据说韩国花样美男裴勇俊也将被“逼上梁山”。谢天谢地，无论新版《三国演义》还是《水浒》，目前听到的说法似乎还只是锁定日韩演员而已。我真怕哪位高鼻梁、蓝眼睛的欧美明星被他们大胆起用，日后，倘若有孩子问起“鲁智深伯伯和曹操爷爷的眼睛为何是蓝色的”等问题时，我真要无言以对了。

诚然，不当家不知柴米粮油贵，一味苛责新版《三国演义》、《水浒》的做法，仿佛有站着说话不腰疼之嫌。将裴勇俊等外国明星“逼上梁山”，其实只是全球化在文化娱乐产业飙进的一个缩影而已。国际货币基金组织的一份报告显示，过去二十年中，在大多数发达国家和发展中国家，全球化的发展都大大加剧了其不平等的程度。该报告将全球化深入的作用分解成为三个维度：世界贸易的扩大、外国投资的增长和现代技术转移的增加。全球化浪潮袭击各国，首当其冲的是各国产业，如果不积极主动地应对这种全球化的产业结构，以争享全球化的“福利”，便会被这种不可阻挡的时代潮流所抛弃。因为我们所处的“全球化”的世界与以往的世界相比，有了迅速“做大做强”的“机变”，也陡增了转眼间“变弱变衰”的“突变”。就如，一个人，做他自己分内的事，就只能得到他分内的一点注意。如果做全世界关注的事，就能得到全球的关注，赚全球人的钱。美国签姚明、易建联去该国打球，便是这个道理，以吸引中国这个巨大市场的关注。姜文的《太阳照常升起》虽在威尼斯铩羽而归，但因在意大利举行了全球首映，吸引了各国买家的注意，因而也与“全球化”概念沾上了边，该片内地发行方对影片票房前景信心十足也就不足为怪了。“票房过亿没问题！”

这真是懂得顺应全球化潮流便有糖吃。

由冯小刚执导的战争大片《集结号》，作为土耳其金橙国际电影节的参赛影片，不久前在安塔利亚放映“造势”。这部片子先在韩国进行了大张旗鼓的营销宣传，又因该片起用了韩国25人的特效团队而广受关注。这部利用“现代技术转移”制作的战争片更打上了“全球化”的烙印，相信会收获“全球化”的硕果。顾长卫导演的《立春》在第二届罗马电影节上大放异彩，其妻蒋雯丽更是凭借主演这部电影夺得影后。该片亦借此有了“全球化”的卖点。目前除“威尼斯”、“柏林”、“戛纳”三大电影节外，世界各国都在搞自己的电影节，天天都有颁奖，天天都有人获奖，哪个电影节都有中国导演与演员的身影。现在已有不少人抱怨：“奖项的绝对性、权威性已被遍地颁奖无限淡化了。”但怪谁呢？大家都想争食“全球化”一杯羹，大家都是被全球化“逼上梁山”。

因此，吴子牛导演又何错之有呢？倘若国内的票房不好，他当然可以借助裴勇俊等人的号召力转而主攻以日韩为主的海外市场。这叫失之东隅，收之桑榆；也叫东方不亮西方亮。全球化产业结构就是这样，欧洲市场亏了，亚洲市场若盈利丰厚照样可以全部扳回来。更何况，如花似玉的韩星裴勇俊若真成了“梁山好汉”，众凡夫俗子定抵制不住诱惑，届时大多要锁定频道满足一下好奇心的。到时候，哪还会有心思顾及家中“花骨朵儿”求知这事儿呢？人人暗忖：先娱乐娱乐自己吧，这年头，做大人也挺不易的。这亦是“全球化”的悲哀之处了：不知不觉中就会用娱乐替代求知，巨大的压力莫名的焦虑沉闷惯性的生活让人们本能地拒绝费神费脑的事。于是便恹恹地盘算，日子就这样无趣地推着走吧，既然今天明天后天皆无亮色可期，看看韩国人演的“梁山好汉”，自找点小乐子解解眼前的闷子总归比患上抑郁症要好。

为什么仅仅“全球化”呢？要是“全宇宙化”，本姑娘说不定会被洋导选中，登上别的星球，出一把大名的。名号我早想好了，就叫“宇宙周”，单凭这气势，便足可将“国际X”秒了吧！

6. 赚“愤”钱出“二”名

流行可能是这个世界上最不靠谱而又难以摆脱的东西，犹如病毒般，瞬间突袭，无孔不入，很多时候却又无法追溯原委。同样是炎炎夏日，去年流行短裤，今年风行飘逸长裙，风格款式为何如此迥异，竟有云泥之别？谁也说不清，亦没人搭理你！流行就是这样不讲理。就像眼下，“愤二”风愈刮愈烈，明明昨天还流行“甲醇（很傻很天真）”，今日便“愤二”爆潮。如果一个人能“二”到不输凤姐或“愤”才堪比毒舌柯以敏包小柏，甚至直追美国最著名毒舌西蒙·考威尔、瑞奇·热维斯，毋庸置疑，绝对会成为受媒体追捧的“名潮”人。假若你竟是个难得的“愤”“二”全才，那么，恭喜你，你肯定已经名利双收、粉丝百万了！

流行为何能使人如此趋之若鹜，除了人是地球上最易受他人、受环境影响的动物外，我很怀疑，有相当一部分流行纯粹是别有用心的“人精”们制造包装策划出来的，至少，流行的背后，有欲望的因素在使劲煽风点火。当然，也有策划不当，引火烧身的。前不久，美国电影《功夫熊猫2》在中国上映，有一个我不太知其名的知名熊猫艺术家赵半狄（我相信很快会跟风出现以金丝猴、白鳍豚、羚牛等其他国宝级保护动物命名的先锋行为艺术家，这年头，在我心中无比神圣的“艺术家”一词也被“二”了。）自费在某报刊登了抵制观看《功夫熊猫2》的半版广告，广告上是一个头顶熊猫套，长相先锋得稍显夸张的长脸黑衣男子的“功夫”造型，若不是竖排的广告词“我不看《功夫熊猫2》”，你会以为这是一张刻意扮酷到“二”味十足的男模艺术照。据说，网友还为他创意了其他版本的抵制广告，如“你看功夫熊猫2，美国人看你2”、“谁看功夫熊猫2，你就太2了”等等。赵姓熊猫艺术家声称，“抵制的核心并不是特指那只会功夫的熊猫，而是外来文化的侵袭。”可能是人到中年，情绪不太容易被他人煽动的缘故，我并没有被其高举的“爱国主义”大旗所唬住，而是本着求实的精神与态度，上网查阅了资料，得知赵艺术家原来是画画的，1999年起，突然决定与熊猫为伍，转向先锋行为艺术。2007年，赵艺术家便在798艺术区策划了一台“熊猫时装秀”，2008年，他又以“盗窃中国的国宝与功夫，在捞钱的游戏里把中国文化的元素卷在一起”为由，抵制《功夫熊猫1》在中国上映。从此，赵艺术家声名大振，影响力迅速扩大。

我不知赵艺术家是否具有绘画天才，但绝对是个“愤二”全才，至少十分精通“愤二”元素在商业与市场中的深度开发与运用。例如，2007年的“熊猫时装”秀，他嵌入的“愤怒”元素是身着黑白色调服装模特演绎的拆迁钉子户，此场时装秀，赵艺术家还请来了“二”才超群、“二”名鼎鼎的网络红人杨二车娜姆与芙蓉姐姐走秀助阵。《功夫熊猫1》上映后，赵艺术家又列举出不少“罪证”，比如“美国熊猫是绿眼睛的，这应该是编剧或导演很有用心的一笔；熊猫的爸爸是只鸭子，儿童可能会认为是唐老鸭。”此种“赵式”义愤填膺，在各国文化相互借鉴学习，相互取长补短的当下，未免显得有些怪异，有些夸张，极易让人往“作秀、炒作”方面联想。《功夫熊猫2》登陆中国院线之际，赵艺术家再次发力抵制，广告、视频，外加公开信，搞得有声有色，轰轰烈烈，大概某些人认为是针对外国的事，且手里高举爱国大旗，即使有人反对，也会有所顾虑的。岂料，见多识广的网民根本不在乎谁给他们扣上一顶“二”帽，他们群情激“愤”，在漫天的评论与帖子中尖刻揶揄赵艺术家的“哗众取宠”。评论很黄很暴力，赵艺术家却不傻不天真！我以小人之心揣测：人家振臂一呼，虽应者寥寥，但其言行招致的嘲讽揶揄愤怒不也是一种大众关注吗？网络时代，我真不怕你怒，就怕你不怒，就怕我千方百计也难把你激怒！愤怒就是关注率啊！如今这年头，有多少人想弄点事出来好扩大影响力啊！犯众怒？犯雷霆之怒才最合吾意啊！芙蓉姐姐、凤姐不就是“二”到极致，“二”到人人都想讥讽大骂之时，便大功告成了吗？

因此，以“二”出名的人大抵并不“二”，相反他们都是深谙社会人心的“人精”，“二”只是其包装出来的公众形象而已。比如凤姐那句“我的智商和能力，往前推三百年，往后推三百年，总共六百年之内不会有第二个人超过我”的“名言绝句”，“二”到前无古人的地步，就是为激起公愤！有公愤就会有新闻，有新闻就会有关注，有关注就会有名利。楼下李奶奶说得好哇：小伙子有钱在报上登那么大照片，依我看，还不如把那些钞票花在国产动漫的人才培养上有用处。把优秀动漫人才送出去培训，赶明儿咱拍出部比《功夫熊猫》更好看的动漫来掏空美国佬腰包，直接气死好莱坞，这才叫真功夫。真正的中国功夫是抵制出来的吗？得靠勤学苦练长真本事！

当然，赵艺术家也不是“孤军作战”，有一两位名人便很仗义地站出来声援襄助他的抵制活动。其中一位在视频中极个性地“开骂”：“我不知道中国人为什么这么无耻，不看美国大片，你会死吗？”你瞧，现在的聪明人全懂如何一开口便激怒大众。犯众怒，至少证明大家的目光齐聚本人身上吧?！而关注的人多了，想不出名、不挣钱都很困难哩！今年3月，策划“苦命妈妈跪行救女”的网络推手石金泉，后被媒体爆出其策划的事件是一场大骗局，是他自己在幕后扮演着背信弃义的“广州富家公子”这一子虚乌有的人物，并且编造了“广州富家公子”为富不仁的极端可恶言行，故意激怒网民直至沸点。与此同时，网民对“苦命妈妈”的同情也达到沸点，于是，各界捐款源源不断。若不是真相被及时揭露，估计石推手又能成功拿到一笔佣金。我将石推手这种以利用社会公众“愤怒”情绪赚钱为职业的人统称为“掘愤”从业者，赚多少钱都是臭钱，爆多大名都是臭名啊！真正“粪”味十足！

7. 企业文化的“江湖”

表妹花钱在外省某大学上了个MBA（工商管理硕士），每逢节假日，她班里的同学聚会，我总要作为不请之客被她生拉硬拽着作陪前往。聚会中，印象最深的，当数参观主请单位的企业文化场所。

表妹班里的同学大多功成名就，有一半以上在单位担任一把手。这些在公司、企业说话算数的“老大”，为了在同学面前“晒晒”自己的实力与能量，并顺便为班级建设作贡献，纷纷热情主动将全班精英延请至自己的单位参观联欢，并豪掷公款请客送礼。在一场场鱼贯而入的参观秀中，令我大惊小怪、情绪瞬间败落的是——实在不是我存心不良，在各种金碧辉煌与富丽奢靡中，我未感受到任何企业文化的气息，我看到的皆是在企业文化的幌子下，围绕单位“老大”的爱好与兴趣，精心设计并倾财力投入修建起来的各类楼台馆所与文体设施，五花八门，不一而足。作为东道主的“一把手”，均会兴致高昂地亲自充当解说员，漫不经心而又万分得意地展示讲解他们在办公大楼里布局的每一处好玩的场所。每每看到参观人群因羡慕而引起阵阵骚动，便会不失时机地大肆吹嘘传播自己的企业文化理念，理论上既高屋建瓴，言语间又充满了对提升员工文化生活质量的关切。明明是以权肥私，却还能冠冕堂皇地将自己包装成重视企业文化建设的现代开明官员。据此，我想到，对某些人而言，当官，真是一种高智力活动。

高智力必然带来高压力：上级要小心翼翼地维护，平级要热情洋溢地帮扶，下级要周到全面地呵护。否则，关键时刻，大家都会各怀心思与目的用脚投票就让你啥事也干不成！以前，碰到官阶较高的同学，听他们私下里谈及为官的苦闷，总以为人家在说笑话：做官是件“苦差”，为何你们都乐在其中呢？

可没见谁辞官回家种地呀。如今，却是相信他们确也有“不开心”的时候了。既然不开心，便要想方设法寻开心，至少，可以在繁忙的公务之余挤出时间来发展一下自己的兴趣爱好，聊以调剂生活放松身心。何况与员工们一起文化娱乐，还可以帮他们树立一个没有官架子能与群众打成一片的好名声。

于是，生旦净末丑，神仙老虎狗悉数登场了。某些人便揣摩上意，在企业文化上大做文章，以博取上司的好感与赏识。因为他们深知，在职场上求发展，没有一个东西的重要性可以取代老板或上司的好感与赏识。才干也不可以！我深居简出，孤陋寡闻，但至少借表妹同学会的光，见识了建在办公大楼里的微型高尔夫球场、保龄球馆，只因为那两个单位的“老大”喜好这两项运动。还有一单位的“大毛”好打麻将，于是我被领着参观了数间装修豪华的麻将室。某公司董事长好游泳，因此我又有机会见识了盖在楼顶的奢华游泳池。有一位秃了头顶心的男子，也是某单位的“一把手”，浓鸷的须眉下长了张老于世故的脸，居然喜欢一手甩水袖，一手翘兰花指，捏着公鸡嗓唱京剧，于是我又有幸参观了装修得极其考究的小型剧场。最令我诧异的是，一位留着仁丹胡子的白胖子，据说是某集团公司的“老大”，引领我们参观了一个面积、设施、装修均令我叹为观止的澡堂子。白胖子好洗澡，因此该公司大兴洗澡文化，成天洗刷刷、洗刷刷……

故此，某种程度上，企业文化也是一个“江湖”。不少人醉心于企业文化是假，借机靠近权力中心是真。他们试图通过企业文化这条捷径来实现自己的梦想。于是，某单位“老大”

喜好K歌，其下僚多半会苦练歌技，其工会必会定期组织赛歌，“老大”最喜爱的歌曲相关部门更是会郑重其事地组织单位员工日日唱、月月唱、年年唱。“大毛”爱好打牌的公司里，定会涌现一批刻苦钻研牌技、天天不吃饭不睡觉也要陪同上司在牌桌上苦战通宵的有心人。真可谓“企业文化场，阿谀攀交堂”。“努力就有回报，而努力拍马屁的回报是相当大的。”表妹感慨地说，她认识一个小伙子甚是精明，先是天天不辞辛苦陪前任领导打乒乓球，未能如愿以偿靠近领导核心圈，新上司到任后，他又瞄准该领导的独特爱好，转而研究起海钓，只要有机会便主动请缨前往陪同。功夫不负有心人，他终于用海钓为自己钓上来一个“副处级”。“别人愤愤不平管什么用？哪个领导不喜欢提拔千方百计向自己靠近的人，倒要提拔一个疏远自己的人么？”表妹一副见怪不怪、天经地义的口气。“小伙子自己说了，如果职位不能升迁，他的付出也不会打水漂，接近老板可获知很多核心机密与信息，也许能帮他发财，或者就是能帮他消灾避祸不也很好吗？他就是个小人物，没有任何亲戚故旧可依靠提携，要想出人头地，不挖空心思博取上司的好感与赏识，哪还有别的什么途径呢？现在可是个‘官二代’‘富二代’‘星二代’当道的年代。”

我无语。一时竟找不到适当的理由来反驳表妹。只觉得她的话虽有失偏颇，仿佛又讲出了几分现实。只是她那种理该如此的口吻透出某种发人深省的不安，令我心里发慌、发乱。一如企业文化的“江湖”，因许多人在内扑腾，而纷繁杂乱，终究是假以时日也难以平复如初了。

8. 电视沙发上的“娱乐之声”

毋庸置疑，我们正身处一个绝无仅有的电子新传媒时代。

亦无需否认，当下电子媒介发出的最庞杂声音乃娱乐之声。

与理性、连贯、完整、克制、专业，具有反思精神与心灵洞察功能，蕴含人类最高智慧与最本质经验的印刷文字比，娱乐的声音显然更肤浅、更通俗、亦更放松、更欢快——因为电子媒介发出的此类声音，用笑声代替了思考，以消遣驱逐了价值，将垃圾信息当做了知识琼浆。

我深感困惑与不安的是，印刷文字的生命力虽被大大消弱，理性与思考虽已不是这个时代的流行物，文字的根须可仍在我们每个人的血肉中呐！为何会有那么多人心甘情愿地成为娱乐的俘虏乃至附庸？不胜枚举的成人与孩子，为何会纷纷落入娱乐化的圈套且无力反制？甚至被那些娱乐节目招待得眉开眼笑？为何那么多人难以认清电子媒介的娱乐本质？

是娱乐在电子技术的助力下，已掌握了高超的易容术吗？不仅给自己涂抹就一张变幻不定的脸，只欢笑不斗争的手段似乎更加无人能“抵”！是的，它绝不愤怒指责你，它绝不抛给你需要动脑思考的沉重话题；它只以直白化的图像、支离破碎的信息、浅薄夸张的笑声来吸引你、围困你、慰藉你。

如此，你还会和这样一个满脸堆笑的娱乐媒介斗争吗？你还离得开这间自作自受的幸福的“娱乐监狱”吗？人性从来都是避“重”就“轻”的!

科技的快速发展与扩张，尤其是虚拟技术的大行其道，将会怎样影响人类的前途与命运?

工具理性与娱乐至上原则构成的文化工业，会令文化启蒙走向它的反面吗?人类在迈向科技社会的过程中，应警觉什么?保护什么?应为下一代力所能及地做些什么?

感谢并感恩!——有波兹曼、赫胥黎、阿尔都塞、马尔库塞这样的睿智精英与时代同行!

他们如同被上帝亲吻过一般，能透过驳杂现实的鸿爪泥痕、吉光片羽，对未来世界作出直接而准确的预判。并在不同年代里对人类的未来发出振聋发聩的预警。而他们早年对于科技社会的预测，当下世界似乎正在一一应验。

例证无处不在。

《童年的消逝》作者波兹曼，曾一针见血地指出:“人们感到痛苦的不是用笑声代替了思考，而是他们不知道自己为什么笑以及为什么不再思考。”赫胥黎极为担忧:“人们会渐渐爱上压迫，崇拜那些使他们丧失思考能力的工业技术。”法国学者阿尔都塞曾大胆预言:用影像取代概念的娱乐，会矮化每一个人。马尔库塞则向人类重重发出警告:传媒的发达统治了大众的心理，使人们丧失了独立判断、否定批评、清醒面对自我真实需要、坚持真实个性的四种能力。人们将成为单向度的人，不再想象或追求与现实生活不同的另一种生活。

这些深切关怀人类未来命运的“预警家”，是万物之灵中的佼佼者。

亦是我内心深处最想致敬的一群人。

如同千家万户般，娱乐仍在我家继续。

不同之处仿佛只是：被施加了“快乐魔法”，被我定义为“电视沙发”上的主人公以及沙发前的娱乐媒介，在悄悄地有条不紊地更新换代着。

十几年前似乎还是我老妈蜷缩在电视沙发上，手里拿着遥控器在各台乱窜，每个节目看不过几分钟便转下一个台。令人崩溃的是她老人家即便不看任何一个节目，亦习惯将电视开着，让那个盒子放出很大的声响伴她酣然入睡。

后来那个主人公换成了抱大桶爆米花的我。

再后来，由于觉得木椅不够舒服，朗爹强行占领了电视沙发那块“风水宝地”，前面的媒介亦换成了手提电脑。他喜欢在夜间空闲时疯狂刷屏研究各种网络工具，浏览焦点体育新闻与社会新闻，或者在淘宝瞎逛，不知不觉间几个小时便消失殆尽。啥事没做，啥收获没有，一切记忆皆在电脑关闭那一刻自动消失。最近，朗爹突然一惊一乍地宣布，对于垃圾信息过剩的网络他已洞烛其奸，下决心要离开那张舒服到可恶的电视沙发，挥手告别那些被网络肢解得七零八碎、混乱而又亢奋、放松而又麻木的夜晚。我和幼童表示乐观其成。

如今，大喇喇侧躺在电视沙发位上的，是十岁的朗儿。他怕引起父母的警觉与呵斥，每天早晨特意五点半早早醒来，轻手轻脚地行动，一手拿着 iPad，一手举着刚从微波炉里翻热的半盒薯条。

静静的早晨，iPad 里面哪有其他声音。

只有娱乐的声音！

9. 假如是枚人造鸡蛋呢

尖酸刻薄地讥讽别人好笑吗？争先恐后当众痛哭流涕晒悲情好玩吗？小鬼不怕金刚，烂泥菩萨最先过河这样的事你觉得不可思议吗？

这些听着惊悚失常、能吓人一趔趄的人或事，出现在电视选秀节目的舞台上似乎就很正常。

收看各种类型的选秀节目，我常有进入魔幻现实主义世界的错觉，得连补七天的《喜羊羊与灰太狼》才能恢复正常。因而，我常在两类节目间穿越。

拿萨特的一句话来说就是："我们沉浸在其中……如果我说我们对它既是不能忍受的，同时又与它相处得不错，你会理解我的意思吗？"

我的意思是，精神，乃我所求，娱乐，亦我所需。而眼下，无处不在的所谓相亲秀、唱歌秀、跳舞秀、求职秀等电视选秀节目，却大多有娱乐，无精神。

是的，这个日益商业化娱乐化时代最大的病症即在于：真正有价值的东西未必惹人注目，表面光鲜噱头十足却毫无价值甚至有造假之嫌的东西偏偏吸引着大众的眼球，并获得本不该拥有的掌声、荣誉、金钱、影响力及江湖地位。

如此悖谬。或许，与精神相比，忐忑的世界更需要娱乐？

所以，即便遇上人为造假、人为夸大之嫌的秀人秀事，大家亦心知肚明地不道破，仍然虚情假意地奉承着、吹捧着。

你不会装，那是你的错。

小朋友假装相信圣诞老人，不就是为了得到一份额外的礼物吗？

太实诚，你本就不该往电视选秀那个庞杂而又诡异的热辣舞台上去啊！

要知道，站在万人瞩目的聚光灯下，仅有万丈雄心是不够的！还需要收放自如的演技，更需要读懂电视机前万千观众微妙而又复杂的收视心理。

否则，观众的同情心一旦爆发、观众的正义之火一旦燃烧。

你要么收获掌声鲜花，要么收获板砖唾沫。

在一档知名求职选秀节目中担任主持人的张绍刚，最近因“晕倒门事件”陷入了无边的困扰。

某期节目中，应聘者法国海归郭杰上场后，面对现场评委文颐用法语再三提问，不是答非所问，就是吞吞吐吐，表示“不知道”、没看过。主持人张绍刚将郭杰提供给节目组的文凭交给曾在法国生活过的文颐“鉴定”。文颐表示，郭杰的文凭只是“短期培训证”，并称其中一张“Bac + 5”证书，是相当于“大专”、“技术学校”的文凭，而非硕士学位证。一时间，众评委纷纷“熄灯”，郭杰随后晕倒。主持人发问：“你是在表演吗？”郭杰躺着说：“没有。”

郭杰晕倒的视频在网上疯传后，引发极大争议。法国留学生纷纷质疑文颐的法语中语法错误众多，表示“Bac + 5”在法国就是相当于硕士学位。部分网友则炮轰张绍刚与评委文颐在节目中不懂得尊重求职者的人格与尊严。亦有一些网友力挺张绍刚现场打假，质疑郭杰的简历与学历均有造假之嫌。一时间，张绍刚被推到了舆论的风口浪尖。

2009 年，村上春树发表了《永远站在鸡蛋一边》这一著名演讲。他说：“假如这里有坚固的高墙和撞墙破碎的鸡蛋，我总是站在鸡蛋一边。是的，无论高墙多么正确和鸡蛋多么错误，我也还是站在鸡蛋一边。”

我猜，张绍刚若读过村上春树这篇演讲，一定不会犯质疑、嘲讽“脆弱却完整鸡蛋”这种低级错误。

困扰张绍刚的问题是：万一是枚人造蛋呢？

其实村上春树已经给出了答案。

是的，无论鸡蛋多么错误，哪怕它是一枚人造鸡蛋呢；无论高墙多么正确，哪怕人人能从它身上闻到窦娥的味道呢。观众站在鸡蛋、亦即弱者一边的立场永远不会改变。

这便是诡异的大众收视心理。

亦是“电视不会思考”真相的一部分。

千万不要以为观众是理性群体，绝大部分中国观众都是伦理的、情绪的动物。他们常常看着电视选秀节目，想着自己身边的事。求职秀主持人若是咄咄逼人地质疑处于弱势方的求职者，哪个观众不会往自己儿女身上琢磨联想？谁家没有一两个茫然焦虑却仍然一无所获的求职者？

有趣的是，另一档求职选秀节目则无论主持人还是上场的应聘者，似乎均是村上春树的“铁杆粉”——他们对村上春树那套理论已融会贯通，且能活学活用。

那晚是电视女主持人选秀专场，我老姐一边看一边抹泪。

为了应聘成功，参加选秀的很多女孩纷纷当众秀悲炫苦，舞台上痛哭流涕的人接二连三，有人为爷爷哭，有人为爸爸哭，有人为爱情哭，有人为友谊哭。而且，不少人，居然哭到泣不成声。比如一位女孩说：我爷爷生病了，很重的病，还在医院里，我上了电视，希望他能看到我。随即，痛苦失声。

我深感莫名其妙。

心想，你爷爷病重了还待这儿选秀干嘛啊。是装弱势的鸡蛋吧?!

我老姐却被女孩的孝心与深情所打动，她一边抽泣一边嚷嚷着要给节目现场打电话：绝不能让这么好的女孩被淘汰。

我摁住她的手说：信行动，不要信眼泪。

老姐狠剜了我一眼，粗暴推开我的手呵斥道：你真没良心！人家多可怜多孝顺多有志气啊！而你却连起码的同情心都没有吗？

10. 快乐保卫战

江南 Style，如今这个词在世人眼中绝对具有小资与时尚前沿的地位，当这个词幽幽地从舌尖吐出，天然焕发出一种优雅高贵之气。然后，你打开视屏，看见一个“土肥圆”的中年贱男，憨厚而僵硬的脸上因戴着一副新款墨镜而显得愈加滑稽土气，有如摔跤手般敦实的身材，因服饰装扮新潮，看上去又古怪又奔放。只见他表情严肃而又动作夸张地扭动着肥胖的屁股，双手握拳扎着招牌的马步：右脚一拍，左脚一拍，右脚两拍，左手在前牵缰绳，右手头顶扬马鞭……他就像突然降临地球的一个不明新人种，完全摒弃以往我们作为社会人所要遵循的一切优雅与规则，只顾着自己的放松、快活与自由，怎么自在怎么跳，哪样释放彻底就哪样尽兴撒野，他灵活而又热烈地“奔腾”于桑拿房、马厩与众美女当中：哥是高富帅，生活好滋味……这时候，你的欢乐喷涌而出，你从心底发出了久违而畅快并放肆的大笑。试问，你多久没发出过这样痛快淋漓如婴儿般没心没肺的畅笑了？

眼下，全世界都在疑惑，都在发问。

韩国“鸟叔”朴载相演唱的《江南 Style》凭什么火爆全球？火到明星、政要、职员、学生，男女老少都在疯狂模仿。“鸟叔”外形粗糙，身材敦厚，舞姿笨拙，其音乐简单，讽刺通俗，《江南 Style》有何道理在全球如病毒般神速传播，视频在国外点击量超 4 亿，并击败贾斯汀、阿黛尔等欧美天王巨星，狂刷多国音乐排行榜榜首？

“神曲”有何神功？大家纷纷发表“真知灼见”。

有媒体分析指出，《江南 Style》之所以首先在美国走红，是因为像美国这样发达国家的歌星是不会模仿农业社会的骑马或赶牛动作的，比如迈克尔·杰克逊就只会模仿登月的太空人行走和机器人的机械动作，无疑，杰克逊的舞蹈动作比起“鸟叔”来要“发达”“现代”得多；其次这首歌所展示出来的疯狂劲头，这种粗俗却强大的生命力深深地打动了美国观众。还有媒体认为，是因为朴载相以俗人找乐子的方式，对韩国江南富人区豪华奢靡的生活方式进行了尖刻嘲讽，引起了大众的共鸣。更有研究声音工学的专家最后得出结论：《江南Style》中五个音节的核心节奏重复了100次以上。这个节拍数和慢跑30分钟以上呼吸急促，感觉兴奋那一瞬间的心脏跳动数几乎一致。

分析越来越玄。但凡面对成功的事物，人们习惯将简单的本质复杂化，就像一篇有幸被选为中小学教材的短文，经过一番阅读理解后，其中蕴含的许多深意是原作者当初也不曾想到，并且觉得莫名其妙的。

难以拥有最原始的简单，是现代人无法治愈的通病。

请原谅英雄所见有所不同。

美国人将《江南Style》首先捧红是因为在这首歌中找到了让他们舒坦的优越感吗？那也未免太小瞧美国人了。是“鸟叔”扯下了韩国上流社会那块遮羞布，肆无忌惮粗野直露地调侃江南富人奢豪的生活方式，而受到全球粉丝的追捧吗？

别傻了，从头到尾的韩语歌词，你听得懂其中对过度追求物质生活的讽刺吗？

至于《江南Style》的核心节奏与慢跑感觉兴奋时的心跳数一致，那更是风马牛不相及的牵强附会。

我个人始终以为，是朴载相跳“骑马舞”时所表现出的那种无所顾忌、自由自在、纯粹跟着感觉走的婴儿似的快活，实在太有“附着力”了！他的奔放与快活瞬间激活了平日里循规蹈矩、在逼仄的竞争空间里已满是疲惫、烦不胜烦却又找不到释放渠道的我们。

我们都想像他那样放松、欢畅、快活，我们都想摒弃忌讳与压力，跟着感觉自在地活，但是我们做不到！

在现实生活中，我们都有太多的顾虑，都有太多的压力。人人都是“压力山大”。在一个利化的时代里，无论生活在哪个国家，逐利似乎都是生存与发展中的第一要事。现实生活的每一面，大多数人们都要进行成本核算，照料两个老人需要多少钱，抚养一个孩子需要多少钱，买一套房子需要多少钱，上学读哪个专业将来能找个赚高薪的工作，嫁给哪样的男人将来经济上能有保障。很多人都变成了经济的动物，已无法做到“一箪食一瓢饮”而不改其乐了。利与物，压力与顾虑，紧紧地捆绑着我们。我们已经很久不知道什么叫自由自在之乐了。

是的，即使在唱歌跳舞时，即使是在足之蹈之舞至兴奋时，我们也被所谓的中心主题牢牢束缚着，被各界议论的目光死死把控着，我们从来都不敢“出圈”，从来都不敢“跟着感觉走”。

因为“放肆”，在很多国家从来都不是个好词。

而“放肆”与自在快活，有时只有一线之差。

前苏联诗人巴尔蒙特曾充满激情地写道：“我来到这个世界为的是看太阳，和蔚蓝色的田野。”这话说得多好哇！谁来到这个世界不是为了在太阳底下放松、自在、快乐，在蔚蓝色的田野里跟着感觉走呢？

可是，现实生活中，每个人都必须面对残酷的竞争。

于是，每个人出生时虽都是原创，渐渐地，我们却都因为各种原因变成了盗版。每个人都在压抑中包裹上了一层层的伪饰。离婴儿般的自在与快乐越来越远。

直到我们看到一个真正的原创——《江南 Style》中跳骑马舞的“鸟叔”，并被他近乎放肆的快乐齐齐激活。

11. 穿越这件事

想跟元稹、白居易做同事吗？想回到唐朝过圣诞节吗？想骑上骏马，带上豹子，亲自体验一把大唐最流行的户外运动贵族狩猎吗？想?! 那你可知中古汉语是鸟语、唐朝没有椅子坐、唐朝帅哥吸引女孩最有效的技能是作诗吗？

在“穿越”题材大行其道的今天，唐朝成了一个热门目的地。最近，由作者森林鹿撰写的《穿越唐朝指南》一书，凭借生动幽默的穿越文字，考据严谨扎实的当朝细节，迷倒了万千“唐粉”，一时大热。

是的，穿越不仅是个技术活，似乎还是件时髦事。

穿越市场，唐朝炙手可热，其实只因名声在外。事实上，每个朝代皆有自己迥异于现代文明的独有社会特质，无论衣食住行、婚丧嫁娶，抑或四时节令，入学出仕。假如你经常光顾浏览历史论坛，便会发现，历朝历代，都有无数“铁粉”将之列为自己的穿越目的地。比如唐穿成功，便有诸多网友要求尽快推出宋、明等各朝穿越指南。大伙儿似乎都沉醉于现代文明来临之前，各个时代的简朴与美好，而极大地忽略了农耕时代交通之不便，物质之匮乏、商业之落后、等级之森严、社会之封闭。

可见，在享受现代文明便捷的同时，深感困惑的现代人并不在少数。

文明一路走来，科技日益发达了，物质极大丰富了，商业繁荣鼎盛了，我们是否也一路丢失了许多美好呢？

否则，现代人为何会发明“穿越”一词？

为何大家纷纷热衷于搭乘时光机，沿着人类文明发展之路径，溯源而上，去寻找古典时代的美好？

或许每个人身上独有的性格特征与文化气质，均有一个特定的时代与之契合。无奈，出生在哪个时代，却并不由你自己做主。

又或许，现实生活泯灭了我们每个人心中栖居的诗意，我们都想把那个焦躁郁闷、空洞乏味、刻板无聊的“旧我”从时空中撕裂出去，把那个“旧我”扔弃在当下，腾出时空去找寻内心真正的欲求，找寻诗意的存在、梦境之所在。

于是，人人都怀有一个穿越的梦想。

记得早先曾看过伍迪·艾伦执导的一部电影《午夜巴黎》，讲述的是一个美国人穿越回20世纪20年代巴黎的故事：好莱坞编剧吉尔与未婚妻伊内兹来到梦想之都巴黎度假。有天吉尔独自漫步巴黎街头，当午夜的钟声敲响之后，一辆马车突然在他面前停下，车上的旅人热情邀请他上车，而下车后的吉尔惊讶地发现自己竟置身于心中向往的巴黎黄金时代。于是，每当午夜钟声响起，他便会穿越到20世纪20年代。在这样一个个神奇而迷人的夜晚，他遇见了许多时代牛人：菲茨吉拉德、海明威、毕加索、斯坦因等；他还荣幸地将自己的手稿交给他们阅读，品鉴。

印象最深的是影片结尾，颇有些意味深长。

吉尔问三位艺术家哪个年代才是他们心目中最好的年代。三人都说文艺复兴时代才是最美好的年代。吉尔却表示不论那一个年代的人总以为别的年代比较美好，因此最好的做法还是接受现实。

个人觉得吉尔最终选择逃离他梦想的旧时代，既明智又睿智。

一直记得他最后对坚持要留在20年代的心上人说的那句经典台词："他们这个时代没有抗生素。牙医也没有麻醉剂。"

为什么旧时代才可爱？

因为抽去了实质的旧时代再也不能伤人：时光已负责将其中的不堪与血腥、腐臭与尘雾漂洗一净。

"相纸上凝固的美人，你嗅不到她的口气、腋下的体臭，只剩倩影依稀。"一位唤作纳兰妙珠的网友如此一针见血。

而我亦一直相信：每个现在都有自己的黄金时代。

名人也爱穿越。

看过一段对话，作家慕容雪村问演员陈坤，假如有时光机，他更愿意回到哪个时代？

陈坤的回答是回到战国，做个门客。理由是在一个纷飞的状态里，到处去投奔、讨口饭吃、看人脸色，但他依然必需保持心里的一个态度。慕容雪村的选择是回到开元天宝年间的大唐。他希望在长安城开个小酒馆，热情接待那个时代最不靠谱的一帮名人，比如李白、杜甫、张旭，比如大美女韩国夫人、虢国夫人。

我想给他们二位提个醒的是，想去战国的切莫在时光机上坐过了站，必须在战国前期下机，因为到了战国后期，想要讨口饭吃的门客很难保持自己心里的态度了，那时门客的所作所为一切围绕主公的目标，而不再坚持原则与人格独立了。希望穿越到天宝年间的作家呢，我建议，先翻翻森林鹿那本《穿越唐朝指南》，否则真的难以生存，更甭提在酒馆接待美女贵妇了。那时的女人可不许单身上街，单身上街者，必是穿越女无疑，捉来必杖六十呢。

至于我的穿越地，料你们也猜不到。

我最想穿越到1837年至1901年间的维多利亚时代。理由如下：那是个几乎人人读小说的年代，产生了勃朗特三姐妹、哈代、狄更斯、柯南·道尔等众多文学巨匠，深得我心；其次那时特别讲究饮食烹制，下午茶就是那时开始盛行的；还有最重要的一点，清纯、典雅、含蓄，迷死人不偿命的蕾丝，在那个时期女性的服饰上运用得最为出神入化，那种精美包裹的魅力绝对不是当下方兴未艾的裸露透视装可以比拟的。

12. 以“贺岁”的名义“抢钱”

去年喜欢看电影的人们如果还需要在父子反目、母子乱伦的《满城尽带黄金甲》营造的阴鸷残忍的氛围中辞旧迎新的话，今年则要在血肉横飞、枪炮隆隆、刀光剑影的惊吓惶恐中守岁了。

当然，这都是万恶的票房惹的祸。

十年前，一部《甲方乙方》，使冯小刚成了内地贺岁片的开山鼻祖。虽然冯导也是将从香港趸来的“贺岁”概念活学活用，但贺岁片在内地兴起那几年，冯导凭他独有的禀赋，将小人物在艰辛尴尬的环境中，随时随地抖出让人啼笑皆非的黑色幽默，力挺自我尊严的精彩故事娓娓道来，令人忍俊不禁，捧腹开怀，极大地满足了人们劳累一年之后需放松愉悦的愿望，因此，电影院里场场高朋满座，冯式贺岁片赢得了巨大的票房收益。在令人眼晕的赚钱效应下，这几年贺岁片遍地开花，而且大大突破了十年前冯式贺岁片“小人物幽默”的喜剧模式，悲情片、恐怖片、战争片统统往“贺岁档”这个大筐里装，完全无视观众对节日喜庆祥和氛围的需求，眼睛只盯着春节前后人们强大的消费能力。杀人放火也好，恐怖惊悚也罢，不管何种题材我都贴上“贺岁片”的标签销售，大有挂羊头卖狗肉之嫌，欺行霸市之势。

中国的很多事情都自有特色，令人匪夷所思。按理说，在职场上战战兢兢、如履薄冰地打拼了一年，谁都精神紧张、身心俱疲，好不容易有个忙里偷闲的工夫，家人团聚的时刻，谁都希望能在开心的笑声中彻底放松自己，将自己回归到最舒适的无保护状态。如果说冯式贺岁片“自下而上”的红火，契合了观众渴望放松的需求，影片上演之前虽然并无铺天盖地的宣传，得益于口口相传，冯导及其投资方赚得盆满钵满，如今，喜剧幽默片换成了血腥的战争片，杀人如麻的古装片，电影院该是门庭冷落了吧？然而众娱媒的宣传口径却都是这些血腥悲情的贺岁片既叫好又叫座，均称由香港大导演陈可辛执导的贺岁大片《投名状》，截至12月17日，在内地的票房收入已突破1.1亿元，香港的票房也达到了1000万港币。虽说，票房收入这个东西，不能不信又不能全信，挤一挤大多会有水分的。不管怎样，该片高调得离谱的宣传炒作忽悠了不少观众掏银子去看却是真的。当然，尸横遍野的《投名状》想做贺岁霸主还有一定难度，该片的最大竞争对手是于本月20日开始上映的贺岁大片《集结号》。作为内地第一个吃“贺岁档”螃蟹的导演，冯导早就摆开了志在必得的架势。号称是冯小刚转型巨制的战争片《集结号》，在宣传声势上与《投名状》一直较着劲，你拿李连杰、刘德华、金城武、徐静蕾的明星号召力炒作，我就拿王宝强“草根”变“腕儿”的传奇故事说事儿；你说首映庆典有百位红人亮相，我的首映庆典便邀华谊旗下艺人全体出动；你为庆典制作了一面巨鼓助威呐喊，我就高价定制迄今为止中国影史上面积最大的巨幅银幕，活动结束后还将捐给中国电影资料馆珍藏，以凸显《集结号》的“里程碑”意义。有娱媒力捧你是2007年度最有票房号召力的贺岁片，就有娱媒说我的片子比《太极旗飘扬》还牛，场面比《拯救大兵瑞恩》还壮观。你的片子血肉横飞，我的片子炮火连天。

虽然在完全市场化的条件下，各家电影企业有自由有权利根据自己的利益诉求宣传炒作。而在中国，有一种人们熟视无睹的怪现象便是，谁天天烧钱在电视及纸媒上做广告，人们便会不约而同地将之视为名人、名牌，似乎媒体曝光率便是质量与信誉的保证。在这种哗众便能取宠的娱乐市场环境中，《投名状》与血肉横飞的《集结号》挂“贺岁”之名，行“抢钱”之实，并能获得一定程度的成功，便不足为怪了。我所担忧的只是，与前几年“自下而上”的红火相比，这种靠炒作造势等附加手段实现的“自上而下”的贺岁片的火爆，到底还能走多远？想必谁也不敢断言。就在出品方欢天喜地地数银子的同时，被目不暇接的炒作“忽悠”进电影院的“发烧”观众，本想在辞旧迎新的岁末出去寻求放松，渴望在一种欢乐吉祥的氛围中愉悦身心，在开心的笑声中卸掉一年来累积在身心之上的沉重负荷，轻松上阵迎接未来的。孰料，随着贺岁片剧情的层层推进，胸口就像被棉絮样的东西堵住了，心一点一点被揉碎，悲伤的眼泪一滴一滴地落下来。晚上，血肉横飞、尸横遍野的场面在脑海里挥之不去，害得他噩梦连连。这也叫贺岁片？这叫“花钱买堵心”仿佛更准确！

卡尔维诺说，世界上有轻逸的文本。该话的意思是说这种文本没有叙事之繁重。它的功用只是负责排放出灵魂的过度悲伤，保持住人们内心的活力。我想，贺岁片应是如此。如今电影界的大腕们为了借势贺岁档期间人们的消费冲动及潜能“抢钱”，标新立异地将惊悚片、战争片、悲情片统统贴上“贺岁片”的标签叫卖，纯粹是在玩只顾眼前不顾长远的危险游戏。

谈到冯小刚转型拍战争贺岁片，外界见仁见智，莫衷一是，我个人的意见是冯导并非全才，似乎拍反映小人物的喜剧才是他的优势与强项。至于有人吹嘘说《集结号》的场面比《拯救大兵瑞恩》还壮观，本人以为实属牵强，就像有人说牛萌萌像张曼玉一样不够坦诚，又像有人非要你攀个权势富贵的远房亲戚那样生拉硬扯。委实还没好到那种程度，与世界一流的战争大片比，在场面、制作、特技、剪辑等诸多环节均存在较大差距。

还好，有幽默天分的冯小刚下一部电影《贵族》据说要回归喜剧了。而眼下，我更期待的却是周星驰三年磨一剑拍的贺岁片《长江七号》，周星驰无厘头似的幽默真是无人可以拷贝。他总是有办法让你心甘情愿笑得肝胆晃悠。是真正让人感到身心放松的轻逸文本。但愿结局不是我的一厢情愿。

13. 听不懂时下热歌的人

现在的我还远未老去，确切地说是一位“70后”。

但我必须承认，在被发达的现代传媒左右流行口味的电子音乐与热门歌曲面前，我已老态初现，接受力与理解力双双出现代际传播障碍。我不仅仅听不懂眼下诸多风行的电子音乐与流行歌曲，更为困扰的是，那些电子琴加电脑炮制出来的音乐产品曲风追求远离传统和谐乐声、歌词追求脱离朴素的人类情感，那些乱乱哄哄、冷涩怪诞的音乐骤然在耳边响起，我便会产生生理反应：头皮发麻，心烦意乱，血压升高。

于是，我开始相信，这世间的音乐，不尽是审美的。有一种叫治愈系，可能还有一种叫患病系。

我并不以为自己是反应过度。

对于大多数人来说，人生是一场艰辛之旅。

在这个什么都讲究竞争、讲究关系、讲究自我、讲究迅速占领的年代，我有理由不喜欢这些“只见自我不见道德”、“嘲弄生活”一切都无所谓，“在生活与爱情的表层浮沫中顾影自怜”的流行新歌。

是的，我有充足的理由怀念20世纪八九十年代，那些朴素、深情，既能震撼你又能温暖你快慰你的所谓老歌。

它那样打动你，并藏匿你心底，风雨茫然中，你内心深处便会响起那首歌。

多么难得！

前些日子，有爱乐小友自告奋勇为我的手机下载热门歌曲，他热情有加地为我推荐杨墨的《哪儿凉快哪儿呆》，冷漠的《月光族的泪》、《小三》、《高帅富》，周杰伦的《星晴》、陈玉建的《微信爱》，许嵩的《胡萝卜须》，郑源的《爱情里没有谁对谁错》。

这些歌我要么不喜欢，要么听不懂。我婉拒他的美意。

小友的表情很是夸张：这些歌多热门啊，您真的不喜欢也听不懂吗？您可是新闻人，不会这么OUT吧？

我说，我一向不在意自己是否已被飞奔的时代抛弃，与其上气不接下气地跟着时代一起跑酷，不如优哉游哉地享受自在的乐趣。如果我力不从心，我认为我还有权选择落后。所以，“IN”或者“OUT”，一个标签而已，又有什么关系。

剩下的为什么不喜欢？小友执意要一个答案。

我郑重其事地思考良久：我觉得这些歌曲缺乏真诚生活的态度与视角。在这些歌里，我根本听不到生命本身的声音，感受不到珍惜与品味普通人生的情怀与追求。不想承担任何责任，不想追求任何价值，成天想着美事落到自己头上，你觉得这可能吗？美梦无法成真，便玩世不恭、冷嘲热讽、假装流氓，你觉得这样的歌能打动你的心，震撼你的灵魂吗？

在我们那个年代，其实离现在也并不久远，质朴、纯真、安宁、激情，连空气里似乎都洋溢着理想主义的味道。那时的乐坛，人才辈出，好歌频现，每一段旋律的发生，每一件器乐的编配，每一句歌词的填写，无不用心打磨，细细雕刻。听这些用心而不是用MIDI创作出来的音乐，你几乎能触碰到歌者的灵魂。如从崔健、魔岩三杰、朴树的歌里，你能听出梦想、迷惑、挣扎、坚韧；黄家驹的歌，你能感受到沧桑、哀痛、真挚、温暖；蔡琴中气充沛，唱功深厚，柔情与忧伤自然流露；陈百强，我不知道他是不是一个严重缺乏安全感的人，不然为何会发出《一生何求》、这样惨痛的呼号，歌声充满寂灭感，苍凉浸透骨髓。还有田震的野性不羁，梅艳芳的豪迈落寞，陈慧娴的凄婉清新，谭咏麟的平和苍茫，张学友的沉稳大气。

那是一个音乐真正多元的年代，每一位歌者都有自己与众不同的风格，以及对歌咏题材人性化的深入思考。其中，尤喜英年早逝的陈百强与黄家驹，直到如今，无论身在何方，只要《一生何求》、《真的爱你》两首歌的旋律一响起，我的心依然会被瞬间击中，总会不由自主地驻足聆听。有一年清明，我走在冷雨飘忽的街道，路边音像店忽然传来黄家驹写给他母亲的那首《真的爱你》："是你多么温馨的目光，教我坚毅望着前路，叮嘱我跌倒不应放弃。没法解释怎可报尽亲恩，爱意宽大是无限，请准我说声真的爱你……"我顿时竟难以自控，泪流满面。

那时的歌，总有几首依偎着你的心，渗透到你的生命中。

于我而言，在生命遭受挫折的每一个时刻，在对现实充满失望的那一瞬间，心底都会响起黄家驹的这首歌，想我那早早去了天堂的母亲定会叮嘱我坚持住一些东西，心中便充满了温暖，重新获得信心与勇气，继续努力按照自己的信念与心指引的方向前行，跌倒也不放弃。

可是时下的热歌，它无法再给予我这些。

就像眼前这位小友，他实在也说不出喜爱这些热门歌曲的理由。或许，对大多数年轻人而言，热衷听什么歌，只是求得一个"时尚、酷、不落伍"的标签而已，外在的标签远比内在的情怀重要。对于时下的创作者而言，技巧创新远比音乐本身重要。他们沉迷于将颠覆进行到底。对于内心的召唤，统统视而不见。

于是，我也对这些所谓热歌视而不见。

我忠诚地热爱着20世纪末的那些经典老歌，百听不厌。我自信那些老歌也热爱着我。否则，它们为何会那样偎贴着我的心。

14. 当音乐成为一种技术制品

“全民创作”的模式在新媒体时代之所以大受欢迎，我想最重要的原因或许是众多南郭先生滥竽其中，在众乐乐的庇护下，可以一味依靠数字技术，来遮蔽自己的一知半解。不仅不会丢人现眼，胆大妄为的幸运儿混个标新立异、崇隆名位亦未可知。

于是，无数的人投身其中，渴望在这里实现自己热切的梦想。

朋友的孩子小C又胖又矬，大学毕业后在中关村的写字楼里打工，拿着饿不死富不了的一份薪水，借用眼下的时髦词汇来说就是一典型的“男屌丝”，可这并不妨碍他拼将一手三脚猫功夫，为博取心中“白富美”的青睐，附庸风雅地玩起了作词作曲。可怜小C既不识五线谱，又不会任何一门乐器，更不懂何谓织体和声，何谓调式基础，但作为一名理工男，他摸得清电子音乐制作软件与电子音乐剪辑处理软件的套路。凭着娴熟的电脑应用技术，小C勇闯音乐创作这块博大精深的审美高地，居然完成了近十首“爱情金曲”，不仅成功抱得美人归，还罩上了“先锋派”音乐人的光环，一夜间屌丝C成了无数傲娇丽人崇拜的偶像。

科学技术的迅猛发展，已彻底颠覆了许多传统的艺术创作方式。早先，音乐创作只能用谱子记录下主旋律，之后再将鼓点、钢琴、吉他、和声等乐器效果组合在一起。因此，曲作者必须具有扎实的乐理基础与器乐功底，懂调式，会即兴伴奏。如今，数字技术的日新月异使得曲作者的主观积累与努力变得无关紧要，因为几乎所有的乐器都可以被数字化模拟到电脑里。这些音乐制作软件可以非常逼真地制造出各种音效，随后还有应运而生的数字音乐处理软件帮助完成剪辑等后期处理。故而，你的嘴会哼哼，便能作曲，鼠标会帮你处理好一切。至于作词，只要我们这些热爱传统的老冬烘们不提抗议，现在的年轻人谁在乎歌词是否格高韵美，是否婉约旨远？这个时代的创作风尚已经转向了解构传统、颠覆经典、娱人娱己。

自然，你也用不着担心这些数字技术生成的消费市场。人如林中鸟，啥样的都不缺，对于个性的过度追求已将音乐消费群体细分为哼唧派、迷幻派、未来派、咆哮派、嘻哈派、愤怒派、清新派、重味派、自嘲派、逍遥派等等不一而足。中国人口众多，哪样生涩怪诞的音乐生产出来，都会有嗷嗷待哺的消费者捧场喝彩。

我的悲哀与无所适从是，当时代裹挟着技术的浪潮滚滚而至，我却只能绝望地站在岸边，徒然看着自己无比推崇的艺术创作传统方式与观念正在缓慢沉底，一帮不懂音乐、只懂电脑技术的剪刀手爱德华，正伫立潮头自信爆棚地准备大干快上，制造更多的音乐垃圾，赚取更多的钞票、更大的名声。

于是，我安慰自己：当今音乐，形式胜过内容的趋势已不可逆转。因为技术的发展已使虚拟在艺术创作世界里完全吞噬了心灵与情感。

我无法否认，我十分厌弃这些没有旋律、不讲调性、远离人类情感的音乐技术制品，因为它们舍弃了人类独有的心灵体验与生命感悟：就像一个灵魂出走的躯壳，永远无法与正常的人们亲近沟通共鸣，唯一能做到的，只是虐耳而已！

虚拟技术已改变了这个世界，追求真情实感的人们却不得不活在其中！

这是我在这个时代遇到的最大困惑。

在物质的强力挤压下，众多心灵感到焦渴难耐。

社会转型期，患上心灵饥渴症的人难以计数。

音乐作为一门神奇的艺术，对于人类最大的恩典在于心灵鸡汤般的疗效。

只是，眼下这些远离人性的数字技术音乐制品还能给人类心灵以营养以温暖以慰藉吗？这些运用序列、数控、偶然等机械技术生成的音乐制品有审美能力吗？它们能深入你的内心，如魔手般抚慰你的焦虑、惶恐、愤怒与痛苦吗？能唤起你内心深处的温情与柔软，给予你爱意与希望吗？

你奋斗，你穷忙，票子、车子、房子、位子，你需要的很多，如意的很少：你的孩子考不上理想的学校，你深信不疑的爱情居然背叛了你，你在城市里买不起房子居无定所，你能力强贡献大却晋升无望，你工作辛苦薪水微薄，恰巧孩子又出生了，老人又病倒了。

这时，你才发现，你最低限度的需要，其实不过是一点温暖与爱意!

不过是一支能抚慰你的歌而已!

可是，虚拟技术炮制不出心灵鸡汤!

能够修复你内心伤痛、抚慰你现实挫败感的那支歌又在哪儿呢?

现在，你终于明白了：音乐是有年轮的，它的身上是挂着年龄标签的。每个时代音乐消费主力军的口味是迥然有别的。你们那个时代好心灵味儿的，这个时代好虚拟技术味儿的。这个时代的主角根本不是你，而是剪刀手爱德华们!

你终于平和了。你才到中年便服老了。在此后灵魂跟不上时代变速的所有日子里，你心安理得地与时代脱节了：年轻人无比热爱的潮歌你过耳便忘，内心响起的、能让你热泪盈眶地想同声和唱的仍然是20世纪八九十年代那些经典老歌。

15. 如果央视春晚停办

再过二十多天，央视春晚便将全面揭锅。可以想象，眼下铺天盖地的宣传在大年初一又将“变脸”为不绝于耳的批评与谩骂。

忙活了二十多年，央视从1983年起花巨资打造的春晚，从最初的万人空巷，家家视为除夕夜里的精神“年夜饭”，到如今的饱受批评，观众将之视为弃之可惜食之无味的鸡肋，似乎已走入黔驴技穷的下坡通道。央视为挽回春晚每况愈下的颓势，没少下本钱、花工夫、想点子，可收效甚微，原因何在？有人谓之定位模糊，年年吆喝创新，最终还是死守“团圆、喜庆、热闹”的传统形式，贪大求全，想图个皆大欢喜，结果却落个人人挑剔个个臧否的不堪结局。有人称其高高在上、漠视民意，观众呼声甚高的“超女”李宇春、“快男”陈楚生及被尊为“中国摇滚教父”的崔健、还有备受中老年观众喜爱的平民相声演员郭德纲都因种种原因被排除在春晚大门之外。你不理“民”自然“民”不理你。

笔者以为，以上诊断虽均有一定道理，可似乎又有以偏概全各说各话之嫌。因为全球 123 个国家可同时收看到的央视春晚，其所承载的晚会之外的含义，远非一台普通的综艺晚会可以比拟。外界亦难以换位思考，春晚“掌勺人”实在需要平衡太多的东西，所有的东西都必须兼顾，定位自然模糊。更重要的是，推出春晚二十多年来，国内的娱乐环境已发生了翻天覆地的变化，上百个电视频道、上网、K 歌、玩牌、打游戏，娱乐的多元化已成为一股不可阻挡的潮流与趋势，并以摧枯拉朽、分崩离析的态势蚕食着春晚的观众群。既然落花有意，流水无情，人力已难以再现春晚当年的空前盛况，既然春晚步入颓势是时代与潮流使然，那么假若央视春晚决定停办一年，又将如何呢？

假如央视春晚停办，我想本山大叔无疑是最大的受益者与受害者。至少，他 2009 年不用再绞尽脑汁去折腾什么“白云黑土系列 5”了。而人们也可以专心致志地推杯换盏，或者踏实自在地搓麻将、开牌局了，再也用不着中途时不时地伸长了脖子往电视屏幕上瞅上几眼，急切切地叮嘱旁人：等演赵本山的小品时，喊我一声啊！当然，没有了春晚这个大舞台，赵本山及其搭档的热度会迅速退却，数亿观众瞩目的春晚，傻子都知道，那是多大的一个免费广告啊?!有网友戏言，进入2008年，全中国压力最大的两个人是赵本山与刘翔。因为公众对春晚的期待几乎等同于对赵本山小品的期待，赵本山的小品成功了，春晚便仿佛成功了一半。而对于2008年北京奥运会，人们则不约而同地将过高的期盼重压在刘翔身上。20世纪90年代，赵本山凭借小品在春晚一炮走红，一夜成为最受群众喜爱的小品演员。赵本山出演的“忽悠”系列、“白云黑土系列”风靡一时，深入人心。其中《昨天今天明天》、《说事儿》更是成为不可多得的巅峰之作。随后，《策划》等作品便已显疲态，拿“公鸡下蛋”说事竟能抻上十多分钟，江郎才尽之感已经呈现。悲哀的是，发现、挖掘了赵本山这个“国宝”级小品明星的央视春晚，此后年年都将“宝”押在赵本山身上，大有毕其功于一役，就吊死在这一棵树上的味道。有媒体报道说，各路名人打破脑袋都想挤进去露一脸的春晚，其导演组每年却都要放下身段去拜访赵本山。而春晚的第一次彩排，作为大忙人的赵本山都可缺席不参加，这是惯例。由此可见，央视春晚对于赵本山的重视程度抑或依赖程度。没有赵本山的春晚会怎样呢?面对一些观众“用新人取代赵本山”的建议，春晚总导演陈临春的答复与解释是：“观众的想法是好的，但绝对不是一朝一夕能实现的。最起码从现在来看，赵本山的节目是观众最期待的春晚节目，任何新秀老将都不能替代。”真的是任何新秀老将都不能替代，还是谁也不愿承担起用新人的风险呢？赵本山初次上春晚时不也是以新人的面孔出现的吗？

如果春晚停办，得以休养生息的本山大叔，便有较充裕的时间去雕琢新作品；创新的神来之笔大多是身心彻底放松时诞生的。而现在，本山叔更像被上了发条、欲罢不能的“春晚赵氏幽默小品制造机”。他的作品依然幽默，却已少了许多当年给人以惊喜的神来之笔、信手拈来的灵感火花，而凸显幽默制造机的生硬与刻意。

假若春晚暂时停办，无疑可以节省一笔数目极为可观的经费。当然，我更看重的是该事件引发的示范效应：央视每年花巨资给全国观众打造除夕大餐，而各地方台亦不甘落后地纷纷推出带有浓郁地方特色的“私家本邦菜”，湖南卫视更是与央视春晚暗自较劲，欲分庭抗礼一拼高下，每年均不惜人力物力财力打造自己的春晚品牌。央视加地方，全国有近百台春节联欢晚会，造成了极大的资源浪费。从中斩获暴利的只是那些频频走穴的明星，一天赶场好几台晚会的录播，在纷至沓来的晚会合约中飞速蜕变成富豪一族。过一个春节，既赚了数不清的银子，又在数不清的春晚上烘了人气，抬了声望，除了明星，谁能拥有如此这般“鱼和熊掌，可以兼得”的幸福春节呢？

倘若央视春晚取消，有跟风传统的地方台以为不办春晚成了一种时尚与趋势，便会努力寻找替代品，说不定还真能置之死地而后生地创造出一种新的娱乐形式来。更重要的是，全国近百台春节晚会一齐停办，能节约多少费用呢？数以亿计！如果投资建设希望小学，我们谁还稀罕四处走穴的晚会明星象征性地塞给贫困孩子的那点可怜巴巴的压岁钱。如果我们将这些费用用于创作打造文化精品，壮大文化产业。那么或许几年后，我们能创造出文化产业领域中的“独门暗器”哩。韩国前总统金大中曾大发感慨，美国一部《侏罗纪公园》，全球票房收入8.5亿美元，韩国必须出口150万辆汽车才能赚回这些钱。卖“文化”比卖“汽车”赚得多赚得快赚得易啊！于是，韩国在1999年的金融风暴中，默不作声地把文化产业的地位提高到国家发展的最高战略。也就是说，当中国观众在狂热地“哈韩”的时候，韩国已经在举全国之财力，在作大作强自己的文化产业了。而我们，却还在耗费巨大的财力物力，打造一台台既无新意、又缺新人，费力不讨好，年年骂声一片的春节晚会。

既不敢冒风险力推新人，又不敢冒风险锐意改革，更不敢冒风险停办以求置之死地而后生的蜕变与新生。春晚，还有意思吗？

谁都知道，不敢冒风险最终会成一个企业或一个事物最大的风险！央视当然亦不会例外！

16. 生命喜欢承受之轻

虽然逗人发笑不是件容易的事儿，可我还是觉得，国人的笑点在逐年下降。

如果熟读中国历史，你一定还记得西周周幽王之宠姬褒姒，堪称史上笑点最高的冰美人。为博爱姬开心一笑，情郎周幽王居然向全国发出悬赏告示：凡有逗褒姒一笑者赏银万两。来揭榜的虢石父献上妙计，令幽王自导自演了一部“烽火戏诸侯”的动作喜剧大片，褒姒果然开怀大笑。策划人虢石父获赏赐若干，买单的周幽王则付出了西周灭亡与自己被杀于骊山脚下的惨重代价。

假如现代社会尽是褒姒这样笑点极高的主儿，我不知道徐铮执导的贺岁片《人再囧途之泰囧》（以下称《泰囧》）能否如此风光火爆。我之所以突发远古之幽思，并非有啥重大惊人的史学发现，想替荒唐冷漠罪孽深重的褒姒翻案。我只是想说，从电影院出来，作为一名普通观影者，我实在找不出《泰囧》这部片子受到市场疯狂追捧以至于票房突破 12 亿元、一举创造国产片最高票房纪录的必然所在。困惑一时无解。

岂料，某周末，我偶然瞥见应邀来家作客的几位大人小孩齐齐挤在沙发上，为一部喜剧元素牵强附会、喜剧效果差强人意的搞笑剧而爆笑不已，于是，如醍醐灌顶瞬间顿悟：现代人不只是笑点急剧降低！而是生活中太缺乏轻松一刻！

是的，大家只是需要不动脑子的放松大笑而已。无关影片水平高低。

成功人士徐朗与高博为拿到大股东周扬的授权书，各怀目的来到泰国，中途遇到前往泰国旅游的卖炊饼的小伙儿王宝，徐朗千方百计利用他来摆脱高博的追赶，徐王两人在合作与摩擦中产生了诸多笑点。

《泰囧》上映后，随着票房的不断攀升，市场喝彩不断，专家好评如潮。多数影评认为，该片喜剧节奏既紧张又刺激，打斗场面夸张有趣，屋顶飞车、无线定位器跟踪、利用黑客手段找人等饱含时尚元素的桥段引人入胜令人捧腹，两人之间因摩擦产生的台词妙语连珠精彩不断，是一部反映草根小人物囧态搞笑风格的平民式喜剧，是一个以小成本制作成功逆袭名导巨制的商业典范。

在市场、观众、评家一片叫好声中，以武汉作家苏晓为代表的“拍砖”派，亦格外引人注目。苏晓言辞犀利地炮轰《泰囧》是一部典型的三俗电影，既无艺术含量又缺审美价值。让一个有心智缺陷的人一味装疯卖傻，是挖苦讽刺老百姓；笑料集中于人妖、spa 这些元素上，是趣味低级；有钱就能与心中女神范冰冰见面合影，是赤裸裸的拜金主义。这样一部笑料三俗的电影，居然能创造国产片票房神话，反映了国民欣赏水平与文化素质偏低的现实。

对于上述两种针锋相对趋于两极的评价，我均不敢苟同。

世间很多不可思议的事物，分析起来那么复杂，真相其实又那么简单。

依我之陋见，《泰囧》既不是“抬轿”派眼里的喜剧巅峰之作，也不是“拍砖”派笔下的三俗电影、不良示范。前者捧杀不可取，后者亦有动辄上纲上线之嫌。

《泰囧》只是一部合格可看却远谈不上优秀经典的片子。如此而已！

现代商业社会，竞争无处不在，从学生到职员，大多数人似乎都处于一种生死疲劳往前赶的机械状态。不错，大家只想看一部不累的电影，只想在电影院获得一种单纯原味的快乐，只想在夸张的喜剧冲突中没心没肺地开怀大笑一阵。如此而已！

而年底的贺岁片市场，却如集结号般将一部又一部“沉重的现实主义”作品，强塞给“只想多一点放松”的观众。

于是苦大“愁”深的观众不约而同用脚投票，将艺术水准平平却仍不失趣味与特色的动作喜剧《泰囧》推上了票房神位。

谁喜欢沉重？

谁又能拒绝欢乐与笑声？

尽管冯小刚向来不是我喜欢的导演，尽管他执导的《一九四二》票房惨败，我还是跟很多朋友热情推荐：《一九四二》是部值得观赏、值得珍藏的电影。

艺术是不该唯票房定高下的。

《一九四二》以当年河南的大饥荒为背景，多线索展开叙事、群戏比比皆是，场面格局庞大，对于导演的各项掌控能力均是一种重大考验。应该说冯小刚交出了一份令我刮目相看的答卷。当极具视觉冲击力的震撼画面接二连三地呈现在我眼前时，我几乎怀疑它们是否真的出自这个以刻画小人物与诠释一地鸡毛见长的导演之手。该片演员的遴选亦是成功的，张国立、陈道明、李雪健、张涵予、范伟，个个都是戏骨，将绝境之下人性的各种表现刻画得入木三分。

这么一部厚重悲情的电影，为何会在与《泰囧》的比拼中败下阵来??

我只能遗憾地猜测：或许，冯小刚未意识到，时间才是他最大的敌人。

因为观影的主体早已换成了城市新生代。

他们是段子帝、幽默漫画家、相声小品王们的“钢丝铁粉”。最能吸引他们的是那种单纯到没有任何心思的搞笑。

你能指望他们争先恐后挤到电影院来回顾历史、打量社会、思考未来？何况人性深处，对于痛苦有种天然的回避心理。

只是，长此以往，我们会成为一个患集体失忆症的民族吗？

但愿我仅是杞人忧天而已。

17. 美好就是活在自己的岁月里

有人说王家卫是电影圈里的朦胧派诗人，他那极富后现代感的表现方式常令人的观影感受如同雾里看花。可这并不妨碍我成为王氏电影的死忠粉，因为他的电影总有诸多令人动容的经典台词可以期待。

王家卫“十年磨一剑”的电影《一代宗师》，岁末火爆上映，照例争议四起，我亦照例坐在电影院，以前所未有的耐心等待与那些闪耀着非凡见识与智慧的台词不期而遇。那些鞭辟入里、见解高妙、苍茫多姿的台词，常如一道道神奇的光芒，穿透层层迷惑直抵我求索历史与现实真相的内心。

在《一代宗师》里，章子怡饰演的宫二，武功盖世，连叶问都甘拜下风，为报杀父之仇，她断发奉道，一辈子不婚不育不传艺，她本可以成为一代宗师，但因为生活在一个不对的时代里，她注定与宗师无缘，只能“选择活在自己的岁月里”。

“我选择活在自己的岁月里。”宫二这句悲情无奈却又荡气回肠的台词，在那个寒冷的夜里，彻底击中了我，并将我死死钉牢在影院的座位上，潸然泪下。

是呵，热兵器时代的来临，以排山倒海之势骤然抽离了武林文化生存的社会依托。在一个热兵器的世界里，拳脚刀剑是注定要败给枪炮坦克与飞机的。

那些武林宗师们只能活在他们自己的岁月里。

大时代的更替，亦使前一个时代的种种美好日渐零落，谁也无力回天。

那些武艺高强的宗师如同末路英雄，在传统的残垒中与新世界“负隅顽抗”。

可是，假如保卫的结果确实美好，又怎能不令人心生惆怅更令人心生敬重?!

陈寅恪曾在《元白诗笺证稿》中写道：“凡一种文化值衰弱之时，为此文化所化之人，必感痛苦。”

在当下这样一个电子传媒的时代，纸质阅读日渐式微，正在日益失去众多读者，而让位于电视、手机、微博与博客。

“手机报”与“微博体”的出现便是其标志，显示着以大关怀、大格局、大视野为特征，以深刻的人类意识为终极关怀的严肃纯文学时代已经过去，一个消费主义文化的时代正在来临。

于是，那些为严肃文学所化之人，便感其痛，受其苦。

公开诉说阵痛的作家不少，而给我留下深刻印象的当属著名作家严歌苓的表述。

严歌苓无疑是纯文学领域的一代宗师，当曾经能影响人们灵魂的严肃文学，如今只能靠着电影与电视剧的传播来扩大留存时，她毫不避讳自己感受到的痛苦与无奈："我们的阅读水平越来越降低，大家都去阅读手机上的文字，阅读博客上的文字，阅读微博上的文字，这样下去怎么办？这样下去的话，稍微有点追求的文字就会觉得很累，大家现在不想费这个劲。""阅读的快乐，从小时候直到现在，那是影视都不能代替的。影视给我的快乐可能会非常迅速地一下子来了，但是慢慢品味，慢慢给我感动的就是文字。""我所有作品的传播，实际上是依靠影视来传播的，到现在为止，没有一部作品结结实实就是因为我本身写的好。"

在一个以消费网络文化与乐呵呵文化为主体的现实世界里，文字版本是注定要输给影视版本的。

可是，严歌苓能像"宫二"那样选择"活在自己的岁月里"么？

"有的时候真的非常矛盾，常常叹息我不属于这个年代，我大概属于夏洛蒂姐妹的时代。"

她无限感慨地说。

毕竟，要做到像尼采说的那样：在自己身上，克服这个时代。

好难！

现在的问题是，作为文学阅读替代品与宣传品的影视也今非昔比。

前几天读到一篇文章说，2000 年以后，电影已失去造星功能，现在占据银幕的大明星，多数是 20 世纪 80 年代 90 年代造就的，好莱坞眼下已陷入“巨星焦虑”。

那么作为梦工厂的电影又是如何失去造星功能的呢?

媒体人的解释是：好莱坞现在更青睐拍注重特效的影片，因为海外票房更吃这一套。而 20 世纪末脱颖而出的巨星，都是通过中等规模的戏剧或喜剧建立起自己的粉丝团体，如今这类电影已被好莱坞抛弃。

此言不虚。

搜索一下近年观看进口大片的记忆，你能想起来的还是某个演员精彩传神入木三分的表演吗？难道不是五花八门、光怪陆离、无所不能，夸张到不可思议的特效场面吗?

电影技术的发展，已使演员的表演变得可有可无。更可怕的预测是，未来的电影，只需给 CG 技术提供素材的表情演员。

还用等到未来吗?

李安拍摄的《少年派之奇幻漂流》，饰演派的印度演员苏拉，面对的便是一个一无所有的世界。太平洋并不存在，只是台湾旧机场搭出来的一个大水槽；孟加拉虎亦不存在，只是后期电影技术所为。苏拉只是一个为电影技术提供素材的表情演员而已。

人类正在被自己不断发明创造的进步技术所逼退。

先是热兵器逼退冷兵器，接着电子技术逼退了印刷技术，现在电影特效逼退着演员表演。

那些曾经的美好，正在飞速逝去。

从这个角度说，人类为追求更加美好的生活而不断推陈出新的进步技术，同时又在逼退着已化在先前技术里文化中衍生出来的种种美好。

这可真是个无论多神奇的技术均无法破解的悖论！

18. 文娱这个圈

凡事祸福相依。

比如，有多少人将你神化，便有多少人将你妖化。

再比如，聚众分群，乃人类与生俱来的本性。名利场更似丛林世界，谁落单谁先死，因此出入其中的人们便习惯通过类聚分圈，援朋抱团来获得一种安全。可人一旦有了圈子，就难以客观公正，难免会因为助朋挺友而替对方增饰溢美，亦难免因为小圈子的利益，或为形成某种势力，而丧失自己独立的声音与客观立场，一味拉偏手，打群架。围绕同一事件，这边众星捧月般交口赞誉，那边百无禁忌地口诛笔伐，直至上演一场圈子与圈子之间，或者圈子与网络“散户”之间的“战斗”。而且，这场战斗在众看客及搅和者的一片喧嚣声中，hold 不住地直朝崩溃方向滑去。

“砍柴”风波中的柴静，便想必在“众人拾柴火焰高”与“众人砍柴非议多”的大起大落中，深切感受到了文娱这个名利圈的万般滋味。

晚清中兴名臣曾国藩，便深谙“分寸”二字的诡异与凶险，曾祭出重话留与后人：有福不可享尽，有势不可使尽。

他是说，人生最要紧的无非“分寸”二字。

圈子亦然。好作品引来圈子阵阵喝彩，无可厚非；为圈友出力捧场，更责无旁贷。但赞美与夸奖太过用力，便容易失了分寸，作用力容易招来反作用力。

作用力圈与反作用力圈一旦开战打架，还有道理可讲吗？

从来都是就事论事的少，互揪立场、互揭隐私、互翻老底的多。

何谓圈子？

网络红人、作者十三叔曾将名利圈自定义为：一群利益相近、气场相投的人聚集，除吃喝玩乐外，还一起党同伐异。

不管十三叔的说法是否有以偏概全之嫌，但凡入圈混圈，吃喝玩乐似乎总是必须的。在民以食为天的中国，吃更是当仁不让地摆在首位。因此，饭局成了不少国人入圈混圈的社交工具。此种别有乾坤的饭局，重不在饭，而在“局”。

在引发互联网八卦热潮的“砍柴”事件中，“老男人饭局”是个屡屡被人提及的关键热词。

在央视主持人柴静的新书《看见》出版前后，“央视最穷记者”、“当代林徽因”、“深受女文青追捧的某文坛小生为柴姑娘离婚”等真假难辨的消息甚嚣尘上，充斥于各种媒体，一时间，一向以温婉、知性形象示人的柴静被人抬成了“公知女神”。有网友分析说，“老男人饭局”里柴静那帮才华横溢的男闺蜜、《看见》的出版商、柴静背后的包装策划团队是不遗余力打造“公知女神”的主力军。

有全力“造神”的，便有刻意“毁神”的。

1 月中旬，某周刊独家爆出柴静的婚讯，随着柴静新书畅销百万册，火爆程度及网络评分超过中外名著，一场声势浩大、突如其来的“砍柴”运动，瞬间便将谦和恬淡的柴静掀卷到舆论的风暴中心，各种质疑批评更是纷沓而至。

先是微博名人木子美大曝柴静与其丈夫的前情旧爱，吐槽柴静如何与男公知暧昧，如何百般维护自己女神的形象；随后，同行闾丘露薇发表博文《说说电视记者这行吧》，称柴静出镜时有“表演”式采访之嫌，只关注新闻中的人，而不是新闻事件背后的原因，只是让其个人受益。加入“砍柴”行列的还有央视主持人董路，他在新浪博客中宣称柴静的成功是“依托于央视的品牌和老男人们的饭局”。相对于“砍柴”派，自然还有“挺柴”派，周云蓬、中山大学教授张志安、演员姚晨都表示支持柴静。

坦率说，柴静是位合格的主持人，如果不苛刻，甚至称得上优秀。她勤奋，踏实，低调，有才华，虽然主持的专题片非期期精彩，有的节目确有过多煽情掩盖事件之嫌，以至重要的新闻线索被忽略，使本可出彩的一些话题最后被她打造成电视知音体。

白璧微瑕，这并不妨碍她成为深受观众热情追捧的好主持。

要命的可能是那些饭局，确切说是“老男人饭局”里那些声名显赫的男公知们对她近乎宠爱般的相知与赏识，近乎护犊般的保护与捍卫，近乎女神化的夸奖与赞美。

一味溢美拔高至云端，直接引发了强大的反作用力。

持平而论，如今的圈子多是抱团互夸型。文娱界的圈子，更因名人济济，话语影响力直通市场，而有较大的含金量。

可是，微博这种多快好省网络书写方式的出现，让人人都想参与其中，让大家都急于发声表态，太易造就一个非黑即白的冲突世界，公正思考、理性分析在这里被边缘化。正如美国芝加哥大学教授赵鼎新所言：在微博上，一方面，大家表现得特别不服从权威，另一方面又在操纵下，特别容易对权威产生崇拜甚至盲从。

于是，今天被一帮人捧上天堂的人，明天很可能被另一帮人打入地狱。

或许，这便是网络时代的风尚了。

人们在乎的是姿态与主张，而不是理性与真相。

各种判断充满了情绪化的偏激，爱与恨均激烈而夸张。

因此，柴静时而天上时而谷底的遭遇便不足为怪了。

可你千万别说彪悍的圈子不需要解释。

因为谁也不能制止名利场他人抑或别的圈子无穷的发挥与想象。而这——是人类亘古绵延根深蒂固的重要弱点之一。

19. “小糖人”是怎样炼成的

试想，若是某天，有人指着一个正在给你家修房子搭房顶或铺地板装灯具少言寡语的老头告诉你：他刚从南非开完几十场场场爆满万众欢呼的演唱会回来，你信么？若是旁人继续爆料，眼前这个干活不辞辛苦的底层蓝领，这个为生计整日奔波的气质苦工，在南非是神一样的人物，他的两张音乐专辑在那儿卖出了数百万张，几十年来，他在当地的知名度超过滚石乐队。当他戴着黑色墨镜拿起吉他走上舞台，有如走上神坛，有人尖叫，有人哭泣，有人手舞足蹈，有人甘愿为他去死。你信么？

你肯定不信！

我也不信！觉得那只能是天方夜谭中的故事。

因为那根本不符合当下现实世界与商业社会的规律与自然法则。

他在享受了南非万众瞩目的欢呼与鲜花后，怎么可能回美国后依旧心平气和地干着替人修屋顶铺地板之类的粗活？面对世人奉为至高无上的金钱与名利，他怎么可能如此泰然处之？大红大紫之后，他怎么可能依旧回归做一个普通老百姓，依然保持一个底层百姓的心态与淳朴？他的唱片在南非狂销了数百万张，他却从未于中获利，依旧心安理得住在一幢已住了40年的老房子里，过着贫苦的生活，他怎么可能不去找那些无良的唱片公司打官司，要回自己应得的巨额财富？面对劫掠自己才华与财富的南非盗版业，他怎么可能连一句牢骚与抱怨也没有？他怎能如此从容地对待生命中那巨大得令外人瞠目结舌的得与失？

一切都令我们这些数量庞大的庸众难以理解，匪夷所思，是么？

但，它就这么发生了！他，就这么存在着！

他，就是不久前斩获第85届奥斯卡最佳纪录长片奖《寻找小糖人》中的主人公——美国底特律民谣唱作人罗德里格斯。

是不是因为这个世界充斥了太多的自怜与自恋者，太多理直气壮的自私自利者，欲望与能力不成正比的乖戾无常者，嘴上天天挂着品德与人格、却时刻不忘贩卖自己如意小算盘的言行分裂者，所以纪录长片《寻找小糖人》才会带给全球观众前所未有的震撼与感动？可我得承认，这是我第一次感到观影与娱乐无关，第一次感到犹如经历了一次精神的洗礼，一次不期而遇的朝圣之旅。

是的，这是一次心灵的朝圣之旅。

罗德里格斯才华横溢，外表酷帅，他擅于用悦耳动听的旋律、通俗锐利的歌词来传递自己对社会病痛的体悟与反思、讥嘲与愤怒，对一切可恶的藐视与反抗，顽强不懈地追求着生活的正义与美好。可是时运不济，他的价值与才华未得到社会的认知与重视。20世纪70年代初，他发行了两张唱片，可仅售出六张，故被唱片公司解约，一个背着吉他、着一袭黑衣，夜夜吟唱于空空荡荡街角的音乐诗人，还未来得及在乐坛崭露头角，便被命运重重击入了谷底。他静静地生活在底特律，心平气和地卖着苦力，做一个慈祥的父亲，一个宽厚的工友。他对命运的一切变故均豁达超然，唯一坚持的是对音乐的热爱。

人的一生，最神秘莫测最无能为力的莫过于吊诡的命运。

罗德里格斯却告诉你，面对何种命运，你都可以有自己的选择。

他的选择是做一个永远热爱音乐、乐于与他人分享音乐的普通人。

这位乐坛奇才当时浑然不知自己的一张唱片偶然漂洋过海到了南非，在那儿，他那一首首追求自由与尊严的民谣，那一声声针对丑陋与不公的呐喊，激励了所有处于种族隔离种族歧视与压迫中的南非人，人们争先恐后地吟唱着这些给予他们力量与温暖的歌，投入到前赴后继反对种族隔离的运动中去。在南非，他成了一位歌神。故此，当南非的两位铁杆歌迷听到他在美国的自杀传闻后，便开始了千辛万苦寻找这位乐坛英雄的曲折历程。最后他们惊喜地发现，英雄还活着，如今是底特律一名为生活打拼的蓝领工人。

最令人意外与震撼的是，当罗德里格斯重返南非，重返舞台，当成千上万狂热的南非观众将他当作神一样顶礼膜拜时，他的脸上只有安静与平和，没有手足无措，没有欣喜若狂，只有安宁的心态与动听的音乐。当几十场万人空巷的演唱会结束，他竟即刻从这场繁华绮丽的梦中转身，走下神坛，回到平凡而贫困的现实，仍然像过去那样静静地生活在底特律，做一个淳朴的劳动者，一个普通的美国老百姓。

该片常使我陷入某种困惑与沉思。

我想，若是换了中国某些艺人，会怎样呢？

沉寂了十几年的演员，仍要奋力复出接戏，人到中老年，还在大走性感路线；几次宣布告别舞台，几番又复出回到璀璨的追光灯下。他们是为生计着想，还是害怕被人遗忘，被公众注意力忽略呢？

无论他们躲在多么堂而皇之的借口后面。

真相大抵是害怕做一个普通人罢？

我们从生下来第一天开始，所有的努力与奋斗不都是为了脱离普通人群体，而成为一个人上人么？正如章士钊所言：中国人之思想，动欲为圣贤，为王者，为天吏，作君，作师，不肯自降其身，仅求为社会之一分子，尽我一分子之义务……

没有人想成为一个真正的普通人。

而罗德里格斯，当辉煌荣显就在掌中，当巨大名利近在眼前。

他却选择走下神坛，继续做一个真正的普通人。

于是，他在我们这些奋力做着人上人梦想的庸众眼中：就像一个天外来客。

20. 娱乐市场证券化了吗？

日前，网上点击率颇高的一篇文章大爆“娱乐圈”的潜规则：北京某影视公司的老板想“潜规则”谁，便让谁当女主角。当时甜美清纯、娇俏可人的女星 A 正被他“潜规则”着，而且一“潜”数年，大腹便便的老板亦未食言，一步步让她尝到了被“潜”的果实，几部电视剧拍下来，果真将 A 女捧得大红大紫。孰料，A 女竟被胜利果实冲昏了头脑，胃口渐大到既求名利，又逐爱情，鱼与熊掌欲兼而得之，遂在后来火得一塌糊涂的某部电视剧中与自己心仪的男主角眉来眼去，终于触怒天威，被老板一棍子打入冷宫，从此娱乐圈便鲜有其消息了。

之后，该老板便开始接触娟秀、清丽的女星B。为了抓住这千载难逢的走红机会，B女抛弃了自己相爱的男友，正式开始涉“潜”，于是B女的身价开始剧烈波动，天天涨停板，昔日演艺圈中默默无闻的一只大众股，如今已贵为一线女星，成了锁定无数人眼球的权重股、强庄股。B女成了大目标后，数以万计的散户天天盯着呢，抬起轿来既费劲又易招事儿，于是老板明智地将B女放飞，让其另起炉灶单干了。真不知在娱乐圈里已销声匿迹的A女，若听到此消息，会否悔断肠子。因为B女眼下实在是太火了，随便调到哪个电视频道，都是她眉开眼笑抓钱的广告，脸上的幸福像凡·高笔下的向日葵一样颓败而绚烂地怒放。至于那个老板，当然不会闲着，他又盯上了另一个鲜嫩的壳资源C女。C女的人气、身价随即开始异动，大名、玉照频频出现在各类媒体上，触电、走穴对外的报价一天一个跟头雀跃着往上翻……

之所以将股票与娱乐风马牛不相及的两则新闻相提并论，实在是觉得娱乐圈与股市多有异曲同工之妙。都是跟庄才能获利，都是操盘手决定胜负，都是内幕交易大行其道，都是随势而为者得天下。最终走红与最终赚钱的都是极少数，都遵循二八定律。更重要的是都会睁着眼睛说瞎话，不见棺材不落泪。君不见，那些与庄家严重勾搭的上市公司，动不动就会在股价明显异动时，赌咒发誓般地发布个澄清公告：“本公司绝无整体上市计划”、“绝无增发计划”、“绝没有与任何公司就借壳上市有过任何接触”。真是逮着了算你的，逮不着算我的。某些明星更是比煮熟的鸭子还嘴硬，动不动就心虚气横地将某些喜欢说三道四的媒体告上法庭：你报道我的那些是有证据吗？我告你诽谤罪、侵犯名誉权罪。我让你赔100万。你赔得起吗？就靠码点字你赔得起100万吗？下次长点记性吧！就靠狗仔设伏偷拍的那几张照片？没戏！告诉你，不仅让你赔钱，还让你在媒体上公开赔礼道歉！这年头，什么样的人都学会利用法律的武器来保护自己了。于是乎，魔高一丈，道高一尺。近来，频爆范冰冰等人的电脑被黑客入侵盗走资料的消息，我猜那绝对是狗仔队被逼无奈之后的下下策了。不过，明星亦学精了许多，电脑里的资料，现在基本以水货为主了，与一手捧红自己的操盘手及庄家的恩恩怨怨，还有身处局中的困惑、尴尬、痛苦、愤懑、委屈，绝对不会傻傻地记录在案了。所以狗仔急需创新思维。

其实娱乐圈重在追名，股市多为逐利。比如好名的人就喜欢给下代取“刘德华”、“张曼玉”之类的名字；而好利的人以前热衷于“富贵”、“有财”这样招财进宝之名，现在股市一火，也紧跟形势，与时俱进了。上海股民杨百万就给自己的小孙子取名为“杨线”，小名直接就叫“涨停板”。股市如果天天都能拉阳线，那该是多美好的人生啊！娱市、股市多有相似，不仅是因为两方都有执着的追求者，更因为名利本是一对孪生兄弟，可谓是人群攘攘，既为名来，又为利往。名能带来利，利能买来名，最后落个名利互促名利双收，岂不是圆满了还圆满？只不过，在这场对看客实行“愚民”政策的名利大战中，受伤的往往是追逐光环的看客。某银行后勤部门职员王秀杰，在去年今年的大牛市中，如果只想炒股赚钱，我想绝不至于招来牢狱之灾，我猜测该人定是股市爆发后不甘心独自一人偷着乐，走红成名的欲望骤然套牢了他。才忘乎所以风风光光地当起了“带头大哥”，挖空心思想在敛财的同时扬名立万，并梦想在扬名立万后能更快更容易地攫取财富。结果却不幸被名利所葬送：长春市检察院日前以涉嫌非法经营罪将其批捕。但那些通过收费QQ群听从“带头大哥”的指令操作而损失惨重的普通股民呢？谁来赔偿他们的损失？有物质上受到损害，就有精神上受到伤害的。某位“神仙姐姐”，只是长相端正而已，说不上花容月貌，但从十几岁岁出道以来，从电视剧到电影大片，几乎以“速记”的方式书写了一部娱乐圈的成名神话。但关于她的年龄、家世、出道的原因，一直是人们议论的焦点，人们一直都在努力不懈地寻找着托举她的那只“上帝之手”——其背后到底是有神秘的“庄家”，还是有实力强劲的操盘手？一切都还是谜。只是神话还在继续。十几个涨停板之后，神仙姐已是好莱坞某大片的女主角。最近又传来消息，其母亦将客串出演配角。真是不同凡响的一对母女，短短五年下来，娘俩就实现了在美国好莱坞的“整体上市”。伴随着好消息而来的坏消息，是某个可恶的狗仔探子采访完一位不愿透露身份的医生后，爆出了神仙姐十几岁时在北京秘密堕胎的“猛料”。按该医生的说法：“手术的时候她一直在流泪，是害怕还是伤心我不知道，毕竟这手术对于一个十五六岁的小姑娘还是太早了一些。”“她成名后，曾经派人给我送来十万元现金，希望我一直为她保守这个秘密，我没有收她的钱。虽然我很理解她，女孩子在这个圈子里得到成功，其中付出的巨大代价不是为外人所能想象的。”这消息是真是假，外界难以定夺。只不过，一个消息传出，总有受益者，亦有受伤者。如果消息为假，那么受益者仅是姐姐的竞争对手吗？受伤者只有这对母女吗？那些将神仙姐当超完美版的青春美少女来追捧的粉丝们不会感到受伤吗？如果消息是真，那些打破了头都想往娱乐圈里挤的少男少女们则该三思而后行了。出来在名利场上混，最后总是要“坏”或被“坏”的。于是，想起借用股评家常说的一句话：成名有风险，入圈需谨慎。

自然，在巨大的名利诱惑面前，风险提示犹如风过耳，是吹不到任何人的心灵深处的。于是，便异想天开地大胆假设：假如有朝一日娱乐市场证券化了会怎样呢？过气明星好比老八股，眼下当红的自然是蓝筹股，正在上升途中的算是次新高价股。当然，那些有背景有来头的巨星是当之无愧的庄股，而那些曾经走红后又沉入谷底几近退出人们视线的艺人可比作ST股吧。没错，那些前往香港发展的内地艺人，就是H股了。而内地近年崛起的个体演员群体，我便只好将其纳入中小创业板块了。

21. 被“超级”损害的生活

应好友邀约去影院看《虎胆龙威4》，不料中途却被告知该片被推迟放映了。原因是此片想主动避开《色，戒》的档期，不敢拿鸡蛋碰石头。怏怏败兴而归，不快意之余，却又无可奈何。想来，这便是具有“超级”影响力的大片《色，戒》对其他影片的“挤出效应”了。不管观众意愿如何，电影市场眼下均将被《色，戒》所垄断，想看别的，对不起，没有。

无独有偶，本报娱乐部日前推出的一组报道“抢镜鲜女”意外受到了市场的追捧，深究原因，恐怕是读者平日难得在媒体上见到这些无名小星的消息。各家媒体的娱乐页面皆被“超人气”明星垄断着，无非是围着少数几个超级大腕来来回回转。这些“超人气”明星无论是炒作宣传上还是在片源的开拓上，均对影视新人形成了“挤出效应”。我们的生活，不知不觉间，便悄然被“超级”垄断了，改变了，损害了。

这并非危言耸听。“超级”已开始入侵并主宰我们的生活。11 月 5 日，超级大盘股中国石油在内地 A 股市场震撼上市，其开盘价市值已超过俄罗斯全国 GDP 总值，超越埃克森美孚，成为全球市值第一的上市公司。“超级”发威，真是力拔山兮气盖世。首日即套牢 700 亿资金。其他股票，无论质地好坏、业绩优劣、盘子大小，一律被挟持着齐刷刷往下跌，一片惨绿。也有不少人在抱怨，并表示准备彻底退出股票市场，跟“超级”玩，不仅死无葬身之地，最恐怖的是，最后你根本闹不清自己究竟是如何死的。当然，我说的皆是钱少势单的散户，并不包括那些“超级俱乐部”里的“超级”玩家与“超级”赢家。中石油上市，赚得盆满钵满，盈利亿元以上的“超级”巨头有的已浮出水面，并非一两家而已。作为散户，更难对付的是“超级”巨头们已经形成了利益共同体，他们交叉持股，互相照应，我持你若干股份，你买我若干股份，上市后，大家共同获得暴利机会，又不至于被外界所诟病。资本市场，任他们策马扬鞭、四海纵横。散户只被“挤出”还算幸运，若被弱肉强食的“超级”一口吞掉，甚至都听不见一声叹息。就如同被“超级”天王、天后垄断的娱乐市场，今天我在你工作室投资的影片里担纲，明天你在我公司投资的电视剧里挑大梁，反正肥水不流外人田，资源就供“超级俱乐部”里这些成员共同瓜分。你给我报300万身价，我给你开400万报酬，大家互开支票，共同暴富。至于制作经费被“超级”巨星的所谓报酬所“挤占”，场景道具便只好粗制滥造、敷衍了事是不会有人关心的。

“超级明星”被垄断片源肥沃的土地滋养着，很快成为“超级富翁”，买房置地外，大多会投资坐庄，成立形形色色的工作室，或力捧自己的老婆、儿子、女友、情人，或与其他巨头互签合约，进行利益交换。而做着明星梦，住在地下室成千上万的北漂族在经历了漫长而无望的等待后，终于绝望了，为了不喝西北风，他们有的只好放弃了自己心中的梦想，背着行李返乡了，有的不甘心半途而废，便将自己全部的家当甚至把自己的身体作为最后的本钱，拎去与“超级垄断者”们做交易，大多赔得血本无归，偶尔有个别智慧机灵又敢于豁出去的“幸运者”成功，却也是一部不堪回首的血泪史。

幸运的成功者不愿回首过去，他现在唯一渴望的就是成为像他们那样的“超级”垄断者。他委实羡慕他们稍微“超级”一下，就会有不少人“伤筋动骨”，而他们却有万两黄金进账。现在谁还敢轻易进电影院？电影票可是越来越贵了，“超级”

垄断的结果却是全体老百姓买单。影视圈里混腻了，“超级”族还可以去歌坛玩把票，不管什么破锣嗓，只要敢开口准能出专辑得大奖，有几个大奖往脸上贴金，一个影视歌三栖巨星便宣告炼成！歌坛当然亦不吃亏，一般说来，“超级”圈子之间都是互惠互利的，今天你来我垄断的地盘发展，明天我去你说了算的圈子多栖，今天歌坛给你这个影视红星发大奖，明日我影视圈给你这个著名歌手封影帝影后。

至于新人，不是被扼杀于襁褓之中，而是根本不给你出生的机会！作为消费者，面对超级巨头损害的利益与生活，只能低头买单：打开电视机，晚会上唱歌的是这帮人，走进电影院，在银幕上夸张表演的还是这些老面孔！审美疲劳？想看新人表演？你以为你是谁？市场上只供此货，别无他项，你爱看不看！

不看电影并无大碍，不住房子却是谁也不敢说那大话。

某位房地产行业“超级”巨头日前公开承认，眼下房地产业的资源，无论是资金还是土地，向上市公司集中是一个事实。上市公司由于有得天独厚的条件，能以“增发”的名义掏空股民的钱，因而格外“财大气粗”。这几年争先恐后地在全国“攻城略地”，随着各城市“地王”的诞生并又不断被新的“地王”刷新纪录，一些大中城市的房价已被这些“超级”资本挟持并垄断，可谓没有最高，只有更高，“嗖嗖”上涨的房价亦无限撑大了成为富豪的房地产商们的胃口，他们似乎已开始做着“人有多大胆，地有多大产”的荒唐之梦。打着市场经济的幌子，干着挤压老百姓血汗钱、透支老百姓未来财富的行径。嫌房价太高？明天还会更高！你爱买不买！这座城市里所有新开楼盘都是我们这几家“超级”巨头公司的，小地产公司早八百年就被我们挤出了市场。

于是，你沉默了。为了给自己宽心，你又一如既往地阿Q了。有谁说过来着？不就是不炒股，不买房，不看电影电视，不听演唱会嘛，有什么了不起？瞧瞧周围：有的得了癌症，有的家庭两口子都下岗了。瞅瞅全球：当今世界，仍有8亿人口忍饥挨饿，每五个人中就有一个吃不饱肚子。还有那么多人不幸出生在伊拉克呢。你抱怨生活被“超级”巨头们所垄断所损害而发出的愤怒之声，充其量也就是蚂蚁的一声叹息而已！

22. “无厘头”为什么这样红

我身边的年轻人，很少有不痴迷周星驰的。看周星驰的喜剧电影，似乎是这些朝九晚五的上班族为数不多的娱乐活动之一。

周氏喜剧那种极尽夸张的荒诞搞笑、与世俗反其道而行之的滑稽与不正经，肆无忌惮嘲弄自己作贱他人严重毁人三观的种种恶趣味，后来在内地被发展成“无厘头”风格。如今，周氏“无厘头”喜剧俨然已成了内地年轻人对抗日常生活中委屈与无奈、焦躁与失落、空虚与苦闷的必备武器。一部原本急促上马、亮点乏善可陈的电影《西游·降魔篇》，却取得了令人目瞪口呆的票房奇迹便是明证。投资方事先仅预期为3亿元的片子，因为有周星驰这块“无厘头之父”的金字招牌坐镇，上映第15日，票房便已轻松迈过10亿元大关。

周星驰的“无厘头”喜剧为何在内地年轻人中有庞大的市场？周星驰为内地观众编织了什么样的梦，竟能令成千上万的青年如此上瘾沉迷？“无厘头”文化风行的背后，显露出都市新兴观众群怎样隐秘的内心世界与复杂的社会世情？

是的，自从观看完品质平平票房疯狂的《西游·降魔篇》之后，我便一直在认真思考这样一些问题。我完全不怕自己的吐糟会让那些动辄开骂人人宛若社会判官的“无厘头脑残粉”，怒斥为水军抑或五毛党。我甚至一直认为，对一面倒的意见进行质疑嘲讽否决，也是“无厘头”的内在精神之一。

就像面对《泰囧》品质与票房完全不对等的令人愕然的成功，作为导演与主演的徐峥，清醒地否决了一面倒的赞美与称颂，他说：“我做的就是一个特别正常的喜剧，爆发成这个样子，一定是什么地方出了问题。我们的生活方式，我们这个社会的压力，一定是什么地方出了问题。”

毋庸置疑，幽默是一种智力上的优越。品质上乘的幽默更在接地气的同时赋予现实天马行空的想象力。《大话西游》的成功，便让越来越多的草根学会了如何笑对自己的苦痛。

作为大时代里的小人物，作为每一个从社会底层起步的草根，都会在各自奋斗的过程中累积很多不公、伤害与愤怒，每个人都可能在不同程度上忍受过别人的轻视、嘲弄、欺负甚至羞辱。作为一个无名小卒，虽然很怕受到伤害，但为生计着想，自尊却不得不反复接受外界的践踏，骄傲沉默的人们在这样的现实面前只能主动示弱扮乖巧，不仅要打落牙齿和血吞，更要学着很油条的样子，与践踏自己尊严的人插科打诨，与他们一起齐心协力拿着自己的弱点与缺陷开涮。一起为生活奉献笑声。这便是周星驰“无厘头”喜剧中那种常见的带泪的大笑了。

这种生猛夸张而又难堪心酸的大笑，谁说不是生活中最大的幽默？谁又在现实生活中没有奉献过这种如漫画般深刻而又肤浅的“无厘头”式的笑声？

如此说来，所谓“无厘头”，难道不是假装无视自己的缺陷与弱点，肆无忌惮地从自己所短与别人所弱中抽取幽默感，轻佻炫拽而又机智风趣地将自己与他人的缺陷发展成一种风格，用来保护自己不受外界的侵犯与伤害，而自己却能在讥嘲完自己后，随心所欲地继续讽刺调侃戏弄别人？

“无厘头”的最高境界，难道不是将自己遭遇到的所有伤害与难堪皆化为令人莫名其妙不知所措的仰天大笑？

可是，天呢，这样会不会被他人视为有病：如此离经叛道有如天雷滚滚；如此恶趣味十足有如心智失常。这样的言行全都忤逆了人们的惯性思维。

恕我斗胆，“无厘头”也许很肤浅，也许重口味，桥段也许不新鲜，“笑”果亦不惊喜。

但，我认为那才是小人物们需要并喜欢的那道菜。

现实与理想之间的差距，就在他们邂逅“无厘头”的那一刻，全都化作前仰后合“失心疯”般的阵阵爆笑。

然后，心满意足地洗洗睡了。

它，是小人物们减压的娱乐工具。

可是，小人物们隐秘的内心世界，大人物却似乎看不真切，即便是号称以拍摄小人物见长的大导演冯小刚。

前不久，冯大导演深夜发微博，表示“屌丝”一词十分流行，众人热衷于以“屌丝”自处自嘲，是“不以为耻反以为荣”，他认为：“称自己是草根是自嘲；称自己是屌丝那是自贱。”还说，“一些人执迷不悟坚持认为屌丝这词不寒碜跟镀了金似的，这谁也拦不住。”

冯导的言论，即刻引发了网友们汹涌的质疑与嘲讽。

“屌丝”词意的确不雅，但为什么大家纷纷加之于己身，却不嫌寒碜？

为什么有那么多人用于自嘲，“不以为耻反以为荣”？

我这个平头百姓思索良久，得出的非标准“无厘头”答案是：

小人物的压抑在“自轻自贱”中找到了出口，小人物的紧张在自嘲取代自重的喜剧效果中得到了释放，小人物的自尊在“屌丝”一词中寻觅到了可以自由吐纳穿行的安身之地。

在这样一个变化神速、竞争残酷的时代里，“无厘头”与“自贱自嘲”，似乎是一个闯荡社会的小人物必备的能力。

如此，你才能遮蔽抗衡与奋斗相伴而来的种种失落、焦虑与不平，继续微笑着面对生活。

如果你非要“无厘头”地将之称为阿Q精神胜利法的21世纪版本，谁也拦不住。

只是，这样微不足道的小事，谁会care？

23. 卖“白日梦”与灌“励志汤”

所有的商业性策划，无非是卖梦而已。

就像地产开发商，会将钢筋水泥围成的逼仄空间，一律冠以“凡尔赛宫”、“布拉格小镇”等诗意栖居的名字；精明的珠宝商，会无中生有将永恒的爱情与昂贵钻石紧紧捆绑；收视率节节攀升的电视选秀类节目，会不遗余力炒作那些一夜成名的草根励志神话。

而所有成功的商业性策划，亦无非是数量众多的追梦人，对商业机构精心策划制造出来的虚无幻象浑然不知，深信不疑地买单圆梦罢了。

所不同的只是，房产钻石需兑付真金白银，而电视选秀节目，只需付出你的热情、精力与时间，只需你坚信假如拥有一个合适的机会，下一个红的就是你。

于是，成千上万的白日梦青年，站到了一档又一档以造梦为己任的电视选秀节目舞台上。从相亲秀到职场秀，从舞蹈秀到唱歌秀，从模仿秀到跳水秀，那些才气平平充当人气分母的普通青年，由于被居心叵测的造梦机构灌饱了励志的迷魂汤，而甘愿浪费大把的光阴，坚守舞台绝不放弃。

而这正是赚得盆满钵满的电视选秀机构所喜闻乐见的。

白日梦青年的特质是相信只要坚持，伟大的梦想便可以实现，却从不考虑自身条件及现实可能性如何。他们往往是一些资质庸常却心比天高的心智不成熟者。

在我有限的阅历与见识中，尹天仇应算是其中一个代表。

尹天仇其实是个虚构人物，他是周星驰电影《喜剧之王》中的男主角：一个醉心于喜剧表演一门心思想当电影演员的小人物，在争取出演机会的过程中，虽一次又一次被人羞辱，一次又一次遭受挫折，却总能以积极乐观的心态面对每一次失败。

有人说，这部电影带有周星驰自传性质，是其自我奋斗史的一个缩影。又有人说，这是一部小人物的自我励志片，激励人们即使身处逆境也要乐观前行，永不退缩。

无论什么样的梦想，只要坚持就能实现吗？

真的一份耕耘就会有一份收获吗？

假如你的天赋与梦想有云泥之别呢？假如你自身的现实条件与你奋斗的目标风马牛不相及呢？耗费全部的精力与时间，在一个自己毫无优势可言的领域内竞争厮杀，那种绝不退缩与永不放弃，就叫小人物的自我励志吗？

这种似是而非的励志，可真危险！它能将那些一味在不切实际的幻想中与自己执着较劲的白日梦患者，推至毁灭的边缘却惘然不察。

我的判断是，《喜剧之王》绝非周星驰自传，只是加入了一些他的体悟与经历罢了。梦想需要实力与机遇来支撑，而周星驰的喜剧天赋，是有目共睹的，运气也如阳光般照进了他的现实，并点亮了他的梦想。

尹天仇怎会是周星驰呢？

可我却在一档又一档的电视选秀节目中，看到了成千上万个尹天仇——那些沉醉在自我励志臆想或他人制造出的虚无幻象中的白日梦青年。

他们资质庸常，水平一般，却无比相信自己离梦想就差临门一脚：只要耐心等待机会降临，就能立即从芸芸众生中脱颖而出，成为世人称羡的焦点，过上如梦似幻的生活。他们中的绝大多数，对于艺术并没有发自灵魂的渴望与需求，吸引他们的，是那些借艺术之名收获的金钱名利等世俗浮游物。因此，他们的自信与毫不自知常常令人咋舌——他们居然将“坚持就能抵达梦想”，视为一件顺理成章的事。

于是，那些五音不全长得亦有些抱歉的追梦人，全都自信满满地站到了选秀舞台上，徒劳地等待那把魔幻的转椅，眼巴巴盼着10秒钟一转身，自己就会成为那个全民皆知的大明星：下个月便能全方位涉足单曲、合辑、多媒体作品；三个月后就会马不停蹄进行全国巡演，出场费令周杰伦无地自容；五个月后代言苹果公司；至多半年后，他们就会是春晚主角，李安、斯皮尔伯格等全球最大牌导演都会争先恐后向他们伸出橄榄枝。而一旦在某个环节惨遭淘汰，选秀节目的毒舌评委会便会立即转为励志型，完全不负责任地一再向他们加灌似是而非的励志迷魂汤：“每一位选手对梦想的坚持与付出都令人感动。人生最重要的是参与。没关系，下次再来。”而那些白日梦青年则会留下热泪告白：“我绝不会就此放弃梦想。不久我还会站到这个舞台上来。”

他们从未意识到自己只是积攒人气的分母。又或许，他们根本不愿相信这样的真相。

所以，被选秀节目推销的“白日梦”忽悠而“脑残”并不可怕，最可怕的是被主持人灌注“励志汤”而日益“志坚”，而永不言弃水中捞月般的痴梦。

当今之世，揣摩着别人的肚肠与钱袋说话是个普遍现象。

所以，写这样一篇稿件，无异于一次真心话大冒险，选秀方不欢迎，沉迷者不领情，得罪多方人士势所难免。

不过，我已来到了人生的正午，活到了心理软弱的年龄。

看到那么多白日梦青年成为假冒伪劣励志汤的受害者，便心软得想说出真相。

坚持就是胜利，付出就有回报。多么动听的话语，相信大家从小就会听到。

但当我们长大后为人父为人母，经历了社会的复杂及人生的风雨、命运的吊诡。

我们都知道，那绝不是真的。

24. 我有几个拧巴的小妄想

时代的潮流浩浩荡荡，势不可挡。

这样浅显的道理谁不懂呢?

可我这样一个凡夫小女，某些时刻竟会生出希望获得一种神力阻止住这种趋势演变下去的痴心妄想：比如数字化阅读虽不可阻挡，实体书店的衰落虽是必然趋势，传统爱情婚姻家庭方式面临严重危机虽不可避免，智慧幽默不离不弃型二三知己虽踏破铁鞋难觅……然而，我还是想当那只自不量力想撼动大树的蚍蜉，或者怒其臂以当车辙的可笑螳螂，妄想拦截那一波一波呼啸而来无情横扫人们惯常传统生活方式的时代浪潮。

毋庸置疑，近几十年是国人传统生活方式发生脱胎换骨深刻变化的几十年。随着市场化、城市化、全球化的加速推进，科技的迅猛发展与广泛运用，急剧的社会变化与转型逼迫着我们每一人改变着自己。

为了跟上时代潮流的步伐，我们几乎一直都在急于改变自己。

而不是停下来，在潮流的岸边稍作从容审视，清点一下祖宗几千年来为我们留下的家底：传统旧物统统扔进时代的大潮中任其席卷而去吗？祖宗就没留下啥好东西吗？

罗素说他生活的三大动力是对知识的追求、对爱的渴望、对苦难的怜悯。

而我，觉得人生圆满的标准似乎永远都是：有懒觉可睡，有实体书店可逛、有散发着油墨清香的纸质书可读，有不太事儿妈心宽体瘦的知己可聚，有能遮风挡雨安身立命的暖家可归。故而，我此生最大的几个妄想便是，在我老到不能动弹之前，纸质书绝对不能消亡，实体书店绝对不可退出市场，有情有趣的老友绝对不要移民海外相见恨难，稳固型传统家庭婚姻模式绝对不能消亡，哪怕还在苟延残喘。

这些传统的事物与形态，是我感受到人生丰富而美好的动力与源泉。

我是我的国。我从来相信幸福源自内心。

每个人的小宇宙均只接收与自己DNA相近相容的审美介质。比如杨丽萍觉得美的舞蹈就必须是接地气的，有土壤的芳香，大自然的味道，生命的色泽，灵魂的质感，别的都不能算。而我认为美的文字，就必须是置之纸面的。文字只有在纸面上才能获得灵魂与性格。油墨的清香、纸张的质感、文字的珠圆玉润、文气的酣畅淋漓，如此阅读美感只有纸书才能传递。我承认，我几乎固执地认定唯有读纸质书才叫读书，数字化阅读只可称作浏览。试问，你能通过电子书感受先秦散文、唐诗汉赋的风骨与文脉吗？你能通过数字阅读器领略费兹哲、伍尔夫、艾略特、克洛亚克、纳巴科夫等大师们文字背后的笔墨精神吗？自然，特殊的人文气息，亦只有走进实体书店才能深刻体会。网上书店、数字化图书馆虽便捷廉价，却永远不能作为城市一道独特的风景线存在，永远不能像伦敦的沙龙、咖啡馆，巴黎的剧院、沙龙那样，成为营造维系一座城市文化生态的重要空间。

有自己坚守的执念，就觉得生活有意思。杨丽萍此话深得我心！

一直觉得自己是个不合时宜的笨人。

笨，有时无关乎智商。在科学技术日新月异，社会急速变化转型的时代，聪明更是指面对横空出世的全新事物取代长相厮守的旧物件时，那种毫无芥蒂的适应能力。所谓聪明人识时务者为俊杰。而我，实在缺乏随着世界的急剧变化而蹦来跳去的良好弹性。说得好听点，是对与自己朝夕相处的旧事物执念过深，难以放手。不客气地说法则是适应能力差，死性。不怕你冷嘲热讽，在我的心目中，夜晚就该是黑暗的，爱情就该是盲目而非理性的，婚姻作为栖息爱情的安全港湾其形态结构就该是基本稳固的，双腿就该是用来行走的。否则，那不叫夜晚不叫爱情不叫婚姻不叫双腿。

时代的巨浪轰鸣着，对我坚守的执念嗤之以鼻、弃若敝屣。

结局你都看到了：在霓虹灯的照射下，夜晚已经亮过白昼；爱情越来越物质化，正朝着称斤论两的理性消费行为演进；离婚率越来越高，结婚率愈来愈低，时代大潮正在瓦解婚姻稳固的传统根基。大中城市的马路上，还能见到多少用双腿走路的人？满大街都是铁虫子似的爬行怪物。

日前，这样一则消息或许你也关注了：2012 年上海市民阅读情况调查报告显示，在 1000 名 12 岁以上的受访市民中，数字化阅读和纸质阅读已接近“平分秋色”。其中 21 岁至 40 岁的青年群体，选择数字化比例占 66.2%。

不错，这则看似普通的新闻，却在我内心引起极大震动。就如当初听到“风入松”“光合作用书房”“席殊书屋”、“季风书园”……国内那些大名鼎鼎的实体书店，因受到更为便捷、高效、廉价网上书店的巨大冲击，市场骤然转向萧条、营业额大幅萎缩而被迫关门歇业时，那种顿感世事沧桑物是人非却又无力回天的惆怅与怆然。

我由衷羡慕两类人：一类人弹性足够大，能随着时代的各种变化，迅速做出调整，迅速脱胎换骨，迅速毫无障碍地热情拥抱新生活新事物；还有一类人，永远活在当下，从来不去考虑明天的事情。是哦，考虑又能怎样？谁挡得住时代的大潮滚滚向前？谁能使不可阻挡的潮流在你老去之前暂时停滞缓流？谁能啊？!

“彼黍离离，彼稷之穗。行迈靡靡，中心摇摇。知我者谓我心忧，不知我者谓我何求。悠悠苍天！此何人哉？”夜读《诗经》，手指轻轻摩挲着业已泛黄的纸张，想到纸质书、实体书店、稳固如磐的婚姻形态、情意趣味兼顾的终身朋友等等，许多关乎我幸福快乐之源的传统美好事物，或许某一天终将成为历史，终将难觅印痕，我的心中便充满了难以言表的怅惘与忧伤。

第四辑

时代的怀念与致敬

1. 永远不和你说再见

——清明的断想与怀念（一）

一

整整八年没见到妈妈了。

我真的好想她。

他们说她死了。

我不信。走时没说再见呢，她竟会如此决绝地转身离去，从此不再回来了吗?

就那样躺在冰冷的玻璃棺里，紧闭着青灰的双唇，不肯再对我说哪怕多余的一个字。我不信那诞生了我的血肉之躯，转瞬间就成了一堆枯骨。我不信她能舍下我，归了一捧泥土。

我想妈妈是在不经意间将我走丢了。八年来，她一定在某个地方发疯地找我，一定焦急得愁白了头，一定在极度绝望中迷失了方向，忘记了归途。

所以，我一直站在原地等。

就像小时候，她牵我的手，逛闹市，一路上不停叮嘱：千万别走丢了哇，万一走丢了，一定记得在原地等我。

八年了，无论风雨寒暑，我就像一株落地生根的小树，焦躁不安而又望穿秋水地站在原地等她。

二

头年清明，姐姐领我回南方去“拜山”、“挂纸”，为妈妈扫墓。

一路上恍恍惚惚。不敢往车窗外看，生怕看到哪座山坡上会突起花圈环绕的新坟。我不要相信妈妈已经死了。

我多么希望故乡那套小三居里仍然住着我的妈妈，她还会像从前那样很远就能听见我的脚步声，呼唤着我的乳名，惊喜万分地跑出来迎我。我多么希望仍然能吃到妈妈亲手为我做的色香味俱全的家乡菜。

可走廊里凄清空荡。这是头一次，妈妈没有应声而出迎接她远归的女儿。

可我仍不要相信我那善良仁慈、宽人屈己的妈妈已变成山坡上那座坟堆。

妈妈怎会没说再见就走了呢？不会的！以往每次从北方回故乡探亲，妈妈提前接到电话后都会早早开始作准备，今天给女儿做哪道菜，明天上街给女儿买什么水果，她都会极其认真地写在一个小本上，生怕遗漏了什么。其隆重程度，绝不亚于接待一个来自睦邻友国的高贵公主。

相聚团圆的日子总是那么短暂。待我返程归津，她都要亲自将我送至车站。火车开出很远了，泪眼蒙眬中我依然能搜寻到她那只高高扬起的手，依稀能倾听到窗外呼呼的风声送来她那有几许伤感惆怅的再见声。

三

我从来不跟妈妈说再见的。

这是上幼儿园养成的习惯吗？我经常问自己。

似乎很小时脑子里就生长出一种极奇怪的念头：不说再见，

便注定一定还会再见。

因此，我确信妈妈这次与我互相走丢之后，一定还会回来。因为八年前与妈妈的那次分别，破天荒地，她没有跟我说再见。

她从来就不是这样的人。

不是吗，说不定下一分钟，妈妈就会从空气中走出来。

因为怕错过妈妈有可能从空气中走出来的任何时刻，八年了，我几乎不参加任何娱乐活动，几千个日日夜夜，皆是单位、家里两点一线地枯燥作业。不，我不感到枯燥，因为我的心中燃着希望呢。我夜以继日，焚膏继晷地伏案工作，我不知疲倦地研读我能借阅到的每一份报纸，每一本刊物。我仿佛又回到了备战高考的中学时代：夜很深了，我依然全神贯注地在台灯下刻苦用功，妈妈则屏住呼吸坐在不远处的床沿上静静结着毛线，偶尔她会轻轻走过来为我泡杯茶水，或者悄悄转到厨房去给我做碗红枣莲子羹。那么长久的岁月过去了，甜美滑溜的滋味，我的舌尖仍然记得。

四

一直有同事疑惑不解："策划任何选题，发现无论社会、经济、时事、文体，那么多信息几乎全装你脑子里，你哪来那么多时间那么多精力阅读如此多报刊书籍。而且天天如此，年年如此，怎么支撑得住?"

面对他们的一次次提问我不知如何作答。他们能理解我只能用这么一种方式来留住自己用情境造出来的那个空气中的妈妈吗?

我是那样想念她!

只有沉浸于往日情境中，我才能在恍惚与冥想中见到意念出来的那个影子妈妈。

她是股空气，我也愿意默默地陪她坐着。静静地感受着她的气息。妈妈散发的气息。

我能在台灯下苦读五六个小时一动不动，也只是希望冥想中的妈妈能像往日那样，当我偶尔回过头去，她能远远送我一个满怀爱怜的欣慰的微笑。有时，口渴难耐了，却不敢抬脚起身，因为太害怕惊动空气中的妈妈，怕一眨眼她便消失不见了。

好多朋友直言：“你不能成年就呆在单位与家里两个地方苦苦钻研业务啊，必要的应酬你得去。如今职场的比拼，人品好、能力强不是关键要素了，现在不讲这个了，该应酬的时候你就得去。不然，很多资源与机会你都错过了。”

我感怀于朋友的关爱与友谊。可是，我的朋友，你会信么？在我的天平里，我情愿错过整个世界，也不想错过妈妈！假如妈妈真能从空气中走出来呢？万一呢？也许你觉得太唯心，可是冥冥中，我总相信，爱，只要不抛弃不放弃，有时真的会产生奇迹！得到了全世界又怎样呢？如果没有妈妈与我分享！那样的成功那样的快乐又有何价值与意义呢？——成功与快乐最重要的价值和意义难道不是可以与妈妈一起分享、可以让妈妈为我欣慰为我骄傲吗？

我永远都不会跟妈妈说再见！我要继续站在原地等她回来！

妈妈，只要我活着，你总归会活着。活在我对你那份已与生命融为一体的思念中。活在女儿对你至死不灭、血脉相连的那种至爱中。

2. 爱是信仰　爱有奇迹

——清明的断想与怀念（二）

一

妈妈，这么多年过去，我仍难以适应没有你的生活。

妈妈，当我伤心的时候无人安慰；当我重病的时候无人心疼。妈妈，当我凌晨疲惫至极上完夜班回来，我便会无比怅然地意识到，我已经成了一个没有妈妈的女儿！从此怜爱我、念及我下落的，只有这一身清冷的月光了。

妈妈，你已习惯女儿不在身边的日子了吗？无数个夜晚，我躺在床上辗转反侧，试图悬揣出你新家的模样与生活：妈妈，故乡山坡上的黄土能为你遮风挡寒吗？那青砖的墓冢能为你隔绝俗世的喧嚣吗？妈妈，你还那样委屈自己吗？总是先人后己，为培养儿女一辈子操劳吃苦，尝尽辛酸，却不曾享受过福乐吗？妈妈，阎王爷对你还好吗？没有为难你吧？

妈妈，北方一下雪，我就很揪心：你住的那个山坡有些阴冷吧？我却不能翻山越岭即刻赶过去为你添一把暖暖的柴火；妈妈，每当烈日当空，我又特担忧：你睡的那间房子当西晒吧？我真想不远千里万里为你送去一树清凉。

妈妈，每当想你的夜晚，我都会出神地仰望星空，我好想知道：你的灵魂到底在哪片苍穹上行走？你的脚下，到底踏着哪轮明月？沐浴我的那一地月华也曾照耀过阴界你的新宿么？

二

那是深秋的清晨。

我记得的。我沿着卫津路疾走，枝头凋零的片片落叶被冷风卷起，像一群黄色的蝴蝶在空中飞舞，在向秋天作最后的告别。

一个月前，妈妈在家乡被诊断出癌症，癌细胞已经扩散至全身，医生说做手术已毫无意义。妈妈陡然间被癌魔推至生死边缘。接此噩耗，我失魂落魄，悲咽无泪。怎么会呢，性情开朗随和的妈妈，国庆节还作为夕阳红舞蹈队的一员，参加了家乡的大型文艺汇演。死神张开巨大的黑色羽翼向她靠拢时，她怎会毫无感知呢？

妈妈才五十多岁啊，一辈子吃苦耐劳、善良忍让，离正常的熄灯灭火、寿终正寝至少还有一二十年啊，上帝啊，你是否拿错本点错名了呢？

然而，当我和姐姐将被癌魔偷袭的妈妈接至天津治疗时，侥幸心理被彻底击溃了：仿佛一夜之间，死神便抽走了她身体内的全部元气。她脸色蜡黄，两颊塌陷，表情迟缓，腹部水肿有如孕妇。几个人搀扶着仍难以行走，便坐在轮椅上被我们姐妹仨合力抱上病床去。那是她与儿女们朝夕相处的最后一个月，生命奄奄一息的妈妈已经失去了任何治疗的价值，医生每天开出的药方只是为了减轻她临终前肉体的痛苦。

可是，人世间可有药方能治疗或减轻病人即将坠入死亡黑洞时那无比的恐惧，以及死神强迫她与亲爱的家人永远隔绝开来时精神上巨大的痛苦？

虽然有成群的儿女至亲围在床前，但与死神接头，每个人都得独自面对。那是何等惊悚何等令人生畏的时刻！

妈妈啊！我最大的痛苦不是挽救不了你肉体的生命，而是当死神张牙舞爪盘旋在你头顶，使劲拖拽着你往无穷无尽的时间和无穷无尽的黑暗中永远沉沦时，我深知紧握你干枯的双手也无法减轻你精神上的恐慌与孤单无助。我不知如何才能给予你精神上的安慰与支持，使你获得与死神正面相对时那无与伦比的勇气与力量！妈妈啊！在那一刻，我甚至希望自己成为非人，好让我的灵魂可以自由脱离躯体，能陪伴你一起穿越那恐怖的死亡隧道。

妈妈，别怕！女儿的慈爱如天使之翼必会一路顾看你！

就像我七岁时第一次由邻居老爷爷的死，想到自己有一天也会从这个世界永远消失：还有无数的人留在这个光亮的世界，自己却要一个人提前沉入无边的黑暗中，惊恐害怕得蒙住被子放声大哭。妈妈闻声跑过来安慰，我跳起来扑到妈妈怀里喊道："妈妈，我永远都不要死。"妈妈温柔地抚摸着我的头说："别怕，我的女儿那么乖，你不会死的。"

后来我便真的不怕了。因为空气中我都能感受到你那永恒的慈爱的力量。

三

妈妈，那一年，清明又至。

"满街杨柳绿丝烟，画出清明二月天。"

你走了，我眼里的世界又如何会有碧绿的柳清明的天呢？

妈妈，我既不能阻止你的生命从我眼前凋零滑落，又不能灵魂出窍，将自己对你的无尽爱意化作一盏神灯，好照亮你孤绝无助的终极之旅，直至你平安抵达天家。于是，我就带着这样的遗恨，忍受着心灵难以言说的苦痛，再次在清明的星空下祈祷：妈妈，如果你也那样想念我，如果，我们的母女缘依然未尽，你就赶快转世投胎吧！你选择一个恰好的时间恰好的地点融入到我的生命中来吧。在这一世，我们换个角色吧，我来当妈妈，你来当我的孩子。这一世，你也享享清福，让我来无微不至地照顾你，让我来无怨无悔地为你付出全部。

上苍有眼啊，八年前的清明刚过，一个鲜活的生命融入到我生命中，在春天的鸟语花香中呱呱坠地了。

我看到孩子第一眼，简直不敢相信自己的眼睛：妈妈，你竟带着我婆婆一起投胎来了，是么？你沉入无边的黑暗八年，内心依然那样光明温暖！就像你总教育我的一句话：好事一定要与别人分享，"好"才会越来越多，越来越大。孩子眼睛鼻子像你呢，妈妈。皮肤脸型则像极了我婆婆哦。

啊，我终于在原地等来了你啊。爱，如果不抛弃、不放弃，当真会产生奇迹！不是吗？妈妈，你不仅自己回来了，竟然还给我带回了另一位亲人，送给我另一份莫大的惊喜。感谢你们，妈妈、婆婆，不，谢谢你们，我的孩子。

3. 天伦至爱

——再忆母亲

九年前，我为进津求学与母亲离别于湘江之畔，涟水之旁。虽每年一次回湘省亲，然半百以上老人，数千里之遥途远路，又以我区区一文字工作者，宿聚栖身之处既无力提供，舟车苦旅之劳尤畏触犯母亲冠心病、胆结石诸疾，关山阻隔了骨肉至情。我心系家事，亦常寄钱物聊以自慰，然终不能日日在旁端汤送药，侍养亲人。待母亲病重之时，又以怕影响子女工作为由，不许父亲电话相告，日日苦苦煎熬强撑，大汗淋漓亦不呻吟，竟至延误了病情，待我心急如焚将她接至津门医治，已是绝症晚期，住院二十来日即撒手人寰。我孝母之心愿既未竟，猛然间又永失天伦至爱，悠悠苍天，悔不该当初父母在，竟远游。此憾此惭此恨曷极！

母亲乃湘中书香门弟出身，外表既白皙周正，内心又聪慧过人，加之性情温和宽厚待人，十九岁即被当地大族周家看中，娶之过门。几年后相继生下三女一子，自此开始了长达三十年的断杼教子生涯。我幼时，父亲即舍妻别子独身一人去西北闯荡，自强自立之母亲不甘心困守湘中小城，为三女一子之远大前程着想，她竟携儿带女北上，历尽艰难险阻至西北寻亲。湘中足不出户一小家碧玉，为求子女之远大前程，亦求他日与夫君比翼双飞，竟咬牙立志，拖儿带女万里寻夫，其中之艰难、屈辱、创伤、碰壁，更待说与谁人听？

然事后证明母亲是极有远见之人。我家迁移北方后，一家人在西北一大城市定居下来。母亲却仍不得闲暇，为求一家之温饱，她不顾一己之屈伸，四处奔走，终于有了工作，可以分担父亲肩上之重担，用两份微薄的薪水来养活一家六口。于是，她劳累至极的脸上终于有了微笑。母亲常对父亲说：家中要得兴旺，全靠出贤子弟，若子弟不贤，虽多积钱积银亦枉然。母亲未有机会受过高等教育，然而她深深懂得读书的重要、教育的重要。方在西北安顿，她便节衣缩食供四个儿女上学，学费之资不易筹措，她便瞒着家人于凌晨四点外出卖苦力，为儿女换取知识之琼浆。母亲倒下之前，她未曾言语过“苦、累”二字，犹记她只是唯恐累坏了儿女及夫君，以常人之毅力干完两份工作后，便匆匆小跑回家，但凡见女儿洗衣做饭，便不容分说抢之过来自己大包大揽。她边干边唠叨：谁让你们干活了，你们的工作就是学习。你们学习好了，我就是累趴下也情愿。母亲猝然长逝之前竟未累趴下过，她恁般要强，总是而困而知，而勉而行，卓绝坚忍，苦心效力，永不言输。她要自己的每一个子女都有出息，成为有用之才，即使在四面碰壁求人借债之时，亦未曾对子女说过一声：你们中有谁愿意初中毕业后考技校中专，早些工作以减轻父母重担的？岂止未说，她亦绝不允许任何一个子女在通向大学的途中中途退却，家姐曾有意报考银行中专，几番提出均被母亲阻拦。她再三叮嘱孩儿：我的目标是送你们上大学深造，万不可因经济困顿中途打退堂鼓。经济不是你们要考虑的事，有我呢。母亲瘦弱的双肩在那个贫穷的年代里担当起家中的一切。她三十年如一日辛苦工作，未曾攒下金山银山，只是积得成柜的书与满箱的花衣裳。满箱的花衣裳是她为女儿制下的，为人之媳、为人之妇、为人之母的她半百沧桑，历尽苦难，深知作为女人之不易，遂对女儿有了一份格外的疼爱与怜惜。“我家闺女总是不能比别人穿得差的。”每当她又为女儿缝制出一件新衣裳，她菜色的脸上总是充满了自豪与得意。可怜吾母爱女之心！

母亲不仅爱女，更懂得如何爱女。曾记得中学会考之后，我因坚持正义替好友打抱不平，无意中开罪了某位领导，该领导以禁止我参加高考相威胁，逼我写检讨说假话为他开脱。母亲申明大义，深知女儿诚实不欺的品性比圆她一辈子希冀的大学梦更为可贵难求，遂支持女儿为说真话而斗争，面对领导的威逼利诱，她看轻荣辱、不顾后果在某领导前慷慨激昂地进行辩护：我女儿没错！如果你想阻止她参加高考，悉听尊便。女儿上不了大学，我并不看重，她上不了，我拿有限的工资养活她，但她不能说假话，更不能为讲了真话而去写检讨。母亲的凛然正义令该领导大跌眼镜。事后他对别人说：什么也威胁不了她，因为她的母亲太没文化，她母亲并不稀罕女儿上不上大学。这一幕过去十余年了吧，我却依然铭记心底：天知道母亲有多愿意供养女儿上大学，天知道她为之付出了几多心血，然而为了坚持让女儿说真话，她不惜违背初衷，不惜牺牲自己梦寐以求的理想以保护女儿的一位普通朋友。正直的母亲不怕失败，她亦不相信失败，她能在任何一个关键时刻为子女的前途、甚至为子女的朋友挺身而出！赖神灵默佑，在我人生的紧要关头，公正爱才的南开大学招办主任张生理先生出现了，他看好我在几十万字公开发表的文学作品中表现出的才华，接着另外几所大学也向我这个当时全国校园文坛的风云小作家伸出了特招的橄榄枝。母亲最终取得了胜利，遂了她的最大心愿：三女一子顺利地考上了大学。随着火车“呜”地一声长鸣，四个孩子均喜气洋洋地进了北京、天津、武汉等大城市，留下母亲父亲在家中孤独相向，相依为命，亦何伤哉！子女大学毕业后，母亲几乎以命令的口气宣布不让任何一个回家，她佯装托辞说：我喜欢清静，你们若都在身边，真的嫌太吵，一个个都走吧，去你们最想去的地方！三女一子都走后，她却又掉泪了，她对父亲说：我不愿因自己耽误了他们的远大前程。守在家门口的燕雀是没有鸿鹄之志的。她默默压抑着对子女的无尽思念，尽量少给孩子们写信，少给他们去电话，唯恐影响了子女们的工作，唯恐让他们挂念分心。

母亲就这样坚强了艰苦了一辈子，待日子稍有好转，她却在岁月的尽头轰然倒塌。被我紧急接至津门住院后，母亲却躺在病榻上频频向子女们表示歉意：你们都很忙，有的还在念研究生，就快考试了，还要从天南海北赶来照顾我，我怎么就这样不争气呢？一语既出，子女们均忍耐不住号啕大哭起来。只有此时，我才更深切感受到世间之荣耀富贵，都市之繁华绚丽，一钱不值！天地间唯有母女骨肉至情才值得永世珍爱！被病魔折磨得十分清瘦的母亲，溘逝之时仍十分疼爱自己的几个骨肉，她唯恐入殓时自己微兀的眼球会吓坏身边送终的子女，遂在吐血咽气之前自动地紧闭上双目、神态安详之极地与家人作别！

我肝肠寸断、心胆俱裂之时，分明看到了挂在母亲眼角边那一滴晶莹的泪珠。我知道，那绝不仅仅是泪，那是母亲用生命凝成的最后一滴母爱，那是天伦之至爱……

4. 吾爱吾父

吾父垂垂老矣。

虽未到杖乡杖国之高龄，可前乌溜溜毛毵毵的头发，如今已由黑而黄而灰，转眼就是皤皤华首的人了。如今他登高腿软，久坐腰酸，睡一夜浑身关节滞涩，连几十年来养成的一日一小酌的习惯也慢慢地改了。前些年回家探亲，期满离家时，他两手拽住我的行李不放，泪眼婆娑地将我送至车站。汽车徐徐开动，他居然双手蒙住脸面仰天长叹，全然没了年轻时拿着成绩单板起面孔训斥我，拿起筷子什物追赶着惩罚我时的威严。吾父确实老到需要靠天伦之乐慰藉的年龄了。他一年比一年地变得更像慈父，日复一日地给我写信，要我吃饱、穿暖、睡足，并不厌其烦地告诉我，我众多不良的饮食习惯使他夜不成寐，茶饭不思。他日夜担心我视力不济，骑车会撞了人；记忆奇差，外出会找不到回单位的路；人特马虎，会被坏蛋小人盯上，上当受骗。

父亲年轻时是没有这么儿女情长的。母亲一连给他生下三个女儿，他极为不满，直到小弟呱呱落地，他才露出些许做父亲的喜悦。他没有太多的兴趣照管培养女孩子，他常对母亲说：

"树大自直。"意思是女孩天性乖巧，无需管教，小时恣肆些，大了自然会好。因而在父亲的疏忽与不经意下，我们三个女孩的个性得到了充分的发挥。虽为女儿家，鼓噪起来像营兵，动起武来会流血，吃起东西来犹如饿虎扑食。对于我们这些顽劣行径，父亲常常熟视无睹，不加闻问，只有在外边生了闷气回来，才真动手在我们几个顽劣假小子身上发作一通，每人伸出手掌来挨几板子完事。小弟因担负延续香火的重任而备受父亲宠爱，虽然他小时极懒、极刁、极泼、极不讨人喜欢。直至小学三年级，他洗澡还得强迫，洗脸专洗本部，边疆一概不理，洗脸完毕，手背不湿，父亲无法，只得将他连拖带搡拉至盆边，忍气吞声做奴仆状侍候，四、五年如一日，决无怨言，其爱子之情可窥一斑。父亲虽对小弟宠爱，却决不溺爱。他曾数次叮嘱母亲：儿子是有些小聪明，可一定得严加管教，小时聪明，大时未必出息。弟弟小时顽劣刁泼，父亲每日布置下的学习任务他总有办法投机取巧，且极少露馅。只有一次，父亲交代弟弟用铅笔日练百字，等他回家检查验收。弟弟玩了大半天后，估计着父亲该下班了，便赶紧回家应付差事，稍不留神，字写过了，写了一百零一个字，他极不甘心让父亲占到便宜，便用橡皮将那多写的一个字重重地擦去。父亲回家来，数数字，又瞅瞅那明显的橡皮擦痕，自然心明眼亮，他勃然大怒，抡起巴掌便向弟弟呼呼扇过去。弟弟脸上即刻留下五个紫红的指印。父亲对于儿子是如此恨铁不成钢，待他欲用皮带对弟弟实行更严格的管教时，心疼小弟的我不顾一切地冲上去，极为仇视地瞪着他，大有他若再动小弟一根毫毛，我便会六亲不认地与他开打之势。父亲痛打小弟之后，我数天对他不理不睬，而小弟却童心无忌，照样贪玩，照样歪着嘴龇着虎牙甜甜叫“爸爸”，又照样天天挨打。父亲觉得女儿比儿子有种，自此他开始重视起女孩儿的教育，虽然他决不轻易在女儿们面前露一个笑脸，但每日清晨六时整，他必准时唤母亲起来掀我们的被盖，将几个女孩连同贪睡的弟弟一并赶至走廊晨读，直到母亲做好饭了在厨房连呼过三遍，他才允许我们进屋去吃早点准备上学。

父亲出身于富裕家庭，可他却是一个吃过苦的人。年轻时为追求美好的理想，他曾抛妻舍子只身一人去闯大西北，在那儿经历了很多不堪言说的磨难，因而当他将一张张的钞票赚回家的时候，是骄傲的成分多，慈爱的时候少。因为他是家中赚钱的主力，因而家中偶尔吃大鱼大肉，孩子们是从来不敢动筷的，碰上他高兴，夹一块鱼肉扔到谁碗中，我们皆诚惶诚恐，不知是否该接受这突如其来的恩赐。直至我们四个长大成人全都上了大学，父亲严肃了一辈子的脸才逐渐疏朗起来，话多了，笑声亦多了，然而他却极快地衰老下去。仿佛他朝一个目标艰苦卓绝地奋斗了一生，坚持到最后了，曙光已初露，然而他的体力、精力已全然耗尽，他轰然一声垮在了即将辉煌的终点线边沿。父亲如秋后的草般一日一日枯瘦下来，某日他宣布戒烟了，为了担负起四个孩子上大学的全部费用，后来甚至连米酒也不沾了，因为他暗自想省下些钱来为女孩子添置几身漂亮的衣服。他老以为大学是个高雅贵气的地方，他不能让孩子们灰头土脸地丢人现眼，况且孩子们一个个都长得像他一样精神漂亮，那时却只知学习不知约会，他又老犯嘀咕是否因衣着不时髦故缺乏约会对象？大学放假回来，我又发现他不再嗜好鱼肉，只是对我们谎称他肠胃不好，独喜素食，却让母亲每日换着花样给我们做鸡鸭鱼肉。谁要表示抗议，他就义正辞严地呵斥：以后你们是家中的主劳力，家里就靠你们几个，该吃好补好的是你们不是我了。母亲则在一旁一摇头：你父亲总是好话不会好好说。

想想又已两年没有回家。因工作忙性子亦疏懒之故，家信也不常写。倒是父亲的飞鸿风雨无阻，隔三差五总能收到。父亲想必又老了许多罢？前几日他来信告知我许多家常琐事，口气甚为悲哀伤感：身边无儿无女，我与你母相依为命，整日大眼瞪小眼，晚景甚为凄凉。每日对你们只是无尽的思念与牵挂，有时甚至神思恍惚。看见别人的亲儿乖女，我与你母便禁不住悲从中来，老泪潸然而下。可我又不愿让你们为“尽孝”而耽误远大前程，困守父母身边做四只屋檐下的燕雀。我与你母吃苦劳顿一辈子就是希望看到你们今日有出息。只是盼着哪怕见见你们的面也好啊，你何时回来？你姐姐弟弟今年春节都能回来见上一面吗？我身体大不如从前，记忆力更是差到连我自己也不敢相信的地步了。上月托人从海外给你捎回一枚新式戒指，你妈我都没让她碰一下，悉心收藏准备待你回家探亲之日送你一个惊喜，不料旋即就将戒指秘藏处忘到九霄云外，再翻寻却已如海底捞针了。唉，为父身上除了一颗爱儿之心外，其余一切均不中用矣。

5. 周家有女初长成

四年前，大姐生下毛毛，母亲从湖南给她去信，问是否要个帮手。大姐说：不用您劳神了，不就多添了一个孩子嘛，家务活我能干得了。母亲叹口气说：让她嘴硬去吧，会有她求我的那一天。果然，四个月之后，大姐就有些顶不住了，可因有大话在先不便直接向母亲开口求援，转而打电话托我从中斡旋。母亲究竟是母亲，很爽快地替大姐铺了层台阶下：你们搞化学的，还是少和孩子接触好。可一到了北京，她又变了口气：你们这代做母亲的怎么一点苦都吃不了呢，也忒娇气了，老的少的一堆人帮你弄个孩子，还口口声声要找保姆，我一手扯大你们四个孩子，怎么就没觉得多费劲呢。大姐站在一边没吭声。

母亲算是在北京住下了，虽说已是五十开外的人，干活却还麻利，而且越干越麻利。据她自己说，一辈子勤劳惯了，一旦退了休闲下来便浑身不自在，大小各种病也跟着来了。在北京，她每天帮大姐洗衣、做饭、拖地、带孩子，脸竟渐渐地有了红润，身子也发福了。她写信给父亲说：我老来竟做了闺女的老妈子。大姐有些过意不去，劝她少干，母亲便说：就这劳累的命，有什么法子呢？我要不在北京帮你搭把手，真不知你会把孩子带成啥样。母亲因养大我们四个孩子，并在那个艰苦年月将我们四个齐齐送进高等学府，她便当仁不让顺理成章将自己封为“家庭教育”方面的权威。毛毛三岁即能背诵唐诗，大姐惊喜之余，买来一大摞唐诗宋词欲悉心培养，母亲却将那些诗书扔到犄角旮旯里发霉，时常带了小孩子到外边去遛弯子。大姐怕耽误了毛毛的前程，有一次很不高兴地说："妈，您这样对孩子不好。"母亲反过来振振有词地问："有什么不好呢？你们现在做父母的真真是过于乐观了，孩子偶尔拨一下算盘，便以为他将来能当财政部长，孩子才会哼几首儿歌，便急忙花钱托人进少年宫这个班那个班培训，都以为能当刘德华呢。都以为天才在自己家横空出世了呢。世上哪有那么多天才。你三妹 13 岁就发表了第一篇小说，电视台上家里来采访，我就让她天天上外边玩儿去。小孩子，好玩儿就多让他玩会儿。他懂事了，想学了，自然会老老实实去学。"大姐敌不过母亲的现身说法，又一次败下阵来。

在母亲的放任自流下，毛毛的个性得到充分的发展，很快成了一位令人目瞪口呆的"自由"小女神。不到四岁的孩子，动起武来专抓对方皮肤，吃起东西来一定要独霸一方，不如她的意愿便号哭打滚，而在智商的发展上亦表现出独特怪异的一面：没有方向感，不认路，自己家门口那条路走了无数次了，到时一定会错，左右脚分不清，每天早晨穿鞋准左右混淆且毫无知觉。某晚，母亲怔怔地看着四岁的毛毛穿拖鞋时又左右套反了之后，纳闷地对大姐说："毛毛怎么越来越像你三妹了呢？两人简直连好些古怪的习惯都一样。"随后她禁不住哈哈大笑起来，大姐无可奈何地苦笑道："您老人家有福气，三妹没劳您操心就上了重点大学，毛毛依我看以后比不了她三姨，我们同事的孩子三岁学画，六岁就在国际上拿了奖，我们这孩子只知道世界上最好吃的巧克力是哪个牌子。”母亲的教育成果没有得到大姐的首肯，她颇有些扫兴：“你可别羡慕什么神童，你自己15岁就上了大学，又怎样呢？到头来不还是个煮饭婆？幼有神童之誉，少怀大志，长而无闻，终乃与草木同朽。毛毛长在懂事后，自然会知书达理的，不会比别人差到哪里去。”关于不打女孩的说法，母亲说的却是真话。母亲由于从小懂得作女孩子的苦，她做母亲后便与父亲约法三章，不允许他碰三个女儿一个手指头，唯一的宝贝儿子却可任由父亲打骂。

长大了的小弟是否在棒子底下出落成了个人才，我很难说。不过他大学毕业后直接去了海口，据二姐转述，他在那个气候炎热人情清淡的城市似乎不是特别适应，他不善应酬，亦不喜应酬，只是将自己埋在计算机房里一味地研究电脑编程。他一年回湘探望父母一次，其实他有更多机会顺道回家，可是他并不积极争取，他使自己尽可能多地呆在那个他更为适应的电脑世界。对于这些，父母并不计较，他们望子成龙，却从不期待回报，呕心沥血地培养孩子对他们来说只是一个完善与充实自己生命的过程。他们懂得那仅仅只能是一个过程而已。他们仍饶有兴趣地在湖南争执着各自的教育方法。据他俩断断续续寄给我的来信，大抵是母亲占了上风，因为她负责培育的三个女孩子都上了全国一流的重点大学，而父亲负责看管培养的小弟，在父亲的呵斥与“棍棒”教育下，充其量也只是将小弟“打”进了一所普通大学。介于父亲在事实面前仍不服气，母亲便试图以更多的事实来说服他，于是她雄心勃勃，满怀自信地闯进北京城，欲在她外孙女身上实验她土制的“教育”法宝了。

姐姐无奈之下偷偷写信向湖南的父亲求救，父亲回信说：“你母亲那套教育方法漏洞太多，迟早会误人子弟，而你平日对孩子的自私跋扈居然处之泰然，视若无睹，难道不该自我检讨一番吗？孩子和你顶撞，你至多冲她皱几下眉头，复又送上满脸笑容，小孩子无畏无惧何来服从？毛毛的父亲倘若打她几下，即使是脑袋，又何妨？你不要从中袒护并加以阻拦，不痛不痒地骂孩子几句口口声声喊打却终舍不得下手，是要耽误了孩子的前程的。不打孩子并不是真正爱孩子。”

末了，父亲在信尾又另加批附：“体罚之制虽不合时代潮流，但我主张可以在必要的时候恢复，当然孩子是你的，打不打由你。”

6. 穿衣扮美是大事

生平第一次赚钱，是在中学。一家出版社出版了我的短篇小说集，给我寄了一笔数目不小的稿费，我即刻去购买了一套向往已久的时装及皮带、项链、别针等奢侈首饰。

父亲很是责怪我没有将那张稿费单留作纪念，或是将稿费用于正途买些文学名著来充实自己。我那时正是爱美的年龄，用稿费将自己打扮得漂亮动人是我写作的动力之一。对于我来说，能穿上一身新颖别致，令其他女生均望尘莫及的潮装，在女生们羡慕嫉妒交织的目光中骄傲地走进教室，是较授予我荣誉称号等更能给我带来喜悦和虚荣的一件事。

父亲不满于我的做法，有一次在母亲跟前偷偷议论道：生于忠厚传家、诗书继世的周家，阿华不知哪来一身的俗骨。

我家姐妹多，衣服自然是接替着穿。我行三，新衣服永远也轮不到我头上，因此每每逢年过节请裁缝上家来做衣服，我总要哭闹一番。哭得全家人皆不耐烦了便答应我和大姐一样穿新衣服为止。那时父母工资低，衣服料子、花样也单一，但凡见哪位女生穿出一套新颖别致的衣服，便羡慕万分，恨不得自己立即长大，挣了工资去买一柜子的漂亮时装来。然而越是性急越觉得日子太长，好不容易熬到上大学了，家里经济却愈加拮据了。来津上大学前，母亲上街扯了很多布料请裁缝做成四季服装，却没有一件我心仪的，有一件花色自然是不错，波光粼粼的绿色池塘，浮着一朵朵醒目的荷花，绿茵似的荷叶密密挤挤地挨着，仿佛一幅写意画，可是款式好土。还有一件，月白色的背景上落着水滴滴的紫的白的丁香，样式还比较大方，然而料子劣质，手感粗糙。所有的衣服统统塞进皮箱，拎到天津一看大街小巷间女孩子的装束，更觉不能穿了。此后的日子天天穿牛仔，牛仔是较休闲随意的，贫贱或富贵的人都穿它。

大学快毕业时，系里的女生大多有了要好的男友，那时我恍若生活在时装店，天天睁只眼闭只眼坐观她们争妍斗艳：有穿紧身背心健美裤的，完全写实派的风格，筷子般紧瘦的裤腿站在男友面前便有一种伶仃无告的感觉，小小的男生会陡然生出强大的保护欲；还有的女生穿宽袍大袖的时装裙，无论是圆形、方形、鸡心形或是金钢钻形的领口，都被存心不良的服装商设计得很低，袒露在外的部分有意无意中散发出娇媚的诱惑。

还有一位女生，身材是十分娇好的，夏天穿着长及至地的百褶裙，料子是上好的日本货，垂感极好，穿在身上，姗姗的莲步令人生出诸多幻想，就凭着这袭华贵优雅的裙装，她在一个夏天便征服了十多个自命不凡的未婚者和已婚者，这一切均令我自惭形秽。大学时代并不轻松愉快，四年里，那几套蓝色的、灰白色的牛仔服我翻来覆去地穿着，怎么穿也穿不完似的，母亲替我做的那箱子衣服一直也舍不得处理给小贩，没有朋友的时候，就打开箱子抖散几件，闻闻那甜蜜而冲鼻的樟脑味，仿佛一袭衣服便能幻想出一个个活泼泼的生命来。

或许是在大学四年中，追求时装的欲望受到了极端压抑甚至完全泯灭的缘故，待到工作后，我的装束愈发不受时尚拘束了，兴之所至，随心所穿。常有朋友问我，街上正流行那样款式的衣服，你怎么还穿这样子的呢？上装和下装应该那样搭配，你怎么会想出这样穿呢？也许，穿惯了随意方便的牛仔，再换飘飘欲仙的时装裙，即使轻移莲步，我也会给人一种惊涛骇浪的感觉吧？而穿在某些女孩子身上却是香风细雨如沐春风美感顿生的。所以，我穿我所喜，别人的意见我装听不见。

前些日子去上海出差，突然发现女装的趋势是越穿越少了，已是寒冬季节，却还是一条小皮裙裹身，袖不蔽肘，赤足裸腿，女性无论豆蔻年华还是已届不惑，两条腿无论是细直如竹筷，粗大如冬瓜抑或扭曲如树根，一律齐刷刷摆在外面示众。有的将自己体型的优势显示殆尽，有的将自家的劣处暴露无遗，每个人脸上却都透着无比的得意与自赏。看着我穿一件绛紫色的风衣与她们擦肩而过，纷纷回过头来：这女子怎么啦？将自家的一切优点都包裹在厚厚的风衣之下。我默默走过，唯有绛紫色的衣襟在空中飘舞。或许，对于内向和不爱说话的人，衣服才是一种语言，一种个性化的无法流行开来的小语种。我就乐意这样穿衣服——你流行你的，我在旁边一点也不感冒。

7 努力做个不受“惑”的人

——“读书的好处”漫谈之一

读书究竟有什么好处？

该问题的答案，当下与古代的最大区别是，读书的价值随着时代的进步与社会的发展有了巨大变化。古人谈及读书的好处，言必称“书中自有千钟粟，书中自有黄金屋，书中自有颜如玉”。进入网络时代的商业社会之后，读书未必能获得立竿见影的实利，相反一些不学无术的人却能轻而易举得到“千钟粟”、“黄金屋”与“颜如玉”，于是，读书的好处，在我们这个实用主义盛行的时代，便被极大地异化与遮蔽了。多读书，读好书，成了极小部分人的心头好。

毋庸讳言，在我们这样一个人人高喊“压力山大”、“成功学”成为一门社会显学的社会里，如果竟不能从读书中赚得自己的衣食住行，获取自己的荣华富贵与飞黄腾达，很多人是不会浪费自己宝贵的应酬社交休闲时间去读什么劳什子书的。

短视的人们不约而同将读书当成了谋生赚钱乃至发达的一种工具。如果工具实效不再，便弃之如敝帚。大有如果还跟书谈什么感情，便会伤害了金钱之势。

关于读书的好处，古今中外众多学者名流均从各自的经历出发言说过诸多切身体会。总结起来，大体有“读书治学”说、“启迪德智”说、“拓展视野”说、“学养积累”说、“开卷有益”说、“登高望远”说、“察世知人”说、“读书做人”说、“以书会友”说……最新了解到与此问题相关的论述则来自上海作家小宝，他在自己的一部新书中说：“读书一无是处，本来就是闲人，废人的消遣，它唯一的实际好处是能长点见识，不自欺，不被人欺，不欺人。”他还特地解释，“不被人欺之欺是欺骗之欺，不是欺负之欺。读书读好了，能免受欺骗，但无法免受欺负。”小宝不愧是上海滩最聪明的读书人与写书人之一，他的三不欺之说深得我心。

不知怎的，读到这些文字时，我总会情不自禁地想到胡适的“不受人惑”说，我以为，“三不欺”说与“不受人惑”说，是一种思想的两个译本，是英雄所见略同。

胡适是20世纪学识最为渊博的知识分子之一，世人贴在其身上的标签多为历史学家、文学家、哲学家、教育家、诗人，我却宁愿首先将其视为一位思想大家，他的众多观点与见解独具卓识，令人豁然开朗。去年是胡适逝世五十周年，自去逝至今，国内不少出版社重新出版了胡适的多种著述，我均一一买来收藏，虽然各种版本中有不少文章是重复的，虽然胡适所著的《中国哲学史大纲》、《尝试集》、《胡适文存》是我经常展卷诵读的心爱之书，可谁让那些书中大多选编了《赠言北大哲学系毕业生纪念》一文呢？

读书可以“不受人惑”说，即出自此文。

“现在你们都要毕业了。你们自然也都在想，‘我们应该做些什么？我们能够做些什么？’依我的愚见，一个哲学系的目的应该不是教你们死读哲学书，也不是教你们接受某派某人的哲学。禅宗有个和尚曾说，‘达摩东来，只是要寻一个不受人惑的人。’你们应该做些什么？你们应该努力做个不受人惑的人。你们能够做个不受人惑的人吗？这个全凭自己的努力。”

读书，是为了努力做个不受人惑的人。

这话说的多好啊，真正洞见深中的金玉良言。

只是，胡适说这话时，是1920年。九十多个春秋过去之后，世界早已进入了一个物质社会。钱、物、名、权对人诱惑之大，远远超过任何一个年代。要做一个内心静定、有所为有所不为的知识分子，仅仅不受人惑是远远不够的，要抵御住来自四面八方的钱惑、物惑、名惑、权惑，需要人性的成长，更需要心灵的力量。

所以，在这样一个欲望横流、圣贤缺席的时代，读书的好处，是为了努力做个不受惑的人，似乎更具有时代针对性。

胡适先生倘能活到今天，不知会否认同我的一己之见。

是啊，一个人唯有终生跋涉于书山学海之中，不拘一格地广泛涉猎那些能代表人类最高精神遗产的经典著作，唯有乐此不疲时常漫步于古今中外最伟大的心灵之中，才能获得精神上的浸染与人性、智德上的成长，才能练就一个杰出的头脑，避免自己沦为成功学教育与应试教育的产物，才能最终寻找到代表自己生命价值与意义所在的定海神针——收获一种内在的丰富与定静。

的确，以博洽学问与卓然识见打底的内在丰富与定静是一个人生命中的定海神针，拥有此针，便能胸怀开阔，格局高远，便能避免在利害得失中纠结，在浮沉宠辱中挣扎，而是在探求无垠未知世界与内心世界的目标中行进，执著于内心的良知静静地求知、做事、为人，并最终走到常人难以企及的一种境界。唯有到达此境界的人，方能获得一种对自我与对他人均客观而舒展的评认，方能成为一个不惑的人——不自欺，不被人欺，不欺人。

为什么我们这个世界能设身处地将心比心、客观看待他人的成人越来越少？为什么不看轻不欺负比自己弱的人，不嫉妒不挤兑比自己强的人，对这个世上的一些人来说竟会成为一道世纪难题——不失于谀颂，便失于诋诬，永难超越从自卑到虚骄的疯癫？

不过是读书太少导致腹笥贫瘠、识见肤浅，无德无才却又时时被人、名、钱、权所惑，既自欺又欺人罢了。坐井观天之人，安知天之大井之小己之渺？

8. “以书会友”这种事

——“读书的好处”漫谈之二

如今的作家，大多文章精致，混世精明，适应现实环境的能力一流，其著书立说，知人论世，难免会落入小格局小气象里的“小知之道”。在思想浅陋的畅销书大行其道的当下，坦白说，那种瞬间便能以精金翠玉般的智慧光芒、甘露醍醐般的深邃思想、生动犀利的讽刺幽默等“大知之道”品质攻陷我内心的好书是经年罕见了。直到在网上淘到刘诚龙先生的历史随笔杂文集。

知道并记住刘诚龙这个名字，完全得益于全国各类一纸风行的文摘报刊，因职业缘故需大量阅读浏览，该类报刊林林总总我订了不少，每每遇到精彩至极令人拍案叫绝的文章，便会不由自主瞟一眼作者名字，后来发现，但凡给我留下深刻印象的文章，十有六七出自刘诚龙笔下。自那时起，我便开始特别关注刘诚龙这个名字，并从网上买齐了他的所有书籍。

第一次接触到刘诚龙的文章，私下直惊叹，历史杂文与历史随笔居然可以这样真气淋漓而又随心所欲：有理有据却又天马行空，嬉笑怒骂插科打诨却又洞烛幽微鞭辟入里，东麟西甲而又妙语连珠。八竿子打不着的事他偏能天衣无缝地拉郎配，言在此而意在彼，透着顿悟与大知的阅读支点俯拾皆是：比如他写《吕事主的贪道》“贪口大的，吐口小的，与人方便，才是自己的方便”；再比如他在《修辞手法》中讽刺齐桓公身边拍马屁的宠臣易牙，亦能见人所未见“送一朵玫瑰是诚，送999朵玫瑰可能是修辞手法了；煮一盘饺子是诚，煮一盘儿子绝对是修辞手法了”；他在《只能和曹操赛呆》一文中，揭秘“杨修之死”内因时写道：“和曹操赛聪明，再聪明也是愚蠢，和曹操赛呆，再愚蠢也是聪明。”何等生动传神的笔墨，何等高妙的视角与见解！只有才、学、识兼备的大知之人，才能这样站在视线开阔的高远处，透过历史的烟尘，透过人性的深层，以俯视的姿态洞彻古代庙堂里形形色色的人物与事件。

虽与刘诚龙素昧平生，但通过阅读他的书籍，感觉与他神交已久，私下亦希望将他那些学问深厚见识一流的佳作妙文介绍给更多读者，于是试着以多种方式与他联系。多番未果的情况下，某天灵机一动，何不试试博客留言？那时疏懒的我既未建博客，亦未开微博，但为了联系上诚龙先生，我平生第一次开通了之前刻意远离的博客与微博。这种举动似有粉丝之嫌，但做诚龙先生的一名粉丝，我是情愿的，并未感到丝毫的不妥。

以书会友这种事，之前我完全是当古代传说来看的。但现在，我相信这个世界真有一种东西叫做奇迹或缘分。在阅读完一本精神视野极其宏阔的历史随笔后，依托于互联网，我和此书的作者诚龙先生结为了挚友，之后又如在读某本好书会顺藤摸瓜旁涉到另一本心仪的佳著一般，通过诚龙先生，我又结识了著名杂文家、青年学者魏剑美先生。巧的是，剑美先生的每一本著作，从《醉与醒的边缘》、《下跪的舌头》、《步步为局》我均曾细细拜读并买来收藏。由于智识、意趣、追求等方面的高度相近，我们三个性情相投的湘人未见已然如故，我钦佩他们学问精深世事洞明却又拒绝世故与势力的稀有品质，于是见贤思齐，跟着两位名家一起开设了现如今在国内小有名气的集体文学博客“湘辣三人帮”。

这已是后话。我想说的是，像诚龙先生这样能写出大知之道著作的高士，在现实的人生中亦是以大包容大慷慨大仁慈来打底的，他对朋友的忠厚与热情更是在圈内有口皆碑，常常是人家约他写专版最后却变成了“湘辣三人帮”专版，我的几乎每一篇文章亦会得到他热情有加的赞扬与鼓励。一如不遗余力扶植新人后学的新闻前辈张绍祥、汪振诚、李文林先生，及文坛名家蒋子龙、任芙康、肖克凡、秦岭、闫立飞先生及航鹰、赵玫女士等，他们都是诸多携书携文前来求助抑或请教者的良师益友，以成人之美为人生乐事。

在我眼里，诚龙先生还是一位脱离了世俗狭隘性功利与执迷的尚友，面对现实生活中的纷纷扰扰，他会以他的智慧与阅历，指引你突破生命表层的种种障碍，向着胸怀更加开阔处、格局更加高远处行进。与这样的朋友相处久了，你自然也会拥有一种豁达，一种超然，将人性的成长视为一生最大的成功与收获。

因为是以书会友的良朋，最近，我又有幸抢先阅读了诚龙先生新作《微笑永远不会错》的电子版。此次阅读体验，令我再一次认识到，最好的文艺书籍，一定渗透着人生感怀，最好的文字，一定有某种哲学内涵在背后支撑着去抵达一种大知之道的深刻：例如诚龙先生在书中说世上真正恩将仇报的没几个，相反知恩图报的却有七八成多，所以你若做好事曾经吃过亏，大可不必从此不管他人瓦上霜，请问你一生所做的事中能达七八成把握者又有几何？若你学富五车，却在职场怀才不遇，他的意见是为何你不自己重用自己呢？你立志要登顶泰山，但泰山上正冰封雪冻，他会说在半山腰筑竹篱茅舍，同样自在。每个人都该有自己的理想，但千万别 11 分努力，10 分努力即可，那就像给车子打气，打得太气鼓，容易爆胎。

通过读书，还可以学到这么多寻常生活中的大道理，于我，亦是一种心灵的雕塑。

孟子曰："以友天下之善士为未足。"孟子常慨叹身边能进行心灵对话、值得交往的人太少。倘若你亦有孟子之慨，何不试试以书会友这种事？

9. 了不起的"小伊"与"曼荻"

最近，吸引我两次走进影院观看的同一部动漫大片叫《疯狂的原始人》，而每晚令我手不释卷的长篇小说，则是被业界称之为《北京人在纽约》续本的《美漂》。

"小伊"是《疯狂的原始人》中的女主角，她是原始人"咕噜"一家六口中的大女儿，为躲避野兽袭击，为全家人安全地活下去，她与保守僵化恐惧一切改变的老爸"瓜哥"及其他家人一起，日复一日年复一年地穴居在没有一丝光线照进的山洞里。然而，小伊却觉得这样"一成不变""了无生趣"的生活不叫"活着"，在某次与老爸的冲突中，她终于爆发了，痛心疾首地喊道："我们现在这不叫活着，这只是没有死去。"于是她不顾及未知的风险，不贪恋现有的安全，不以"大多数人都这样被恐惧与风险束缚而安于现状"为自己开脱，追逐着头顶悠忽一亮划破黑暗的一星火光，奋不顾身地从"一成不变"的穴居环境中逃离。

其实，在郁闷的现实面前，谁没有一颗想逃离的心呢？

当你的人生被层层桎梏所捆绑，当你从一个对未来满怀奢望与憧憬的叛逆少年，终于被现实的重锤磨碾成一个麻木不仁，时刻准备为五斗米折腰的唯诺中年，在每一个感到难以忍受的时刻，谁没有过不顾一切欲从现实的“牢笼”中“越狱”的本能冲动呢?

然而，我们都是理性的现代人。我们都有太多的现实贪恋，太多的风险顾忌。

只能想想罢了！真正付诸行动，真正从“一成不变”中抽离，注定会被这个世界的大多数视为彻头彻尾的“抽疯”行为。

可是，“曼荻”却绝不会是这大多数中的一员。

因为，她是“小伊”精神上的孪生姐妹。为了找寻体验比当下更丰富饱满更自由不羁的生活，她一次又一次从经年打拼的生存环境中逃离，迎着各种不解的眼神与未知的风险，奔向远方那一个又一个传说中的海阔天空。

在这个世界就是地球村的时代里，无疑，已有越来越多的“漂”族加入了“小伊”的队伍，他们是“京漂”、“广漂”、“海漂”，抑或是“曼荻”新近推出的长篇小说中的“美漂”。

看到银幕上的“小伊”，莫名其妙就会联想到现实世界中的华裔作家“曼荻”，或许是因为她们都有女人身上罕见的勇气、胆识与果断，都有那种为了找寻远方不曾体验过的丰富、新鲜与广阔，敢于舍弃自己曾奋力打拼出的赖以寄身立业的一切，决绝地从沉闷、单调、无趣的生存中抽身逃离的纵意所如、逍遥自在。她们都追求要“怎么活”，而不仅仅是“活着”，她们都懂得贫穷不仅仅是饥饿、衣不蔽体和没有一丝光线的房屋，人生还有一种贫穷是从未体验过丰富多彩新颖有趣，一辈子过着一成不变的生活。她们所逃离的，正是包括我在内的大多数凡夫俗女所深陷的，她们所难以忍受的，正是我们这些将人生缩减成单位与家庭两点一线的惰性庸众，得过且过习以为常的。

人大概都会被自己身上所缺乏的一些东西所吸引。

二十多年前，我与胡曼荻从同一所大学毕业，分配至同一家新闻单位，作为外地人住进同一栋简易宿舍楼，那个长发抵肩、低调行事、孤傲神秘的新乡才女，便吸引了我的视线。那时她沉默寡言而又独来独往，神龙见首不见尾，似乎即便被世俗遗弃亦满不在乎，见人只是简短寒暄，然后温婉歪头一笑，便即刻沉醉到自己的文字世界中去了。那时她写经济报道，与满眼枯燥乏味中规中矩的财经文章迥异，她笔下描摹经济的文字亦充盈着丰沛的灵性，散发出鲜明的个性，不羁的才情与见识均令我刮目相看。

很是奇怪，面对这样一个才华四溢的同事与同龄人，我这个热爱世俗的女子，却从未心生过丝毫的在意与不快，有的只是发自内心的喜爱与欣赏，我由衷地希望更多的人像我一样推崇她，分享她那些灵气与悟性十足的文字。

我们因彼此个性的差异而相互吸引，越走越近，最终成为甘苦与共携手成长的闺蜜，友谊保持二十多年而不疏离褪色，我想是由于我们骨子里本是同一类人：坚守传统却又有点叛逆，敏感善良而又有自己的原则与底线，宽容慈悲却又不愿失去自己的个性。更重要的是，在文字与朋友面前，我们都有一颗纯粹的赤子之心。那时，我们有一个共同的朋友遭遇不测，很多人都远离了，后来我才知道，天各一方的我俩都在以各自的方式帮助着这位不幸的老友。

而“曼荻”如同“小伊”一般，终于奋力登顶生命巨树，幸运领略到了满天星辰与灿烂银河的壮阔图景，并如愿以偿完成了从文学爱好者到知名作家的华丽转身，我以为除天赋外，还得益于她愿为梦想付出一切代价的勇气与魄力。

不管现实世界要舍弃多少，让梦想成真!

这恰是“小伊”与“曼荻”了不起的地方。

亦正是包括我在内的大多数庸常之人难以企及之处。

最近一次见面时，“曼荻”淡淡告诉我，当时之所以断然逃离待遇很不错的北方媒体，是因为她厌倦了日复一日写那些枯燥无味束缚自己性灵的财经文字，后来又抽身逃离南方某大报，是因为发现自己又走进了另一种“一成不变”，最后逃离许多人向往不已的新加坡，是因为在美国找到了自己的真爱——英俊宽厚的丹尼尔先生。

我问：当你每一次逃离时，想到必须要舍弃的丰厚收入、医疗保险，想到还要赚钱养家，养车养房，要顾忌这个人的想法，要照顾那个人的身体，你就没有过纠结与退缩吗？多数人想想这些，就会心虚了，胆怯了。决定让梦想永远在梦里呆着算了。

她反问：那样的活法有意思吗？

对咯，这就是那个能写出长篇《美漂》能活出精彩奇迹的曼荻了。

10. 我也有一扇最踌躇的门

顾福生是三毛的恩师，当年他曾悉心教她学画，耐心带她走出自闭，使她的人生得以恢复生机。她在心里视他为再生父母。多年后，她终于有个机会去见自己的恩师，但她在芝加哥的密西根大道上，“来来回回地走，眼看约定的时间一分一秒在自己冻僵的步子下踩掉”，最终还是没有去，只因顾太重要，重要得她不知见面说什么，重要得怕自己不够好——“没有成绩可以交代，两手空空”。

这写的是我吗?

第一次读到林特特那篇《最踌躇的门》，我便很有些恍惚。

大概是去年的一天罢，在某个场合偶遇一直关心我写作的老领导、天津日报社老总编邱允盛先生，寒暄过后，他突然发问：“你为什么不写写孙犁先生呢？今年是孙犁先生逝世十周年，你应该写写你心目中的孙犁先生啊。”

老总编一句心平气和的问话，刹那间却令我无言以对，又窘迫又羞愧。

这真是我一生中感到最失语与无能的时刻。

显然，在邱总心目中，我亦忝列于孙犁先生生前给予过热情关切与期待的写作者之列，而这，正是我长久以来感到忐忑与惶恐的。

大多数人大抵认为文字最能体恤情感，一种深刻的情感体验，定能催生出直抵人心令人泫然而涕的美文佳构。

而这于我，绝对是一种美妙的误会。

我的写作体验是：一件事，一个人，对我的一生越是意义重大、影响非凡，我越不敢去触碰，越不敢去推开现实或记忆中那扇无比重要的门。借用林特特的话来说就是：啊，那真是世上最踌躇的门。

因担心自己不够好，因觉得自己没有成为对方期待成为之人，总之，对方在你心目中重要到你对自己失去自信，深恐自己令对方失望。

当然，你更害怕那些信笔草草、彰彰众目的直白文字，会浅薄了你心中那份感激与美好。你知道自己笔力的局限，深恐拉封丹的寓言会出现在自己的笔下：你心中涌动的情感如大山临盆，天崩地裂，然而由于笔力不逮，你呈现给世人的那些平淡无奇的文字，与你发自肺腑想要表达的深刻与丰盈相比，生出的却犹如一只红皮小耗子。

那将是一种亵渎。

世上最深刻的情感，没有文字可以准确描摹发声。

一如我至爱的母亲谢世八年之后，在家人的叮嘱与催促下，我才删删改改，改改删删，写下了零星平庸无比俗气之至的文字。

而在文学创作之路上，曾给予过我巨大帮助与全力提携的胡耀松先生与林曼先生，如今他们已在天堂与缪斯相会，我曾无数次夜半披衣而起，坐在电脑前，试图写些纪念性文字，大概含泪写过十几个开头，呜，我却一篇也写不下去，想起他们予我的种种恩情与美好，我只想哭泣，灵感与激情瞬间逃遁得无影无踪。

那些文字，与他们的恩重如山相比，完全不成样子，墨法笔法章法尽失，粗疏浅白的文字后面深意全无。

这种情怯也是人类情感的一种至尊境界吧？

有如我以往每次晓行夜赶、千里迢迢回到故乡探访胡、林两位恩师，临见一刹那，我却又只想远远地逃开，“因为自己一无所成，因为自己没法面对老师当初的殷殷期待。”与他们时间最为长久的见面，竟是在老师的葬礼上。我风尘仆仆赶回故乡去为恩师守灵，却依然没有一句话，依然觉得自己两手空空，没有成绩可以向恩师交代。

是啊，文字的力量看似很大，但最感人肺腑最惊心动魄最令自己满意的篇章却永远只能栖居在自己的内心深处。

记忆已倒转回 1994 年。

当时我还是一个刚参加工作两年的新闻记者，却从总编邱允盛先生手中意外接到了文学大师孙犁先生的一封便函，全文如下：

“允盛同志：我选读了几篇。她的文章写得很好。思路和感觉都很好，很有前途，希望她继续努力多写。请向她致意。孙犁 1994 年 10 月 23 日”

邱总问我是否愿意登门拜访孙犁先生。我欢喜而使劲地点头。

孙犁二字在我心中是如闻黄钟大吕般的人物，其人品文品均令我高山仰止，年过八旬的文学大师却亲自写信向我这个文坛的无名晚辈致意，是我做梦亦难以想到的。能与心中仰慕已久的大师面对面交谈，自然令我激动难当。

而当我在邱总的陪同下前往大师府上拜谒，终于能有机会与自己心目中的文学偶像面对面聊天时，我的大脑却突然死机，我忘记了自己事先精心准备好的所有提问，忘记了掏出我最爱读的那几本书请他签字，我拙嘴笨舌地回答着孙犁偶尔抛过来的温馨问话外，竟然一句话也说不出来。我当时的心境与作家林特特在《最踌躇的门》一文中的描写如出一撤：不想说任何一句话，觉得说任何一句话都是多余的，内心只想感激他美好的文字以及他给这个世界带来的一切美好。是的，无言之见，未必不是人世间最深刻的一种情感体验。

此次见面后，我便一直渴望着能与大师再次见面。我向来是个脸皮薄的人，多少次，我鼓足勇气，打车来到南开区的蛇形楼，却如三毛去见恩师顾福生一般，我在鞍山道上来来回回地走，眼看着时间一分一秒地在自己的脚下踩掉，最终还是没有上去。因为觉得自己没能写出一篇像样的文章来，觉得自己没有点滴的进步可以汇报。内心又顾虑大师年事已高身体欠佳仍忙于读书写作，自己作为一个年轻的写作者没有权利再去浪费老人家哪怕一分钟、一秒钟的时间。

世上最踌躇的门，定是那扇你最想推开却轻易不敢去推的门吧?! 因为隔着那扇门，有对你人生意义非凡的人物在。

如今，我却已学会了做一个纯粹的追随着，隔着那扇门，亦能从容从对方身上汲取精神的力量。长久以来，我床边案头上摆放着孙犁著述的十本《耕堂劫后十种》，以及我热爱的俄罗斯作家索尔仁尼琴三卷本的《古拉格群岛》，他们均是人类那颗最美好的良心，时时令我自省，时时激励着我前行。

图书在版编目(CIP)数据

四十说惑 / 周湘华著. -- 北京:中国广播电视出版社,2014.1
(致我们的时代)
ISBN 978-7-5043-6981-9

Ⅰ.①四… Ⅱ.①周… Ⅲ.①杂文集—中国—当代
Ⅳ.①I267.1

中国版本图书馆 CIP 数据核字(2013)第 217709 号

四十说惑
周湘华 著

责任编辑 陈宪芝
装帧设计 丁 琳
责任校对 张莲芳

出版发行 中国广播电视出版社
电　　话 010-86093580 010-86093583
社　　址 北京市西城区真武庙二条9号
邮　　编 100045
网　　址 www.crtp.com.cn
电子信箱 crtp8@sina.com

经　　销 全国各地新华书店
印　　刷 廊坊报业印务有限公司

开　　本 880毫米×1230毫米 1/32
字　　数 213(千)字
印　　张 11
版　　次 2014年1月第1版 2014年1月第1次印刷

书　　号 ISBN 978-7-5043-6981-9
定　　价 26.00元